真心話筆記本

The Authenticity Project

Clare Pooley

克萊兒・普里——著　吳宗璘——譯

獻給我的父親，彼得・普利，是他啟發我對文字的熱愛。

1

莫妮卡

當她一發現那本冊子遺留在這裡的時候，曾經想要立刻物歸原主，她拿起來衝到外頭，追趕那位獨特的主人。不過，他已經離開了，對他這種年紀的人來說，他的行動出奇敏捷，也許他真的不希望被人發現行蹤吧。

那是一本普通的淡綠色練習簿，就像是莫妮卡念書時隨身攜帶的那一種，裡面寫滿了回家作業的細節。而她的朋友們總是在筆記本裡畫滿紅心與花朵的塗鴉，還有最近暗戀對象的名字。但莫妮卡不會亂塗亂畫，她對於優質文具充滿了無比的敬重。

封面寫了幾個字，美麗的銅板印刷手寫字體：

真心話計畫

右下角有比較小的字跡，寫的是日期：二〇一八年十月。莫妮卡心想，也許內頁應該會有地址，或者最少也有個名字，可以讓她交還給失主。雖然字跡看起來低調，但看得出有慎重之意。

她翻開封面，第一頁只有幾個段落。

對於你周邊的人，你了解多少？他們對你了解的程度又是如何？難道你真的知道鄰居叫什麼名字嗎？如果他們身陷麻煩，或者多天沒有出家門，你會察覺到異狀嗎？

每個人對於自己的生活都在說謊。如果你反其道而行，開始分享真相，會發生什麼樣的事？分享有關你自己的某個特質，能夠勾勒出你其餘部分的那一種特質。不要分享在網路上，而是讓那些真正生活在你周邊的那些人知道真相？

也許什麼事都不會發生。或者，講述這個故事搞不好會改變你的生活，或者，你還沒結識的那些人的生活因而發生改變。

這就是我想探尋的一切。

下一頁還有其他的內容，莫妮卡好想看下去，但現在是咖啡店最忙的時候，她知道不能拖拉的重要性，那會造成失衡。她把筆記本塞到收銀台的空位，與備份菜單和各式各樣供應商的宣傳單放在一起。等到她可以好好專心的時候，她會再仔細閱讀。

莫妮卡待在咖啡店樓上的自家公寓裡，懶洋洋躺在沙發上，一手拿著大杯的白蘇維濃，另一手是那本被丟棄的練習簿。她在早上看到的那些問題一直讓她心神不定，拚命想要知道解答。她一整天都在和大家講話，為他們送上咖啡與蛋糕，聊天氣和最新的名人八卦。不過，她最後一次把真正關乎自己的心事告訴別人，又是多久以前了？還有，除了知道他們是否喜歡在咖啡裡加牛奶或是茶裡加糖之外，她真正認識這些人嗎？她打開了筆記本，翻到第二頁。

我名叫朱利安．傑索普，七十九歲的藝術家。過去這五十七年來，我一直住在富爾姆的「雀兒喜公寓」。

以上都是基本事實，而真相是：我很寂寞。

我經常有好幾天之久都不曾與任何人說話。偶爾，遇到我必須講話的時候（比方說，有人打電話過來，提到支付保護保險事項的時候），我會發現自己講出口的聲音嘶啞，因為我一直沒理會它，它早就在我的喉嚨裡捲縮成一團，死了。

年齡讓我成了隱形人。我發覺這一點讓我格外難受，因為我本來一直是大家注意的焦點。大家都知道我是誰，我不需要自我介紹，只需要站在某個地方的門口，大家就會開始接二連三竊竊私語，講出我的名字，之後還會引來許多人鬼鬼祟祟在偷瞄我。

我以前喜歡攬鏡自照，走過商店櫥窗的時候也會刻意放慢腳步，檢查外套的版型或是頭髮捲度。現在，要是我的映影悄悄襲身而來，我已經幾乎認不出自己了。說來諷刺，曾坦然接受老化之必然的瑪莉，卻在相對年輕的六十歲就過世了，而我卻依然在世，被迫盯著自己漸漸崩滅。

身為藝術家，我一直在觀察人群。分析他們的關係，我發現一定可以看出某種權力平衡。一方被愛得比較多，而另一方付出比較多的愛，我必須是最受寵愛的那一個。我現在才發覺自己把瑪莉的特點視為理所當然，她的那種尋常、健康、臉頰泛紅的美麗，還有持續不輟的體貼與可靠。一直等到她走了之後，我才學會欣賞她。

莫妮卡暫停閱讀，喝了一大口酒。她不確定自己是否喜歡朱利安這個人，但是卻很同情他。她猜他寧可被別人討厭，也拒絕接受憐憫吧，她繼續往下看。

瑪莉還住在這裡的時候，我們的小窩裡總是擠滿了人，鄰居們的孩子跑進跑出，因為瑪莉總是一直對他們講故事、提供建議、汽水以及薯餅零食。我那些事業沒那麼順利的藝術家朋友們，每每遇到晚餐時間就會不請自來，我近期作品的那些模特兒也一樣。瑪莉很會裝模作樣歡迎其他女子，所以應該是只有我發現到她從來不在女客人喝咖啡的時候送上巧克力。

我們一直很忙。我們的社交生活中心是雀兒喜藝術俱樂部，還有國王路與斯隆廣場附近的小餐館與精品店。瑪莉是助產士，工時超長，而我的行腳遍佈全英國，為那些覺得自己有那個價值、該為後代子孫留下記錄的人士畫肖像。

自從六十年代末期以來，在每個星期五之夜下午五點鐘的時候，我們會走進附近的布洛姆頓墓園，由於它的四方正好連接了富爾姆、雀兒喜、南肯辛頓，以及伯爵府，所以對於我們這群朋友而言，這是一個方便大家聚會的地點，我們的計畫是在安格斯・懷特瓦特海軍上將的墳前度過週末。我們並不認識這位海軍上將，只是他最後安息之地那裡正好上方有一大片平整的黑色大理石石板，拿來當成喝酒桌非常合適。

就諸多方面看來，我早已隨著瑪莉一起死了。所有的電話與來信我都置之不理。我任由調色盤裡的顏料乾涸，而且，在某個難以令人承受的漫漫長夜，我毀掉了自己所有未完成的油畫，將它們撕裂為七彩條狀碎片，然後，我拿瑪莉的裁縫專用剪刀，把它們剪成了紙花。大概在五年之後，我終於破繭而出了，鄰居們都已經搬走，朋友們也放棄了我，我的經紀人註銷了我的合約，就在這時候，我才驚覺已經沒有人注意我了。我歷經了反向變態，從蝴蝶蛻變為毛毛蟲。

每逢星期五傍晚，我依然會在那位海軍上將的墳前，舉起裝有瑪莉最愛的月禮詩奶酒的酒杯，不過，現在就只剩下我以及過往的幽魂。

以上就是我的故事。如果想把它丟進資源回收箱，請便，或者你也許想要在這些紙頁之間寫下自己的真實故事，然後把我的這本小冊子繼續傳遞下去，搞不好你跟我一樣，覺得這樣的書寫讓人通體舒暢。

接下來要怎麼做，就全看你自己了。

2

莫妮卡

想也知道，她開始在谷歌搜尋他的名字。在維基百科裡面，朱利安・傑索普被描繪為一名在六〇與七〇年代惡名在外的肖像畫家。他曾經是斯萊德美術學院盧希安・佛洛伊德❶的學生。根據坊間的謠傳，師徒二人多年來一直互相辱罵（暗示是與女人有關）。盧希安具有名氣較大的優勢，但朱利安小他十七歲。莫妮卡想到了瑪莉，上完了為其他女人接生的長班之後，精疲力竭，不知道自己的老公跑到哪裡去了。老實說，她的功能有點像是奴婢，她為什麼不乾脆離開他就好？她一如往常，提醒自己，還是有比單身可怕的狀況。

朱利安的某幅自畫像曾經在國家肖像館陳列過一小段時間，展覽名稱是「盧希安・佛洛伊德倫敦學派」。莫妮卡點圖，把它放大，就是他，她昨天早上在自己咖啡店裡見到的那個男人，不過整個線條都很滑潤，彷彿葡萄乾逆生為葡萄一樣。大約三十歲的朱利安・傑索普，一頭金髮整齊後梳，如剃刀般銳利的顴骨，略帶冷笑的唇線，還有那雙直透人心的湛藍色雙眸。昨天他盯著她的時候，彷彿正在到處翻攪她的靈魂深處一樣。如果正好想要討論藍莓瑪芬對決超濃郁奶油酥餅各自有哪些勝場的時候，那種目光會讓人有點扭捏不安。

莫妮卡看了一下手錶，下午四點五十分。

她詢問她的咖啡師，「班吉，可不可以幫我顧店一個小時左右？她幾乎還沒來得及看到他點頭回應，已經趕緊穿上外套。莫妮卡準備離開咖啡店的時候，掃視了一下各個桌面，順手撿起第十二桌的紅絲絨蛋糕殘塊。怎麼會一直沒有人注意到呢？當她走出大門，進入富爾姆路的時候，她把那塊渣渣朝某隻鴿子的方向彈了過去。

莫妮卡很少會坐在雙層巴士的上層。她一向堅守健康與安全守則，這一點讓她頗為自豪，而在移動車輛裡爬樓梯似乎是不需要的風險。不過，就現在的狀況來說，她需要身處制高點。

她盯著谷歌地圖上的藍色小點，在富爾姆路緩緩移動、朝雀兒喜公寓前進。公車停靠在富爾姆大道，接下來要前往史坦姆佛德橋球場，雀兒喜足球俱樂部是充滿現代感的巨大朝聖之地，巨大身形逼人，而在它的陰影地帶，主客場兩處分隔入口的中間區域，居然有一個由套房與獨棟小屋所組成的完美小型社區藏身其中，它的前方有一堵樸素外牆，莫妮卡經過那裡應該至少有數百次之多了吧。

莫妮卡第一次對緩慢車流心生感激，她開始努力研究哪一間是朱利安的房子。其中有一棟略顯孤單，而且外觀看起來有些破落，相當類似朱利安本人。她願意拿今天的收入打賭，就是它了，衡諸她現在的經濟狀況，這樣的賭注可說是非同小可。

❶ 心理學家佛洛伊德的孫子，知名畫家。

莫妮卡在下一站下車，幾乎是立刻左轉，進入了布洛姆頓墓園。天光暗淡，投落長影，空氣中有一種秋涼感。這個墓園是莫妮卡最愛的地方之一——在這座城市之中，是一座永恆的寧靜綠洲。她喜歡墓碑的紋飾——這是展現優越性的最後一次表演。我將會看到你那塊充滿花俏聖經引言的大理石板，那我就在我的十字架上面豎立一個真人大小的耶穌像。她喜歡那些石雕天使，現在有許多尊石像都斷缺了重要身體部位，還有那些維多利亞時代墓碑的老派名字——埃塞爾、米爾德雷德、艾倫。大家什麼時候就不再以艾倫為名了？她突然想到，現在還有人會為自己的小孩取名為莫妮卡嗎？連在一九八一年，她爸媽就是那種刻意避開艾蜜莉、蘇菲，以及奧莉薇亞那種名字的邊緣人。莫妮卡：逐漸凋亡的名字。她可以想像跑電影片尾字幕的時候，出現自己名字時的畫面：世間最後一位莫妮卡。

她迅速走過殉職士兵與白俄流亡移民的墳前，可以感受到那些身負庇護重責的野生動物的存在——灰松鼠、市區狐狸、墨色烏鴉——牠們如同亡靈在捍衛墓地。

那位海軍上將在哪裡？莫妮卡前往左邊，找尋某位緊抓愛爾蘭貝禮詩奶酒瓶的老先生。她現在才發現，她並不想要和朱利安講話，至少目前還不要，她也說不上是為什麼。她覺得要是直接去堵他，可能會害他尷尬吧，她不希望一開始就搞砸了。

莫妮卡前往墓園的北邊，一如往常，在艾米琳．潘克斯特的墓前短暫停留，默默點頭致謝。她繞過最尾端，從另外一邊回頭，選的是比較偏僻的步道，走到一半的時候，她發現右側出現動靜。果然，坐在某個大理石墳墓上面（姿態有些褻瀆）的那個人，正是朱利安，手裡還拿著酒杯。

莫妮卡低頭走過去，以免與他產生眼神接觸。然後，等到他離開約十分鐘之後，她又回頭，仔細閱讀墓碑上的刻字。

安格斯·懷特瓦特
卒於一九六三年六月五日，享年七十四歲
備受敬重的領導者，親愛的丈夫與父親，忠實的老友

以及碧翠絲·懷特瓦特
卒於一九六四年八月七日，享年六十九歲

海軍上將的名字後面有好幾個光彩的形容詞，而他的妻子卻只有在丈夫墓碑下方的某個日期以及一方長眠空間，讓她好生惱怒。

莫妮卡在那裡駐足了好一會兒，墓園的寂靜朝她籠罩而來，她開始想像有一群年輕的帥哥美女，留著「披頭四」的髮型，身穿迷你裙與喇叭褲，彼此在爭吵開玩笑的畫面，突然之間，她覺得異常寂寞。

3

朱利安

朱利安對待自己的孤單寂寞，就像是穿著不合腳的舊鞋一樣。他早已習慣了，從許多方面看來，它們已經讓人覺得很自在，不過，久而久之，它們已經造成他彎曲變形，造成了永遠不會消失的厚繭與拇囊炎。

現在是早上十點鐘，所以是朱利安固定出現在富爾姆路的時段。在瑪莉離開之後的那五年左右，他常常無法起床，白天無縫轉為黑夜，然後會失去正常生活模式長達數週之久。後來，他發現作息至為重要，它們營造出能夠讓他緊抓不捨的浮標，讓他可以保持浮在水面。

每天早晨同一時間，他會外出，在附近街道走個一小時，途中購足他的必需品。

他今日的清單如下：

雞蛋

牛奶（一品脫）

奶油糖口味「天使喜悅」蛋糕粉，如果找得到的話（他發現「天使喜悅」越來越難找了）

由於今天是星期六，他會買一本時尚雜誌，這個禮拜輪到的是《Vogue》，他的最愛。有時候，要是書報攤老闆不是太忙，他們會聊一下最近的重大新聞或是天氣。在那些日子當中，朱利安覺得自己是功能運作幾乎完全正常的社會一分子，相識者都知道他叫什麼名字的一個人，而且他說話還是有分量。他還一度預約看牙，純粹就是為了要找個人在身邊，打發時間而已。在整個看牙過程當中，他一直張大嘴巴，無法講話，而帕特爾醫生則拿著一堆金屬儀器，加上一根會發出可怕吸聲的管子，不知道在搞什麼鬼，他驚覺這一招並不妙。當他離開的時候，耳中不斷迴盪有關牙齦健康的訓話內容，他的心中湧起一股永遠不要再進來的決心。要是他牙齒掉光光也無所謂，反正他其他的一切也沒了。

朱利安駐足，透過玻璃凝視莫妮卡咖啡店裡面的動靜，現在已經是滿座狀態。他在這條路行走了這麼多年，腦中可以浮現這一間店的多重轉世輪迴面貌，宛若在裝修某個房間的時候，剝開層層老舊壁紙一樣。回想六〇年代，這裡是鰻魚凍餐廳，等到鰻魚式微之後，這裡成了唱片行。到了八〇年代，又變身成錄影帶出租店，然後，幾年前是甜點店。鰻魚、黑膠唱片、錄影帶全部被丟入了歷史的垃圾桶。就連糖果現在也遭到妖魔化，成為了小孩越來越胖的元兇。這當然不是甜點的錯吧？要怪也應該要怪小孩子，或者是他們的母親。

要找個地方留下「真心話計畫」，他當然會挑合適的地方。他喜歡的是自己在這裡點奶茶的時候，不會被追問各式各樣的複雜問題，比方說要哪一種特定的茶葉，又要哪一種牛奶。送上來的時候就是放在體面的瓷杯裡，而且不會有人逼他說出姓名。朱利安如果要寫下名字，都是在畫布下方落款，不是那種隨便出現在外帶杯杯面的狗爬字，星巴克就是搞這一套，一想到就害他不禁全身顫抖。

他會坐在莫妮卡店中的偏僻角落，挑張佈滿疤痕的柔軟真皮扶手椅坐下來，那個區域擺滿了書櫃，他曾經聽過她把那裡稱之為「圖書館」。在一個所有事物似乎都在電子化、紙張成了正在迅速消失之媒介的世界裡，朱利安找到了「圖書館」，舊書的氣味混雜了現磨咖啡的香氣，充滿了美妙的懷舊感。

朱利安不知道自己把那本小冊子留在那裡之後會發生什麼事？他常常覺得自己正在緩慢消失中，不留下任何痕跡。總有一天，就在不遠的將來，他的頭終將沉落水面之下，幾乎不會留下任何漣漪。靠著那本小冊子，至少有人會看到他——完整的他。而且寫作本身就是一種舒心的活動，宛若鬆開不適鞋子的鞋帶，讓他的雙腳能夠稍微自在呼吸。

他繼續前行。

4

哈瑟德

現在是星期一夜晚，而且已經超過了正常返家時間，不過，提摩西．哈瑟德．佛特，也就是人稱哈瑟德的這個傢伙，一直不想回去。根據他的經驗，逃避週末後沮喪的唯一方法，就是繼續當週末過日子。他會把一週開始的時間一直往後推遲，然後把下一個週末開始的時間往前挪，最後讓這兩個時點幾乎在一週的中央會合在一起。在星期三的前後會出現短暫的可怕中場休息。之後，他又再次過著週末般的生活。

哈瑟德無法勸動任何一個同事陪他去金融城的酒吧，所以，當天晚上，他回到了富爾姆區，進入自己住家附近的紅酒酒吧。他掃視疏疏落落的客人，想找到認識的對象。他發現了一個瘦巴巴的金髮女郎，雙腿夾纏在高腳椅，身軀斜貼吧台，看起來就像一根豔麗的柔軟稻草。他很確定她就是他健身房朋友傑克以前約會的對象之一，他不知道她叫什麼名字，不過，目前能夠共飲一杯的人也就只有她而已，在這個當下，也讓她成了他最要好的知己。

哈瑟德走過去，露出了他專門配合這種場合的笑容。某種第六感引她轉頭，她露出燦爛笑容，揮揮手。太好了，每次都奏效。

原來她名叫布蘭琪。哈瑟德心想，好蠢的名字，他應該要記得才是。他一身慵懶坐在她隔壁的高腳椅，他堆滿笑容，點頭，聽她向她的那群朋友介紹自己，對他來說，他們的名字飄拂在空中，宛若泡泡一樣，突然爆掉，完全沒有留下任何印象。瑟德對於他們自稱的名號沒有興趣，只對於他們的喝酒續戰力有興趣，也許還有他們的道德感吧，越低越好。

哈瑟德輕輕鬆鬆進入自己的慣常模式。他從口袋裡拿出一疊鈔票，以炫耀手法為大家買了一輪酒，主動將酒杯升級為酒瓶，紅酒升級為香檳。他講出了自己一些屢試不爽的風趣小故事，還從一長串的熟人名單裡撈出了共同的朋友，然後開始散佈一些搞不好根本是他自己瞎編出來的黃色八卦。

一如往常，這群人湊在哈瑟德的身邊，不過，隨著吧台後面那面牆的巨形掛鐘不斷發出滴答聲響，人數也變得越來越少，他們說，得走了，今天才禮拜一呢。不然就是，明天是重要日子，或者呢，得要在週末狂歡之後恢復元氣，大家都懂吧。

最後，只剩下哈瑟德與布蘭琪，而且才晚上九點鐘而已。哈瑟德可以感覺到布蘭琪也打算閃了，他心中湧起一陣恐慌。

「嗨，布蘭琪，時間還早，何不來我家？」他伸手貼住她的前臂，暗示了一切，不過，重點是，完全沒有給出任何的許諾。

「好啊，有何不可呢？」他早就知道她會說出這樣的答案。

酒吧的旋轉門把他們兩人送到了外頭的馬路。哈瑟德摟住布蘭琪，走到對街，然後在人行道跨步肆行，完全沒注意到兩人佔住了所有的路寬，或者是根本不在意。

他沒看到站在自己面前、姿態宛若交通錐的那名嬌小女子，等到他發現的時候已經太遲了。他直接撞上去，然後才驚覺她剛剛手裡拿著一杯紅酒，如今潑灑在她的臉上，模樣甚是滑稽，更重要的是，紅酒漬像刀傷一樣，濺在他的高級訂製襯衫。

他怒氣沖沖盯著元兇，「哦，媽的……」

她回嗆的語氣滿是怒氣，「喂！明明是你撞到我！」有一滴紅酒在她鼻尖顫晃，宛若心不甘情不願的跳傘選手，然後，墜落而下。

「好，妳到底以為妳在幹什麼？拿杯紅酒站在人行道中間？」他對她大吼，「難道你就不能像是正常人一樣在酒吧裡喝酒嗎？」

「哎呀，算了，我們走吧……」布蘭琪發出的那種咯咯笑聲，不禁害他的神經末梢為之緊繃。

「蠢蛋賤女人……」哈瑟德壓低聲音對布蘭琪開口，這樣一來，他口中的那個蠢蛋賤女人就聽不見了，布蘭琪又咯咯笑個不停。

哈瑟德被自己的刺耳鬧鐘吵醒的時候，心中浮現了好幾個念頭。第一，我沒辦法有超過三個小時的睡眠時間。第二，我的心情比昨天還糟糕，我到底在想什麼？第三，我的床上有一個我不想打交道的金髮女子，而且她叫什麼名字我根本想不起來。

幸好，哈瑟德以前也遇過這種狀況。他趁女孩依然在熟睡、嘴巴張得像是日本充氣娃娃的時候，立刻按掉鬧鐘，小心翼翼抓住她的手腕，把她的手臂從自己的胸膛移開，她的手如死魚一樣在垂晃，他一派慎重，把它擱在皺巴巴的汗濕床褥上面。她在他的枕頭上留下了太多的跡痕——口紅印、黑色睫毛膏、肌膚的白粉——要是這樣還能剩下什麼殘妝，鐵定會讓他嚇一大跳。他起床，面色抽搐，因為腦袋裡彷彿有彈珠台的小珠子在頭蓋骨裡面亂竄作響。他走到房間角落的五斗櫃，果然，一如他的預期，有一張他自己事先寫下的潦草字條：這女人的名字叫布蘭琪。天，他真是高手。

哈瑟德以超快速度淋浴著裝，找到了一張乾淨的紙，寫下這段話：

親愛的布蘭琪，妳睡得好安詳，好美麗，我不忍叫醒妳。感謝昨晚相伴，妳好棒。離開的時候要確定關好大門，記得打電話給我。

她真的很棒嗎？昨晚十點左右，他的藥頭出現之後（由於時值星期一，對方出現的速度比平常更快），他就什麼也記不得了。他把自己的手機號碼寫在最下面，刻意把其中兩個數字調換位置，還是要以防萬一。然後，他把字條留在這位討厭訪客旁邊的枕頭上面，他希望等到自己回家之後，已經完全看不到她的蹤跡。

他整個人進入自動駕駛模式，走向了捷運站。雖然現在是十月，他卻戴著墨鏡保護雙眼，以免受到嶄新一日的微弱眩光的侵害。當他走到昨晚與人相撞地點的時候，他還停留了一會兒，非常確定人行道依然留有血紅色的噴灑酒痕，宛若洗劫現場的殘跡一樣。眼前浮現的惱人畫面讓他大吃一驚：某個脾氣暴躁的棕髮美女，惡狠狠死盯著他，彷彿對他厭惡至極。從來沒有任何女子以那種眼光看他，哈瑟德不想當討厭鬼。

然後，某個念頭突然讓他崩潰，它的邪惡側擊力來自某個令人難堪的真相：他也痛恨自己，恨之入骨，直達最小的分子，最細微的原子，最迷你的次原子粒子。

有些事必須要改變，其實，一切都需要改變。

5

莫妮卡

莫妮卡一直很愛數字，她喜歡它們的邏輯與可預測性。她發現要是能夠讓方程式的兩邊得以相等，將會產生無比暢快的感覺，解出X然後證明了Y。不過，她面前這張紙的數字卻不符期待。無論她把左欄（收入）的那些數字計算了多少次，就是沒有辦法蓋過右欄（支出）的總額。

莫妮卡想起自己擔任企業法律顧問的過往歲月，當時累加數字是某種無聊差事，但絕對不會害她在夜晚睡不著。她花時間精讀某些合約細則，或是不斷來回翻閱法規，會向客戶要求兩百五十英鎊的時薪酬勞，現在她得要賣出一百杯中杯卡布奇諾才能夠賺到相同數額。

她為什麼會因為衝動、縱容自己在匆匆忙忙的狀況下做出這麼巨大的生活改變？她明明是那種得在心中盤算各種優缺點，比較價格、營養價值與卡洛里數字，不然就很難決定該選哪一種三明治餡料的人。

在家裡與辦公室的那一段通勤路程中，莫妮卡試過了每一間咖啡店。有的欠缺靈魂，有的老舊骯髒，還有的是千篇一律的大規模生產連鎖店。每一次當她買到價格高昂、品質普普的外帶咖啡時，她就忍不住開始幻想自己心目中的理想咖啡店。不會有刷紋水泥、塑膠模製品、裸露的管線，或是工業風燈飾與餐桌，反而是一種被邀請到別人家裡作客的感覺。裡面會有混搭的舒服扶手椅，牆上掛的是折衷主義藝術風格作品，放有報紙與書籍。到處都看得到書，不只是為了展示而已，而是真的可以拿起來閱讀，甚至帶回家的書，只要你另外留一本在原處就不成問題。咖啡師不會詢問你是誰，最後卻搞到你杯面的名字還是拼錯字。他（或是她，莫妮卡立刻糾正自己）早就知道你的名字了。他們會詢問你小孩的近況，而且記得你家的貓叫什麼名字。

然後，她走在富爾姆路，發現那間開了不知道有多久、佈滿灰塵的老舊甜點店終於關門了。門口掛上一個大招牌，宣布要「招租」（TO LET），住在附近愛搞笑的人在O與L之間加了一個大大的I❷。

每當莫妮卡經過那間空蕩蕩商店的時候，她都會聽到母親的聲音。在彌留的最後那幾個禮拜當中，散發重病與凋亡氣味、醫療器材持續不斷的電子嗶嗶聲響成為背景強化音的那一段時間，母親急著要把數十年的智慧傳遞給女兒，不然就來不及了。聽我的話，莫妮卡；寫下來，莫妮卡；千萬別忘了，莫妮卡。要不是艾米琳・潘克斯特當初把自己綁在欄杆上進行抗議，我們只能過著在別人的車輪內當小齒輪的生活。作妳自己的主人，創業，雇用員工，勇敢無懼，從事自己真心喜愛的工作，讓一切變得值得。好，所以她就真的這麼做了。

❷意思為廁所。

莫妮卡很希望能夠以母親的名字為這間咖啡店命名。不過，她母親的名字是潔樂蒂[3]，要是給咖啡店取一個暗示不需要付錢的店名，似乎是不妥的經營決策。結果，她最後才發現狀況如此艱難。

這間咖啡店是她的夢想，並不表示別人得幫她圓夢。或者，至少這麼說吧，來客人數不足以支應她的支出，而且她不能繼續自掏腰包彌補虧損，銀行不會讓她幹這種事。她的頭快要爆炸了，她走到吧台，將剩餘的紅酒倒入某個大酒杯裡面。

她在心中告訴母親，當自己的主人非常好，而且她很愛自己的咖啡店，它的精華已然流滲進入她的骨內，但好寂寞。她想念茶水間的辦公室八卦交流，想念晚上加班吃披薩時形成的同志情誼，她甚至發現自己最近開始玩味那些可笑的小組成員交流日、辦公室術語，還有難以參透的三個字母的縮說語。她深愛自己咖啡店的工作團隊，但與他們之間總是有那麼一點距離，因為她必須要負責他們的生計，而她現在連自己都快要自身難保了。

她想起了那個男人——朱利安——在那本筆記本裡的提問，他當初就是把它留在這張桌子上面。他挑選這個位置，讓莫妮卡很讚賞，她就是忍不住會以客人挑選的座位去評斷他們。

對於你周邊的人，你了解多少？他們對你了解的程度又是如何？

她開始回想今天來來去去的每一個人，每一次有人到來、離開，門鈴就會發出輕快的聲響。現在的大家，緊密相連的規模更勝以往，與自己有關的人成千上萬，網友、朋友的朋友。然而，他們是否跟她一樣，也覺得自己其實沒有能夠聊天的對象？不是最近哪個在豪宅或是什麼孤島叢林的名人被趕出來，而是重要之事——會讓人半夜睡不著的那種心事，就像是不遂己願的那些數字。

莫妮卡把自己的文件放回檔案夾，拿出自己的手機，打開了臉書，開始拚命滑。還是沒看到鄧肯的蛛絲馬跡，這是她約會了好一陣子的對象，而在幾個禮拜之前，她的社群媒體就再也見不到這個人，她就這麼突然被甩了。鄧肯會因為農夫剝削蜜蜂授粉而不肯吃酪梨，但是卻覺得和她上床之後就這麼人間蒸發也無所謂。他比較在乎的是蜜蜂的感受，而不是他對她造成的影響。

她繼續滑，雖然明明知道這樣看下去並不會讓心情好轉，反而比較像是某種輕微自我傷害的方式。海莉把她的關係改為「穩定交往中」，哇哇哇。帕蜜貼出了自己與三個小孩的生活動態，以自貶的方式進行炫耀，手法粗糙又幼稚。莎莉與大家分享她的寶寶超音波照片——十二週大。

寶寶超音波照片。分享這些東西的意義何在？看起來全都一模一樣，而且沒有一個長得像真正的小孩，反而比較像是西班牙北部某一地帶的高氣壓天氣預報圖。不過，每當她看到一張新的寶寶超音波照片的時候，都會讓她無法呼吸，而且因為渴望，還有某種令人羞慚的嫉妒之情而害她崩潰。有時候，她覺得自己像是一台老舊的福特嘉年華，在路肩拋錨，而快車道上的每一名駕駛都迅速超過去。

❸ 意思為慈善。

有人在某張咖啡桌留下了一本《HELLO!》雜誌，呼天搶地式的頭條是有關某名四十三歲好萊塢女星「有喜」的消息。莫妮卡之前在喝咖啡休息的時候，曾經迅速翻閱內容，想找尋線索知道她是怎麼辦到的。人工受精？靠別人捐卵？還是這女星多年前曾經凍卵？或者懷孕這種事本來就輕鬆簡單？她自己的卵巢還剩下多少時間？還是它們已經打包好了行李，準備前往西班牙的布拉瓦海岸過愜意的退休生活？

莫妮卡拿起酒杯，在咖啡店裡四處走動，關掉了所有的電燈，把所有需要整理的桌椅擺放整齊。她來到外面的街頭，一手拿著鑰匙，另一手拿著酒杯，鎖好了咖啡店之後，準備要打開通往樓上自家公寓的大門。

然後，有個大塊頭男人，不知道從哪裡冒了出來，他拖著一個金髮女郎，像台摩托子母車一樣朝她側撞了一下，力道之大害她瞬間停止呼吸，而手中的酒也跟著噴發，濺到了她的臉與他的襯衫。她感覺到里奧哈紅酒變成了細流從她鼻子流下去，而且從下巴不斷滴落，她等待對方低聲下氣道歉。

他破口大罵，「哦，媽的……」莫妮卡感受到一股熱氣從胸口冒升，害她臉頰漲紅，下巴緊繃不已。

她回嗆，「喂！明明是你撞到我！」

「好，妳到底以為妳在幹什麼？拿杯紅酒站在人行道中間？」他說道，「難道你就不能像是正常人一樣在酒吧裡喝酒嗎？」他的那張臉具有完美對稱的平面，不過卻被醜陋的冷笑劈裂開來，金髮女人咯咯蠢笑，忙著把他拉開。

「蠢蛋賤女人。」她聽到他刻意拉高聲量罵人，正好就是要讓她聽得一清二楚。

莫妮卡進入自己的公寓，一如往常，默聲對著無人空間打招呼，*親愛的，我回來了*，在那麼一瞬間，她覺得自己快要哭出來了。她把酒杯放在小廚房的瀝水板，拿擦碗布抹去臉上的酒液。她好想打電話給別人訴苦，但不知道能打給誰，她的朋友全都過著自己的忙碌生活，不會想要聽她的慘劇，破壞了自己的夜晚。

現在打給爸爸也沒有用，她的繼母伯納黛特把她當成了丈夫新生活的過往阻礙，自此之後就一直扮演守門人的角色，想也知道繼母會說她爸爸在忙著寫作，不想被打擾。

然後，莫妮卡在咖啡桌上看到她幾天前擱在那裡的東西，寫有真心話計畫標記的淡綠色筆記本。她把它拿起來，又翻到了第一頁。

每個人對於自己的生活都在說謊。如果你反其道而行，開始分享真相，會發生什麼樣的事？分享有關你自己的某個特質，能夠勾勒出你其餘部分的那一種特質。

她心想，自己為什麼不寫下來呢？她心中湧起一股違逆本性的冒險快感。過了一會兒之後，她才找到一支好筆。朱利安的筆跡慎重，要是當接力的下一棒，卻以骯髒老舊的原子筆潦草出手，似乎是不太禮貌。她翻到了下一張的空白頁，開始書寫。

6

哈瑟德

哈瑟德很好奇，他這一生坐在馬桶上彎腰的時間到底有多少？如果加總起來的話，應該有好幾天吧。他吸入了隨意切割的哥倫比亞最上等古柯鹼，可能同時吸入了多少的致命細菌？還有，他到底吸入多少的純正古柯鹼，而不是什麼滑石粉、滅鼠藥或是通便劑？過沒多久之後，他就再也不會因為這些問題而深受其擾，因為這一管將會是他買的最後一公克的古柯鹼。

哈瑟德摸找口袋裡的鈔票，後來才想起來最後的那一張二十元英鎊早就在剛才喝到一半的時候用掉了，買了一瓶紅酒。在這間奢華、價格離譜的酒吧裡，二十英鎊可以買到的東西光譜比較接近甲基化酒精，而不是好酒，但反正它達成了任務。他摸了所有的口袋，從外套內側拿出一張摺好的A4紙，他的辭職信複本。他撕了一角，把它捲成緊實紙管的時候，心中起念，嗯，很好的象徵意義。

吸了一大口之後，那股熟悉的化學氣味直衝哈瑟德的喉底，才不過幾分鐘的時間，他最近的那股焦慮已經被另一種感覺所取代，雖然不是腦內啡（那種日子老早就消失了），但至少是幸福感。他把那張捲紙與毒粉小塑膠袋揉成一團，將它們丟入馬桶，盯著它們被吸進倫敦下水道深處。

哈瑟德小心翼翼，掀起沉重的馬桶蓋，整個人斜靠在牆上。他從口袋裡取出自己的iphone手機——當然，是最新款——把它扔到有水的馬桶裡，當它沉落水底的時候，還發出令人爽快的撲通聲響。哈瑟德把馬桶蓋放回去，把手機困在裡面，將它獨留在黑暗世界裡。現在，他沒辦法打給他的藥頭了，或是任何認識他藥頭的人。他唯一記在心中的號碼是他父母的電話，那也是他唯一需要的聯絡人，不過，等到他下次撥打的時候，他得要好好修補與他們的關係。

哈瑟德盯著自己的鏡影，擦去了發炎鼻孔下方的白色粉末證據殘跡，然後走回自己的桌前，現在的姿態與剛剛離開的時候相比，多了一些趾高氣揚。他的積極心態部分原因是因為化學作用，但也有那麼一點自己許久不曾體會的感受——驕傲。

他一臉疑惑盯著桌子，不太一樣了。那瓶酒還在那裡，旁邊放了兩個杯子（所以這樣看起來是在等人，而不是他在獨飲），以及他剛才假裝在閱讀的皺爛《晚旗報》。不過，還多了別的東西，某本筆記本。當他還是菜鳥交易員的時候，也有過一本類似的筆記本，裡面寫滿了他從《金融時報》收集而來的各種資訊，還有交易所老鳥展現丟零食給熱情小狗的姿態、拋給他的最新攻略密技。不過，這一本的封面寫有真心話計畫，看來很像是新世紀的屁話。他張望四周，找尋是否有哪個可能不小心誤放小冊子、符合設定的「性靈派」人士，不過，大家都是一般的周間日買醉客，忙著要擺脫上班日的壓力。

哈瑟德把那本筆記本推到桌子邊緣，這樣一來，那本筆記本的主人也許就會看到了吧，而他自己則開始處理要事，喝光面前的酒，他的最後一瓶酒。因為古柯鹼與紅酒是相伴相隨的搭檔，就像是炸魚配薯條、炒蛋配培根、快樂丸與性愛一樣，如果他要放棄某一項，那麼另一項也得要跟著放棄。戒毒，也要切斷工作，因為他多年來都是靠著化學亢奮的狂潮在市場裡四處衝浪，他覺得要是自己維持清醒，他辦不到，也不想這麼做。

清醒。多麼可怕的字詞。嚴肅、明智、莊重、沉著、穩定——與哈瑟德自己根本截然不同，他是姓名決定論的實際案例❹。哈瑟德的手緊緊貼住在桌底不斷上下晃動的右大腿，他發覺到自己也在磨牙。自從和布蘭琪共度的那一晚之後的三十六個小時，他一直沒有好好睡覺，他的腦袋緊張不安，渴望得到更多的刺激，與疲憊至極、渴望麻木的身體進行奮戰。哈瑟德恍然大悟，對於自己的生活，隨著毒品而高高低低的心情、打電話給自己藥頭的可鄙行為、拚命嗅聞與越來越誇張的鼻血，他終於感到厭倦至極。偶爾在派對來一管讓自己宛若可以飛天的毒品，怎麼會變成了他早上為了起床的例行事項？

似乎沒有任何人對那本被遺棄的筆記本有興趣，所以哈瑟德就直接打開看了。紙頁上寫滿了密密麻麻的字，他努力閱讀，但是字母卻一直在紙間跳舞。哈瑟德閉上單眼，再次盯著它，現在這些詞彙成了比較有秩序的一行行文字。他迅速翻了幾頁，發現有兩種不同類型的筆跡——第一種是精緻的書法字體，第二種比較簡單圓潤、比較像是一般人的筆跡。哈瑟德覺得入迷，不過，單眼閱讀很累，而且會讓他看起來像是瘋子，所以他闔上了它，塞進外套口袋裡面。

二十四小時之後，哈瑟德在外套裡要找一支筆，卻又摸出了那本小冊子。他過了一會兒之後才想起來它怎麼會在那裡。他腦袋昏沉，頭痛欲裂，雖然他覺得自己從來沒有這麼疲累過，但是他卻睡不著。他躺在床上，充滿霉味與汗臭的床單與被褥，他緊抓著小冊子，開始閱讀。

對於你周邊的人，你了解多少？他們對你了解的程度又是如何？難道你真的知道鄰居叫什麼名字嗎？如果他們身陷麻煩，或者多天沒有出家門，你會察覺到異狀嗎？

哈瑟德自顧自微笑，他是毒蟲，他唯一有興趣的人就是自己。

如果你反其道而行，開始分享真相，會發生什麼樣的事？

哈！他很可能會被逮捕吧，當然一定會被炒魷魚，不過，現在要叫他走路已經有點太晚了。哈瑟德繼續看下去。他很喜歡朱利安，要是他早生個四十年左右，或是朱利安晚生個四十年，他覺得他們一定可以變成好友——相約到市區把妹，惹是生非。不過，他對於講出他自己故事的念頭相當存疑（他連對自己訴說都不願意了，何況是告訴他人）。他的生活不需要真心話，

❹ 哈瑟德的意思為危險。

畢竟他已經隱藏多年了。他翻頁，很好奇到底是誰在他之前拿了這本小冊子？

我叫莫妮卡，我是在自己的咖啡店發現了這個筆記本。

要是你看過了朱利安寫下有關隱形人的那段故事，你的眼前很可能會浮現某個刻板的退休老人，一身都是米色，鬆緊帶長褲加上矯正鞋。好，我必須要告訴你，那不是朱利安。在他留下這本小冊子之前，我親眼看到他在書寫，而且他是我見過最搶眼的古稀之人。他外貌類似甘道夫（但沒有大鬍子），打扮風格是寶貝熊魯柏，身穿芥末黃與紫色吸菸外套，搭配格紋長褲。不過，他說自己很帥這一點是對的，看看他的自畫像吧，曾經在國家肖像館陳列過一陣子。

哈瑟德打算伸手拿手機，用谷歌找尋朱利安的肖像，不過他後來才想起它依然淹沒在附近酒吧廁所的沖水裝置裡。他當初怎麼會覺得那構想挺不賴的？

我這個人恐怕不像朱利安那麼有趣。

哈瑟德覺得這一點無庸置疑。從那小心翼翼又精確的筆跡看來，想必她一定緊張兮兮很難搞。不過，至少她不是那種會在自己寫下的每一個O字母裡面加上笑臉符號的女人。

這是我的真心話，超好猜的，而且是很無聊的生物本能：我真心想要孩子，還有丈夫。也許加一隻狗和一台富豪汽車。其實，就是大家刻板印象之中的核心家庭。

哈瑟德注意到莫妮卡使用了冒號，看起來有點怪怪的。他以為現在已經沒有人注意文法了，幾乎不寫東西，只有傳簡訊，還有各種表情符號。

啊天哪，寫下來的感覺真是可怕。畢竟我是個女性主義者，對於需要男人造就我人生圓滿、要支持我，甚至是要幫忙組裝東西的這種觀念，我是完全反對。我自己做生意，而且偷偷告訴你，我有點控制狂傾向，我可能是一個很糟糕的媽咪。不過，對於這整個狀況，無論我再怎麼努力理性思考，我還是覺得內心有一個不斷在擴大的真空地帶，總有一天會完全將我吞噬。

哈瑟德暫停閱讀，又吞了兩顆普拿疼。他不確定自己現在是否能看完這樣的荷爾蒙焦慮。其中一顆藥丸卡在他的喉底，害他噎到了。他發現自己旁邊的枕頭有一根金色長髮，不禁讓他聯想到了他的前生，他立刻把它彈到地上。

我曾經是律師，在某間著名的大型倫敦事務所工作。他們付給我不錯的薪水，換來的是他們好看的性別平衡數字，而且還讓我為了以時薪計酬的工作奉獻生命。只要能工作，一分一秒我都不放棄，幾乎所有的周末也不例外。要是有任何的空閒時光，我會去健身房，靠著跑步紓解壓力。我唯一的社交生活就是參加與工作有關的派對以及與客戶交誼。我覺得自己似乎依然與同學和大學朋友保有聯繫，那是因為我在臉書看到了他們的狀態更新，其實，我已經多年不曾真正見過他們了。

要不是因為我媽媽說過的某些話，還有某個名叫譚雅的女孩，我很可能會一直過著這樣的人生，辛勤工作，做出符合他人期待的行為，得到升遷與毫無意義的盛讚。

我一直沒有見過譚雅，或者，至少我覺得自己是沒見過，不過，她的人生跟我很相像——另一名高成就的金融城律師，但比我大十歲。某個星期天，她一如往常進入辦公室，她老闆也在那裡。他告訴她，她不該每個週末都在工作，也該有外面的生活。想必他是好意，但那一次的對話想必是觸發了什麼，讓譚雅驚覺這一切毫無意義，因為，到了下一個星期天，她一如往常進入辦公室，搭乘電梯到頂樓，一躍而下。報紙刊登的是她畢業典禮的照片，她站在驕傲的雙親中間，眼神充滿了希望與期待。

我不想成為譚雅，但我看得出來那正是我人生的方向。我三十五歲，單身，這一生除了工作之外，什麼都沒有。所以，當我姨婆蕾提絲過世，留給我一小筆遺產的時候，我把它加進了我多年好不容易存下的大筆存款，做出了我生命中第一次，也是唯一那麼一次的驚人之舉：我辭職了。富爾姆路那間破爛甜點店的店面，就由我頂了下來，轉為咖啡店，取名為莫妮卡的店。

莫妮卡的咖啡店，哈瑟德知道那地方，就在他發現這本冊子的酒吧的正對面。他自己從來沒進去過，他偏好的是一般的咖啡店，咖啡師頻頻在更換，不太可能會注意到他有多少個早晨是搖搖晃晃一臉宿醉進去，或者是他經常付錢的時候必須要先攤開捲成一坨的紙鈔。莫妮卡的店似乎總是超級舒適、健康，一切都是有機產品與家常食譜，那種地方會讓哈瑟德顯得有點邋遢。還有那個店名也讓他為之卻步。莫妮卡的店。那會讓人覺得是老師的名字，或者是算命師，甚至是妓院老鴇。莫妮卡夫人，能夠讓你帶著幸福感離開的按摩。對咖啡店來說，這實在不是好名字，他繼續看下去。

當自己的主人，而不是某個層級複雜機構小辦公室裡的某個名字，依然令人開心（而且這也是一條艱辛的學習曲線，含蓄一點的說法，班吉不是我的第一個咖啡師）。不過，我心中有個大洞。我知道這聽起來非常老掉牙，但我真心期盼這種童話故事。我想要一個英俊的王子，從此過著幸福美滿的生活。

我試了交友軟體，約會了無數次，盡量不要太挑剔，對於他們從來沒看過狄更斯的作品、指甲髒兮兮，或是在滿嘴食物的時候講話，也就當作沒看到了。而且有那麼一兩段曾經讓我誤以為會修成正果。不過，最後聽到的都是相同的老藉口，「問題不是妳，而是我，我還沒有準備定下來……」之類的無聊話語。然後，六個月之後，我收到臉書通知，他們的關係改成了「穩定交往中」。我懂了，其實當初**只是**我的問題，但我不知道為什麼會這樣。

哈瑟德已經可以大膽猜出答案了。

我的一生都在擬定計畫，總是在掌控中。我列出清單，設定目的與階段性指標，我實現一切。不過，我三十七歲了，時間所剩無多。

三十七歲。哈瑟德靠著一片渾沌的腦袋思索這個數字。雖然他自己三十八歲了，但他要是在約會軟體上看到這年齡一定是跳過。他還記得曾經跟他以前的銀行同事解釋過，當你在超市買水果的時候（他從來沒買過水果也沒去過超市），當然不會挑那些快要腐爛的桃子。就他的經驗而言，年齡大的女人很麻煩，她們有期待，有規劃的時程。你也知道，只要過了幾個禮拜，就會出現那種對話，必須討論接下來的走向，彷彿搭上了二十二號公車，在皮卡迪利緩緩前進一樣，一想到就不禁讓他發抖。

只要有朋友在臉書上發布他們的嬰兒超音波照片時，我一定會按讚，而且打電話給他們，滔滔不絕訴說自己為他們感到無比開心，不過，老實說，我只想要怒吼，為什麼不是我？然後，我就必須去彼得．瓊斯的縫紉用品店買東西，因為被一捆捆毛線、鉤針，以及各式各樣的鈕扣重重包圍，就不會讓人深感壓力，對吧？

一捆捆？真有這種量詞嗎？還有縫紉用品店？世界上還有這種店嗎？難道大家現在不都是去普里馬克搞定一切嗎？還有，這種紓壓方式真是奇怪，直接喝一杯雙份伏特加還比較有效率。啊天哪，他為什麼想到了伏特加？

我的生理時鐘滴答作響吵得要命，總是讓我夜不成眠。我躺在那裡破口大罵，都是荷爾蒙作祟，害我一直講出老掉牙的話。

好，就這樣，我已經完成了朱利安的要求，真心希望自己將來不要後悔。

至於朱利安，嗯，我有了計畫。

哈瑟德心想，想也知道她有了計畫，他知道她是哪一種類型的人。計畫裡很可能有好幾個子部分，每一個都有預先安排好的關鍵績效指標。她不禁讓他想起了自己的某個前女友，在某個難忘之夜，她給他看了一份兩人關係的幻燈片簡報——優點、弱點、機會，還有威脅。他火速結束了那一段感情。

我很清楚該怎麼讓他重新振作走出來。我已經想出了一份廣告，找附近的藝術家在咖啡店教美術課，一週一次。我把它貼在櫥窗，所以現在我就等他主動申請。還有，我會把這本冊子留在對面酒吧的某張桌子上面，如果你就是雙手捧著冊子的那個人，那麼，接下來會發生什麼事，就由你作主了。

哈瑟德低頭看著自己的雙手，根本沒辦法當任何支撐。打從他最後一次瘋狂嗑藥、而且正好撿到那本書之後，已經過了二十四個小時，他的雙手一直不曾停止顫抖。靠，為什麼是他？別的姑且不論，他明天就要離開英國了。前往地鐵站的路上，一定會經過莫妮卡的店。他可以進去喝杯咖啡，打量一下這個人，然後把小冊子還給她，讓她可以把它交給更合適的下一棒。

正當哈瑟德準備要闔上這本小冊子的時候，他發現莫妮卡在下一頁還寫了別的東西。

備註：我已經為它貼上了透明塑膠黏板、稍微給它一點保護。不過，無論如何，拜託盡量不要讓它淋到雨。

哈瑟德有些意外，居然發現自己在微笑。

7

朱利安

朱利安進入自宅的時候，撕掉了門口貼的那張手寫字條。他沒有停下來看到底是寫了什麼東西，他知道內容，而且，裡面都是用大寫字體，他覺得有點粗魯，像是在叫囂一樣，不值得他多加理會。

朱利安為自己泡了一杯茶，坐在某張扶手椅，解開了鞋帶，脫掉鞋子之後，把雙腳放在前方老舊緞面擱腳凳的腳狀凹痕裡面。他拿起最近剛買的時尚雜誌——《哈潑》——他每天閱讀的分量都仔細計算過了，這樣才能夠撐到週末，正當他打算要沉浸在書頁之間的時候，卻被粗魯的敲窗聲所打斷。他的身體在扶手椅裡陷得更深，這樣對方就無法從後面看到他的頭。在過去這十五年當中，他躲避訪客的技巧變得越來越高竿，這段時間當中，他從來不曾擦窗，這一點也幫上了大忙，他的邋遢意外打造出令人滿意的玻璃污濁度。

朱利安的鄰居們最近打擾他的頻率越來越高，就是為了要引起他的注意。他嘆氣，放下雜誌，拿起剛剛被他擱在一旁的字條，仔細閱讀，看到有人在他姓氏後面加的那個驚嘆號，不禁面色抽搐。

傑索普先生！

我們得好好談一談！

我們（你的鄰居們）想要接受地主的提議。

我們需要你的同意，

不然我們沒辦法繼續下去。

請聯絡四號住戶派翠西亞．阿爾巴可！

事況十分緊急！

朱利安當初是在一九六一年買下了這棟小屋，當時的租賃權還剩下六十七年，從他當時二十多歲的眼光看來，這簡直就像是一輩子那麼久，完全不需要擔憂。然後，現在的租賃權只剩下十年，地主拒絕續約，因為他想要利用這塊建物土地、為史坦姆佛德橋球場興建一座「企業娛樂中心」，誰知道那到底是什麼鬼東西。這些年來，朱利安一直生活在周邊這座球場的陰影之下，它的規模越來越大，變得現代化，而朱利安自己卻變得越來越渺小，逐漸與現代社會脫節。現在，它似乎馬上要爆炸了，宛若可怕的癰，準備要把大家掃入膿河之中。

朱利安知道點頭答應才是合理之舉，要是他們擺著等到租約到期，屆時它們的屋子就沒有任何價值。打算承租者願意以接近市價的價格下手，不過，要是他依然得面對朱利安的小屋橫亙在預定工地中間的難題，那麼他自然沒有興趣買下朱利安所有鄰居們的房產。

朱利安知道他的鄰居們一想到自己畢生積蓄可能會消失無蹤，就會越來越焦急——他們宛若大部分的倫敦人一樣——錢全部被綁在磚頭與灰泥之中，不過無論他再怎麼努力，就是沒有辦法想像自己住在它處的情景。當然，要求自己能夠在住了大半輩子的家裡度過晚年，不算太過分吧？十年應該綽綽有餘。而且，地主提供的現金對他來說又有何用？他靠投資的可觀收入就夠用了，而且生活方式也稱不上豪奢，僅存的家人已經多年沒見過了，要是遺產被一堆法律文件或是過期的期限淹沒而突然消失無蹤，他也不會有任何虧欠感。

不過，朱利安知道拒絕這樣的條件就是自私。朱利安多年來就是一直超自私，而且有時候他也因為那種行為態度而付出代價。他真心希望自己已經改變——有了懺悔之心，甚至是謙卑。所以，他並沒有說「不」，但他也不能說「好」，

對於問題置之不理，反而是將象徵性的手指塞入象徵性的耳內，對於問題置之不理，但他明明知道狀況不會就此消失。

對方敲門敲得越來越急狂，大約過了五分鐘之後，傳來一聲氣急敗壞的嘆息，*老頭，我知道你在裡面*，朱利安的鄰居終於放棄了。老頭？真的假的？

朱利安的房子不只是家，當然也絕對不只是某項投資標的而已。它是一切，他所擁有的一切都在這裡。這裡包含了他過往的所有回憶，每當朱利安望向門口的時候，就會看到他抱著自己剛娶的新娘跨過門口的模樣，他心臟快要爆裂，認定懷中的女子就是他一生所需的伴侶；當他站在

爐子前面的時候，他的眼前會出現身穿長圍裙、頭髮往後緊梳的瑪莉，正忙著以勺子在攪拌大鍋內的拿手菜，紅酒燉牛肉；還有，當他坐在壁爐旁邊的時候，會看到瑪莉坐在他前面的那條小毯，雙膝蜷在胸口，閱讀她從附近圖書館借來的最新愛情小說，明顯的髮捲往前垂落。

這裡也有令人難受的記憶。瑪莉默默流下眼淚，手裡緊握著某名模特兒釘在他話架上的情書；瑪莉站在通往他們臥室的螺旋梯頂端，將另一個女人的細高跟鞋朝他的頭扔過去。通常，當他盯著鏡子的時候，瑪莉會回頭望著他，雙眼充滿了悲傷與失望。

朱利安並沒有迴避那些遺憾的回憶。其實，他樂見其成，它們是他的自我懲罰，而且，就某種詭異的角度而言，他覺得令人相當舒暢，至少，它們代表了他還有感覺，引發的痛苦給予他短暫的慰藉，宛若拿出自己的筆刀劃過皮膚、盯著它流血，他只有在心情極度低落的時候才會這麼做，而且，他現在的皮膚得拖更久的時間才能痊癒。

朱利安盯著自家的牆面，幾乎都被大大小小的裱框畫作與素描所覆蓋，每一幅都訴說了一個故事，光是盯著這些畫，就可以讓他沉浸數小時之久。他會想起自己與藝術家的對話，在觥籌交錯之間交換建議與靈感。他還記得每一幅畫是怎麼來到這裡的——有的是生日禮物，還有的是為了瑪莉無盡款待的報答，或者，就他私人觀點特別鍾愛而購入的作品。就連掛放牆面的位置也別具意義，有的是依照時間順序，還有的是按主題排列——美女、倫敦地標、特殊視角，或是光影的獨到運用。他怎麼可能把這些全搬走？能放到哪裡去？

快要傍晚五點了。朱利安從酒櫃裡拿出一瓶貝禮詩奶酒，倒了一點裝入銀色隨身酒瓶，開始醒酒，等到他確認怒狂鄰居消失之後，他就會前往墓園。

距離海軍上將墳墓還有相當距離的時候，他已經注意到那裡不太一樣，不過，過了好一會兒之後，他的視線焦點才終於變得明晰。那是另一封信——白紙黑字。他的鄰居現在是要到處留字條嗎？他們是不是在跟蹤他？他感受到自己的怒氣正在累積，這是迫害啊。

等到他走近的時候，才發現那根本不是鄰居留的字條，而是廣告，他之前看過，就在今天早晨的時候。當時他沒有多想，不過，現在態勢很明顯，這是擺明要寫給他看的內容。

8

莫妮卡

到了星期六的時候，莫妮卡對於自己的偉大計畫已經失去了信心。她把那張告示貼在咖啡店櫥窗已經好幾天之久，但一直沒看到朱利安。在這段時間當中，她還得想出越來越離譜的藉口、客氣拒絕一大堆來應徵美術老師的人，誰知道這附近會有這麼多藝術家在找工作？她自己以前是律師，也感到良心不安，因為她現在的行為在在違反了勞動法規，不過，她內心卻也有竊喜部分，這是她有生以來第一次沒有照章行事。

現在還出現了另外一個問題，每當有新客人進來咖啡店的時候，莫妮卡就會忍不住猜想，對方是不是在那間酒吧空桌撿到小冊子的人？而且已經看到了某個絕望老處女丟人現眼的碎碎念話語？哎呀，她當時到底在想什麼？要是她能夠刪掉就好了，就像是某則不受歡迎的臉書貼文一樣。她心想，真心話的好處完全是過譽了。

有名女子走到櫃台，她抱著一個還不滿三個月大的小寶寶，穿的是最可愛的古典刺繡洋裝，搭配開襟羊毛衫。女寶寶睜著彷彿最近才剛學會如何定焦的藍色大眼，緊盯著莫妮卡。莫妮卡突然覺得胃部一陣翻攪，她在心中不斷重複自己的箴言：我是堅強獨立的女性，我不需要妳……那小嬰兒彷彿有讀心術，立刻尖聲大哭，整張臉緊繃發紅，簡直像是生氣表情符號的真人版。莫妮卡對著那寶寶默默說道，真是謝謝妳啊，然後轉身弄薄荷茶。當她轉身送出馬克杯的時候，有人開門，走進來的是朱利安。

她上次見到他的時候，他的打扮宛若愛德華時代的古怪紳士。莫妮卡本來以為他的衣裝靈感全來自那個時代，顯然不是，因為他今天走的是新浪漫風格，大約是一九八〇年代中期。緊身黑色長褲，麂皮踝靴，搭配白色襯衫，有流蘇，而且超多。那種裝扮通常還需要畫大量的眼線才算大功告成，但朱利安並沒有那麼誇張，不禁讓莫妮卡鬆了一口氣。

他坐在上次的同一個「圖書館」桌位。莫妮卡走過去，一臉緊張兮兮，準備要詢問對方想喝什麼。他有沒有看到她貼出的廣告？他是不是看到之後才坐在這裡？她瞄了一下自己先前貼廣告的咖啡店外窗位置，不見了。她再次定睛細看，彷彿覺得它會再次神奇出現一樣，但並沒有，只看到每個角落留下的膠帶黏痕。

她提醒自己，等一下要拿點醋把那些污痕擦拭乾淨。

好，所以計畫失敗。她的惱怒立刻轉為如釋重負，反正那本來就是個愚蠢念頭。

現在，她走向朱利安的姿態多了點自信，看來他進來純粹是為了喝咖啡。

她語氣開朗，「需要來點什麼呢？」

他回道，「請給我一杯濃烈黑咖啡。」（她發現他不喜歡華麗的拉花），就在這時候，他攤開手中的某張紙，撫平皺痕，然後把它放在自己面前的桌面。那是她的廣告，但不是原本那一張，而是影本，莫妮卡發現自己的臉一陣熱燙。

朱利安問道，「我想這是要找我，沒錯吧？」

「嗯，您是藝術家嗎？」她結結巴巴，宛若電視節目《問答時間》的小組來賓，不確定該講出真話還是支吾其詞。

他緊盯她不放，宛若一條蛇在催眠小田鼠。「我是啊，」他回道，「我想這就是妳為什麼要把廣告貼在我居住的『雀兒喜公寓』外牆的原因吧，而且不是一張，而是三張。」他猛敲桌上的那張紙，連敲三次強調語氣，「好，這也許是巧合，不過，就在昨天，我前往布洛姆頓墓園探望海軍上將的墳墓，一如往常的時段，就在他的墓碑上面，又是一張妳的廣告。所以我想妳一定看到了我的小冊子，想要與我對話。對了，我不知道妳是用哪一種字體，我是堅持使用『泰晤士新羅馬』字體，我發現它不太容易出錯。」

這時候的莫妮卡，依然站在朱利安的桌邊，覺得自己像是被校長訓斥的頑皮女童一樣。或者，應該說那是她想像的感覺，因為顯然她以前從來不曾被校長罵過。

她指向朱利安對面的椅子，「方便嗎？」他微微側頭，稍稍點了一下。莫妮卡坐下來，花了一點時間穩定心緒。她不會被嚇到的，她想到了自己的母親。

莫妮卡，要是妳覺得焦慮，想像自己是凱爾特女王布迪卡！不然就是伊莉莎白一世，或是瑪丹娜也可以！

她當時問道，「是耶穌的媽媽嗎？」

不是！小白癡！她太溫良了！我說的是那個流行樂明星。

她母親哈哈大笑得好誇張，鄰居們紛紛搥牆抗議。

好，莫妮卡的瑪丹娜魂上身，她直接迎向對面那個氣場相當強大、而且微帶慍容男子的目光。

「沒錯，我的確拿了你的小冊子，而且廣告是寫給你看的。不過我並沒有貼在你家的外牆或是海軍上將的墳墓。」朱利安挑眉，露出令人大吃一驚的誇張神態。「我只弄了一份，而且是貼在櫥窗上面，」她的下巴朝廣告本來的位置點了一下，現在那裡一片空白。「這是影本，不是我弄的，我不知道是誰做了這種事。」這個問題讓她好煩惱，到底是誰偷走了她的廣告？

「好，如果不是妳，那一定就是有別人也看過我的故事，」朱利安說道，「不然他們怎麼會知道我住在哪裡？或者知道海軍上將的事？唯一有妳那張海報在招搖的墓碑，正好是我這四十年來固定探訪的那一個，這絕非巧合吧？」

莫妮卡越來越焦躁，因為她發現要是有別人看過朱利安的故事，那麼他們一定也看過了她寫下的心事。她把那個念頭歸為「太過不安而暫時無法思考」的類別，當然，等一下她會好好思量。

「好，所以你有興趣嗎？」她詢問朱利安，「幫我在晚上開美術課？就在這間咖啡店裡面？」

莫妮卡的問題飄揚在空中許久，她不知道自己是否該重複一次。然後，朱利安的臉皺得像是六角手風琴一樣，他露出了微笑。

「好，既然妳呢，而且似乎還有另外一個人，已經這麼大費周章，那麼，要是我不上陣的話，就太沒有禮貌了，妳說是吧？對了，我是朱利安。」他伸手問好。

「我知道，」她握手回禮，「我是莫妮卡。」

「莫妮卡，很期待與妳共事，我有預感，我們會變成朋友。」莫妮卡離開，準備為他做咖啡，她覺得自己剛剛彷彿為葛來分多學院拿下了十分。

9

哈瑟德

哈瑟德眺望滿是棕櫚樹的新月形海灘。南中國海的水色是清一片純蒂芙妮藍，天空無雲。要是他在IG上看到這樣的圖像，一定會以為是圖庫照加了濾鏡效果。不過，在這裡待了三個禮拜之後，這樣的完美景致緻卻已經讓他頭皮發麻。他早上沿著海邊散步的時候（要是再晚一點就會太燙，無法赤腳走路），他發現自己居然希望能夠在純白如細粉的沙地裡找到一坨狗屎，只要能夠打破這種單調之美的任何事物都可以。哈瑟德經常有大叫求助的衝動，但他知道這片海灘宛若深層外太空，不會有任何人聽到你的尖叫。

五年前的時候，哈瑟德來過這個島。當時他與幾個朋友住在蘇美島，然後搭船到這裡待了兩天。對他來說，這地方太荒涼了，當時的他拚命想要回到有酒吧、夜店、滿月派對的蘇美島，更何況那裡還有可靠的電力、熱水，以及無線網路。不過，在那些無盡的骯髒齷齪一夜情、醉醺醺的粗魯簡訊、與鬼祟毒販在黑暗小巷會面的種種閃逝記憶之中，這個地方的回憶卻熠熠生光。所以，當他終於下定決心要洗心革面、重整人生的時候，他訂了一張單程機票來這裡。當然，這座島嶼太偏僻了，他根本不可能沾惹任何麻煩，而且花費便宜到住幾個月也不成問題，萬一有需要的話，就靠他最後的金融城獎金吧？

在這座小海灘的另一頭是一間咖啡店——「幸運媽媽」——而另一頭是名叫「猴子核桃」（這名稱來自他們的唯一酒吧點心）的酒吧。在這兩頭之間，一共有二十五間矗立在棕櫚樹之間、俯瞰海洋的小木屋，它們宛若一串珍珠，只是少了華麗光澤。八號屋是哈瑟德的住所，簡單的木造結構，比他父親的花園小棚屋大不了多少。

裡面有臥室，幾乎被一張雙人床所占滿，床頂懸掛了一個巨型蚊帳，表面佈滿了讓成群飢餓昆蟲鑽入也不成問題的大洞。房間的某一側隨便加了一個附有馬桶與冷水淋浴設備的廁所，宛若緊貼在母船旁邊的小救生艇一樣。而窗戶只比船艙口大一點點而已，上面也加掛了防蚊紗網。剩餘的零星家具包括了以老舊虎牌啤酒板條箱改造的床邊桌，一個書櫃，裡面有各式各樣風格各異的書籍，全都是離開的旅人留給哈瑟德的饋贈，此外，還有幾個掛鉤，上頭全是哈瑟德在小鎮裡挑選的各色紗籠。他很好奇，要是他的老友們知道他除了一件紗籠裙之外、全身一絲不掛，四處遊晃，不知會作何感想。

哈瑟德躺在吊床上輕輕搖晃，它懸掛在長度與他小屋一樣寬的原木平台區，靠的是兩側的支柱。他盯著某艘汽艇停在海灘，讓十五名左右的蘇美島一日客上船，下船的全都是島民。天空轉為令人驚豔的紅橘色，因為太陽即將落入地平線，哈瑟德知道再過個幾分鐘就要天黑了。這裡與赤道如此接近，夕陽離去腳步匆匆。完全不像是他在英國常見的那種拖拖拉拉、炫耀加上嘲弄的道別——這比較像是在寄宿學校宿舍的熄燈。

他聽到「幸運媽媽」的發電機在嘎嘎作響，而且聞到了幾乎聞不出來的淡淡汽油味，此外，還有安迪與芭芭拉（哈瑟德猜測這應該是近似他們泰國名字的西化發音）正在準備晚餐的聲響。

哈瑟德已經二十三天沒有碰酒或是毒品。他算得很清楚，因為他在自己的床底刻記號，宛若惡魔島監獄的囚犯，而不是身處在世界最美麗角落之一的觀光客。那天早上，他在數算，五根為一單位的記號一共有四組，另外還有三根。真是漫長的時光，期間不時出現一波波的頭痛、盜汗、顫抖，以及十分逼真的夢境之夜，他在夢中再次體驗了自己的極致狂縱。就在昨天晚上，他夢到自己在芭芭拉緊實曬黑的小腹上面吸了一管古柯鹼，早餐時分，他幾乎不敢看她。

不過，哈瑟德覺得好多了，至少生理面是如此。朦朧與疲憊感開始消退，不過，取而代之的是各種情緒的海嘯，他總是靠一杯伏特加或一管古柯鹼解決的惱人情緒，罪惡感、悔恨、恐懼、無聊，以及擔憂。過往的記憶對他糾纏不休，因為要講出好玩趣事而洩露的諸多秘密；在夜店廁所打快砲、慘遭他背叛的那些女友們；還有，仗著化學物質產生的天下無敵感而做出的那些可怕交易。詭異的是，在這些可怕的反省過程之中，他發現自己經常想起那本綠色小冊子裡面的故事。他看到了瑪莉拚命要裝作沒看到朱利安模特兒的姿態、朱利安在半夜劃爛了畫布、譚雅的肉身在人行道碎濺，還有莫妮卡送出了瑪芬與對愛情的夢想。

當哈瑟德出現在莫妮卡咖啡店、準備要把小冊子還回去的時候，他突然恍然大悟，滿是驚恐，原來，在他辭職、轉身拋下前世剩下一切的那個夜晚，與他相撞的那個女人正是莫妮卡。他當下迅速轉身，以免被她發現是他。所以，那本筆記本依然在他身邊，而且，他保管的時間越久，那些秘密就更是死賴在他的腦袋裡不肯離開。他很想知道莫妮卡是否說服了朱利安為她開美術課，還有到底是什麼樣的男人適合她。

鐘聲響遍海灘，七點鐘了，晚餐時間。「幸運媽媽」一天只供晚餐，它是這裡唯一步行距離可用餐的地方，而他們給什麼，你就吃什麼。數十年來，他必須做出永無止境的選擇，而且還有次選項——茶還是咖啡？卡布奇諾？美式咖啡？拿鐵？一般牛奶？還是脫脂牛奶或是豆漿？——他發現原來缺乏選擇的生活居然別有韻致。

這間有木頭地板與茅草屋頂的半露天餐廳，主要配置是長度佔據整個餐廳的大型長桌，當然，四周還是散落了其他小桌，不過，新來的旅客們很快就領悟到只有與大家一起加入共桌，才是受到認可的行為，除非你希望大家一臉狐疑盯著你、想知道你隱藏了什麼秘密，那就另當別論。

當哈瑟德望著他海灘的其他住客走向「幸運媽媽」的時候，他突然靈機一動。他在這裡所遇到的人有許多都來自倫敦，或者，也有打算造訪的計畫。他可以逐一過濾，為莫妮卡物色男朋友。畢竟，他對她也算是有一點了解，而對於他自己的多數女友，他根本是懶得去挖掘。他可以當她的神仙教母，她的秘密紅娘。一定很好玩，或者，至少他有事可忙。

哈瑟德入座，新任務讓他再次元氣飽滿，他偷偷注意其他的住客。就他所知，現在他待在這裡的時間應該是第四長吧，大多數人停留至多五天左右。

哈瑟德的九號房鄰居，尼爾，是待在這裡最久的住客，已經將近有一年。他開發了某種應用程式，然後賣給了某間大型科技公司，自此之後，他就一直沉浸在自我的嬉皮世界。他曾經想要教導哈瑟德如何打坐，也許是因為察覺他的內心躁動不安，但哈瑟德的心底就是放不下尼爾的那雙腳，上面佈滿了發黃的死皮，腳指甲像豬蹄一樣又厚又硬，這一點讓他在哈瑟德的新遊戲當中淘汰出局。雖然莫妮卡極其渴望男人，但那雙腳真的站不住。他心想，其實，尼爾還真的該好好洗洗腳，他覺得莫妮卡是相當注重個人衛生的人。

麗塔與黛芬妮是另外兩名住得比較久的客人。其中一個是寡婦，另外一個從來沒有結過婚，兩人都相當重視禮貌。哈瑟德親眼看過麗塔對某名住客怒目相視，因為對方在她面前粗魯伸手拿水罐。她們各有自己的小屋，理論上，黛芬妮住在七號小屋，不過，哈瑟德最近成了晨型人，也讓他看到了她是在一大早進入自己的屋內，而不是出門，不禁令他懷疑她們在人生晚秋享受一下女同志的戀事。其實又有何不可呢？

安迪得意洋洋把盤子放在哈瑟德的面前，裡面有一條超大的烤魚，給三、四個人吃都不成問題。

哈瑟德的老練目光掃視整個長桌，排除了那些在各種戀愛階段的情侶，不到三十歲的男人也一樣。就算他們當中有哪一個心胸開放到玩姊弟戀，也不太可能準備好生小孩的那檔事，對莫妮卡而言，這應該是會害她打退堂鼓。

哈瑟德突然死盯兩個加州女孩，但也就只有那麼一下而已，他猜她們兩個應該不到二十五歲，擁有那種出色天真清新的光芒。哈瑟德開始亂想，是否應該要勾搭其中一個玩一玩，也許一次玩兩個。不過，他覺得自己現在少了酒精或毒品給予的虛妄信心，還沒有出手把妹的心理準備。

哈瑟德現在才驚覺，自從與布蘭琪上床之後，他就再也沒有想過性事。其實，他最後一次在清醒狀況下與人上床已經是……他努力回想，拚命倒帶，最後定格的是，真的不記得了。一想到這個就讓他好抖，在做出那麼自我暴露的親暱舉動的時刻，怎麼可能要這麼小心翼翼？那些人肉啪啪作響、戳刺動作、呻吟，甚至有時候還會放屁，要是少了麻醉物質的麻木效果，難道就會令人如此難為情嗎？也許他再也不會與人上床了。這幾個禮拜以來他都在思索再也不碰酒與毒，奇怪的是，斷色似乎沒有像斷酒斷毒那麼可怕。

哈瑟德面向他左手邊的瑞典人，主動伸手握好，以這傢伙作為起點應該不錯。

「嗨，你一定剛來吧，我是哈瑟德。」

「我是岡舍。」他的笑容展現出令人驚豔的斯堪地那維亞牙醫水準。

「你從哪裡來？又打算要去哪裡？」哈瑟德採用的是這座島嶼的標準開場白，有一點像是在英國討論天氣一樣，在這裡討論天氣沒有意義，因為千篇一律恆常不變。

「我來自斯德哥爾摩，接下來要去曼谷、香港，然後是倫敦，你呢？」

「我來自倫敦，趁轉換工作的空檔來這裡休息幾個禮拜。」

哈瑟德忙著吃魚，同時以自動駕駛模式在跟岡舍聊天。他發現自己很難專注對話內容，因為岡舍的冰涼啤酒讓他看得好癡迷，凝露從玻璃杯側邊滴落而下。哈瑟德擔心自己要是沒有找到其他可供分心的事物，搞不好會搶下對方的啤酒，一口氣喝光光。

他們一結束用餐，他就立刻問道，「你會玩雙陸棋嗎？」

岡舍回道，「會啊。」

哈瑟德走到角落的某張桌子前面，桌面的其中一側鑲嵌的是西洋棋棋盤，而另一邊則是雙陸棋棋盤。

在他們擺放棋子的時候，哈瑟德問道，「好，岡舍，你在瑞典的時後從事什麼職業？」

「我是老師，」他回道，「你呢？」

哈瑟德心想，這真是天大的好消息。這是一種方便轉換陣地的技能，對小孩很狠，而且他發現岡舍的一雙大手有仔細修剪的乾淨指甲，整潔程度合格。

哈瑟德回道，「證券交易員，不過等我回國的時候，我要找新工作。」

岡舍擲骰子，丟出了六與一，哈瑟德等待他使出經典的阻擋招數。他錯失良機，真是菜鳥。對於哈瑟德來說，這會是警訊。但他迅速提醒自己，他又不是準備要把岡舍當成自己的人生伴侶，而且，他猜想莫妮卡對於玩雙陸棋的高超能力應該是沒那麼挑剔。

「岡舍，你在瑞典有老婆嗎？」哈瑟德直接切入正題，他是沒看到婚戒，但再次確定總是明智之舉。

「沒有老婆，但是有女友。不過，你們英語是怎麼說的，旅途中的故事就留在旅程裡，對吧？」他不懷好意，下巴朝那兩個加州女孩的方向點了一下。

哈瑟德的心情就像是爆裂的氣球一樣，洩氣無比。對於英文成語的嫻熟度，也許令人激賞，但道德感卻超級低落，他覺得岡舍不夠格。他發現自己具有父母風格的保護心態，不禁嚇了一跳，莫妮卡值得更好的人選。現在，就看他能夠以多快的速度吃光岡舍的棋子然後上床睡覺吧？

發電機在晚上就停止運作，所以哈瑟德緊抓著防風油燈、回到了八號房，這才發現自己毫無倦意。不過，他並沒有想要加入「猴子核桃」裡的那一群人，看著別人暢快喝酒而自己卻在啜飲健怡可樂，實在令人心累。他望著自己書架上的那些書，除了黛芬妮送給他的芭芭拉・卡特蘭作品之外，其他的書他都至少看了一遍以上。昨天他絕望至極，打開了第一章，但立刻害他眼球充血。然後，他看到了朱利安的那本小筆記本，宛若在乞求他，就是我了吧。哈瑟德把它從書架取下來，拿起原子筆，翻到乾淨的第一頁、開始下筆。

10

朱利安

朱利安醒來時，感覺到狀況變得不太一樣。過了好一會兒之後，他才搞清楚是怎麼一回事。他覺得最近自己的腦袋和身體運作的速度並不一致，早晨的第一件事，身體先醒來，但是他的腦袋需要一點時間暖機才能跟上，搞清楚自己身在何方，現在是什麼狀況。說來奇怪，因為他總是待在同一個地方，而且從來沒有發生任何狀況。身體與腦袋會出現短暫的交會時刻，終於同步一致，然後——在一天當中的其他時刻——身體會落後腦袋好幾步，拚命想要追上去。

朱利安在思考的時候，盯著自己床邊那面牆的綠色線條；色澤各有不同，宛若豔陽中光影交錯的草葉。瑪莉當時拿不定主意該如何重新裝潢他們的房間，最後，沒有任何一個顏色中選，而房間依然是同樣的骯髒象牙白。也許瑪莉當時就已經有所領悟，這麼做沒有意義。

最後，朱利安終於發現今天早上哪裡不一樣：目標感。今天他有事要忙，與人有約，大家期待他現身，準備要靠他了。他今天掀被的動作多了一些熱情，然後，從床上起來，小心翼翼從臥室與浴室夾層的螺旋梯走下去、進入開放式空間的客廳與小廚房，冰箱那裡貼有他的工作清單。

一、挑選衣服

二、準備好畫材

三、美術用品店

四、道具

五、晚上七點鐘，準時出現在莫妮卡的咖啡店

他在準時的下方還畫了兩條橫線。倒不是因為他會忘記，而是因為這麼多年來，恐怕除了去找他的牙醫之外，他不需要前往什麼地方準時赴約，這賜予他某種詭奇的興奮感。

朱利安喝完了今天的第一杯濃咖啡之後，走入了自己的衣物間。當他與瑪莉還有會留宿過夜的客人的時候，這裡本來是客房，但現在塞滿了朱利安一排又一排的衣服，全都掛在鐵杆上面，而靴子與皮鞋則整齊排列在下方。朱利安好愛他的衣物，每一個單品都擁有一段記憶——關於某個時代、某個事件、某一段戀情。要是閉上眼睛，盡情吸氣，某些依然保有某段過往時光的氣息——瑪莉的自製果醬，威尼斯化裝舞會的煙火表演的無煙火藥，或者是凱萊奇酒店某場婚禮的玫瑰花碎瓣。

角落的那張貴妃椅掛滿了今日衣裝打扮各種可能的選擇，朱利安本來就打算睡醒之後再決定（不是跟衣服一起睡，那樣只會害他得花更多時間熨燙）。他最近穿衣服花的時間實在太久了，所以在開始著裝之前，挑選合宜裝扮至為重要，不然的話，他得要靠著自己越來越不聽話、關節炎

發作的雙手不斷扣鈕扣解鈕扣，耗上一整天。他的犀利目光投向那堆候選名單衣物，最後決定要穿低調的那一套。專業，有工匠氣質，他不希望自己的打扮喧賓奪主——畢竟重點是美術課。

接下來，朱利安進入自己的工作室，有陽光從玻璃屋頂與落地窗灑進來的雙層挑高空間，然後，他打開了標有「鉛筆」的抽屜。朱利安的天性並不是愛好整齊的人，無論就誰的標準看來，他家都可算是相當凌亂。不過，他一生中精心維護與整理的兩大區塊就是他的衣物與美術用品。他小心翼翼挑選了一堆鉛筆、石墨筆、橡皮擦，某些相當新穎，而有的可以追溯到「披頭四」時代，其他都是在這兩個年代之間的產品。朱利安最喜歡的鉛筆被削了多次之後，幾乎都再也沒有辦法握住，但他不能扔掉，它們是老朋友。

朱利安很得意自己還是有群眾魅力。那個好心小姐莫妮卡告訴他，晚上一共會有十人來上課，她甚至還得拒絕其他的學生！好，看來他是寶刀未老。

朱利安在工作室裡四處走動，將新學生們可能會用得上的東西全部收集起來。他找到了一些讓他們把素描釘在上面的木板，然後又扯下蓋住塑膠假人的布料，準備當成背景。他翻遍了自己鍾愛的專業參考書籍，找尋最能帶給年輕女孩啟發的資料。他依照編年順序排列的展覽型錄差點就讓自己分了神，他只能努力克制，不然它們一定會輕輕鬆鬆把他帶回六〇、七〇、八〇年代的倫敦藝術世界。

莫妮卡的兩小時課程開價是一人十五英鎊。他起初覺得很貴，但是她卻對他嗤之以鼻，她說，這裡是富爾姆，大家付給遛狗人的錢都不止這數字。他這堂課的酬勞是七十五英鎊（一筆小財！），而且莫妮卡還給了她自稱為「一點點現金」的錢、讓他去美術用品社添購其他需要的材料。

朱利安看了一下懷錶，早上十點鐘，美術用品店正準備要開門。

當朱利安走過咖啡店的時候，他可以看到莫妮卡端著一盤飲品，努力擠過櫃台前的排隊人潮。他發現莫妮卡一直靜不下來，即便她坐下來的時候，還是活力十足，深色頭髮綁成的漂亮馬尾不斷左右甩動。當她專心思考的時候，習慣把一綹髮絲纏繞在食指，還會側著頭，就像是他以前那隻傑克羅素㹴犬一樣。

朱利安還是很想念他的狗兒，凱斯。在瑪莉離開之後的幾個月，牠也走了。他很自責自己深陷在失去瑪莉的悲痛之中，所以沒有花足夠的精神照顧自己的寵物。凱斯就是逐漸消瘦，越來越缺乏元氣，不再精力旺盛，最後，完全不動了。

朱利安曾經想要效仿這種緩慢堅定的離世方式，不過，就像他人生的諸多面向一樣，還是失敗作終。他把凱斯的屍體裝入維特羅斯超市的「永續袋」（真是諷刺），然後，趁著沒有人注意的時候，他把牠埋在海軍上將的旁邊。

莫妮卡好像總是知道自己在做什麼，準備前往哪一個方向。雖然絕大多數的人似乎都被人生之無常搞得焦頭爛額，但她卻儼然一路上指揮若定，甚至與其對抗。他認識她也不過一個星期左右而已，但她似乎已經把他拉起來、重整他周圍的一切，而且，把他放入某種詭異又美妙、已經變貌的現實生活之中。

雖然莫妮卡已經對他的生活造成了莫大的改變，朱利安卻發現自己對她所知不多。他真的很想要為她畫肖像，彷彿他的筆觸有辦法揭露她設下的自我保護屏障之下的真相。朱利安不曾動念為任何人畫肖像，已經將近有十五年之久了。

在過去這幾年中，當朱利安走過這條路的時候，面對從他身邊經過的匆匆路人總是深感好奇，不知道他們要去哪裡、又要做什麼，而他自己卻只是一步接著一步往前走，完全沒有任何特殊原因，只擔心自己要是不走路就會完全動不了了——這種狀況發生多少次了？不過，今天他也跟大家一樣，他是有目的地的人。

朱利安開始自顧自哼唱，引來好幾個路人回頭、對他微笑。朱利安不習慣引來這樣的反應，一臉狐疑，怒目相視，就在這個時候，他們趕緊加快腳步，匆忙離去。他到了美術用品社，拿了二十張大型繪圖紙，把它們拿到了收銀台。

他告訴店員，「我要開美術課，準備要買材料。」

「嗯嗯。」此人看來不擅聊天。

朱利安繼續說道，「不知道今晚的課會不會出現未來的畢卡索？」

收銀員回道，「現金還是刷卡？」這傢伙的翻領徽章顯示客服滿意度是五顆星，朱利安心想，不知道一顆星的收銀員會是什麼德性。

下一站：買道具。

朱利安在街角的那間店停下腳步，裝著水果與蔬菜的大籃子滿到了街上。也許畫一盆水果？

不行，無聊又老套。就算是初學者的課程也應該要更具有冒險性吧？然後，他突然一驚，魚販的味道朝整張臉撲上來。他定睛望著櫥窗，好，就是它了。

11

莫妮卡

莫妮卡盯著咖啡店裡的巨形掛鐘，距離七點只剩下十分鐘了。幾乎所有的美術課學生都到了，正興高采烈喝著創意果汁與紅酒。莫妮卡為了要鼓勵大家註冊上課，提供第一杯飲料免費招待作為額外的誘因。找尋學生可算是一場小小的惡夢，她必須動用多層關係。她哄騙一組供應商夫婦來上課，還有班吉的男友巴茲。為了要填滿最後一個座位，她甚至還彎身與洗窗工人打情罵俏，她做出這種事，心裡想真是對不起已逝的艾米琳．潘克斯特。現在，要是加上她自己，那就是有十名學生，還不錯的數字。雖然為了促銷第一堂課而把價格降為十英鎊，但要是班吉可以賣出足夠的加點紅酒與其他飲料茶點，那就可能有機會打平（扣除朱利安與班吉的費用和美術材料），她又望向時鐘，真心希望朱利安不要失去勇氣。

店內一片喧鬧，學生們彼此爭逐到底誰比較沒有藝術天分。然後，門開了，大家頓時一片安靜。莫妮卡先前曾經告訴他們，朱利安有點古怪，她對他的過往履歷也稍微誇大了一點，她非常確定他並沒有為女王畫過肖像。不過，大家還是萬萬沒料到朱利安會有這樣的開課進場。他站在門口，身穿飄晃的畫家罩袍，頭戴酒紅色軟帽，誇張格紋領帶，而且配的是木屐鞋。

朱利安站在那裡不動，彷彿在等待全班仔細品賞他的打扮。然後，他得意洋洋從罩袍裡面拿出了一隻大龍蝦。巴茲嗆到了，他嘴裡的紅酒噴灑在十號桌桌面、還有班吉的全新SuperDry的T恤。

「各位同學！」朱利安微微欠身，但姿態十分戲劇化，「我們來歡迎今天的主角。」

巴茲氣急敗壞，低聲說道，「牠還活著嗎？」

班吉嗆他，「他是很老，但還沒有掛啦。」

巴茲翻白眼，「我講的當然是龍蝦啊。」

「別傻了❺，它是紅的，當然等於是已經煮熟了。」

巴茲問道，「什麼是皮洛克？某種魚嗎？」

班吉回他，「你搞錯了，那是狹鱈❻。」

巴茲現在已經完全搞混了，「我以為波洛克是藝術家……」

班吉與巴茲坐在同一張扶手椅，因為周邊沒有足夠的小椅可敷使用。巴茲坐在靠墊上頭，而班吉則坐在扶把，兩人都二十多歲，名字剛好有押可愛的頭韻，不過外表卻截然不同。班吉是紅髮蘇格蘭人，要是遇到哪天亂髮加迎風日，可能會讓人以為丁丁歷險記的主角長大了，而且足足有一百八十三公分。而巴茲是中國移民後代，他個頭矮小，一頭深色頭髮，體格結實。巴茲的父母開中國餐館，當初是由祖父母所創設，位於百老匯市集的對面，一家三代就住在餐廳樓上的公寓，為了這個終將接掌家傳忙碌廚房的孫子，巴茲的奶奶一直在幫他物色好女孩。

莫妮卡將比較小的咖啡桌排成了圓圈，而比較大的那一張則放在正中央。朱利安一派慎重、將龍蝦放在匆忙端上大桌的那個盤子裡，然後交給了大家素描紙、板子，以及精選的鉛筆與橡皮擦。

「我，」朱利安說道，「名叫朱利安．傑索普。而這隻英俊的甲殼類名叫賴瑞，牠為了啟發各位而犧牲了自己的生命，千萬不要讓牠枉死。」他的凌厲眼神掃視目瞪口呆的全部學生，「等一下牠就是我們的素描模特兒，你們之前是否有素描經驗並不重要，反正放手去畫就是了。我會四處走動幫忙提點，這個禮拜我們先用鉛筆。好，勾勒之於藝術，就像是文法之於文學的關係一樣。」莫妮卡心情舒坦多了，她喜歡文法。「下個禮拜我們可以進階使用炭筆或者粉彩，最後是水彩。」朱利安誇張揮舞手臂，罩袍袖子因而翻飛，宛若巨大信天翁之翅，這樣的風動，還把莫妮卡桌上的素描紙給吹跑了。「開始動筆了！要大膽！要勇敢！不過，最重要的是，要做你自己！」

這兩個小時飛逝而過，莫妮卡已經不記得自己上次有這種感覺是什麼時候的事了。朱利安在圓圈外四處默默移行，當他的學生大膽將這個史前生物外貌的東西呈現在紙面的時候，他會不時撲上來給予鼓勵與讚美，調整色調濃淡。莫妮卡對於自己筆下的賴瑞結構感到相當滿意，她努力

---

❺ 這裡使用的傻子是pillock，發音與藝術家波洛克Pollock相近。

❻ pollock，正好與藝術家姓氏一樣。

遵照朱利安教導他們的技法，單閉眼，抬高鉛筆進行度量。她忍不住心想，要是能夠有把尺就會更準確、更有效率。不過，她也知道自己的龍蝦在二度空間裡看起來有多麼可怕，彷彿有人拿重物從高處把他壓扁了一樣。她察覺到朱利安走到她後頭，他拿著鉛筆，伸手繞過她，在她的紙面角落熟練描繪了一隻龍蝦腳。才不過幾筆而已，他已經營造出宛若躍然紙上的效果。

他開口問她，「嗯，看出來了嗎？」對，她看出差異，但她能夠複製嗎？絕無可能。

上課的寂靜氣氛被打斷多次，手機鈴聲、語音留言的嗶嗶聲音、社群軟體的各種通知。朱利安四處走動，完全不理會大家的哀嚎與抗議，把所有人的手機全收進他的軟帽裡面，而且立刻放在吧台後面。莫妮卡這才驚覺，除了真正熟睡或是沒有訊號之外，這是她多年來第一次在整整兩個小時的時段當中、完全不曾查看自己的手機，感覺出奇釋然。

到了九點整的時候，朱利安拍拍手，害全班有一半的人——專注凝神的他們——嚇了一大跳。「各位女士先生，這就是本週課程，各位表現都非常優異！千萬不要忘記在畫作上面簽名與註明日期，然後把它們拿到前面來，這裡，所以我們大家都可以欣賞。」

大家緊抓著自己的素描，拖著腳步前進，相當不情願——雖然大家畫的明明是同一隻龍蝦——但是卻大異其趣。朱利安好不容易對每一個人的作品都擠出了正面讚詞，他的重點包括了特殊構圖、有趣的光影觀察，還有令人開心的形狀。

雖然莫妮卡很欣賞他有些令人意外的敏銳度，但其實她只想要知道一件事：*她贏了嗎？*

「現在，」朱利安面向莫妮卡，「我們要怎麼處理賴瑞？」

莫妮卡回道，「呃，吃掉嗎？」

「跟我想的一模一樣！好，我們需要盤子、餐巾。還有沒有剩下的麵包？起司？也許來點沙拉吧？」

莫妮卡很想大膽講出其實她現在並無此意，但還是不敢說出口。天哪，這要變成一場晚宴了，完全沒有絲毫計畫或準備，鐵定會災難收場吧？

班吉與巴茲在店面與小廚房之間匆忙奔波，拿出了盤子、兩條午餐剩下的法國麵包、半塊非常熟透的布里乳酪、零星的沙拉材料、還有一大罐美乃滋。朱利安不知道從哪裡變出了一瓶香檳，難道他一直把它放在偷藏賴瑞的那件罩袍裡頭？他裡面還有什麼玄機？莫妮卡不禁一陣抖。過沒多久之後，莫妮卡也忍不住了，發現自己也變得很投入，她盡量不要多想自己迅速萎縮的淨利率，她從咖啡店樓上的自家住所拿了一些蠟燭，派對馬上就要開始了。

莫妮卡望向朱利安，他斜靠在自己的椅背，講述狂放六〇年代的軼事。她聽到他開口，「瑪莉安娜．菲佛絲？她超有趣！當然，她美如天使，不過她的黃色笑話尺度遠遠超過了性飢渴的男學生。」在柔和燭光之中，再加上那生動的表情，有那麼一時半刻，他看起來就像是國家肖像館裡的那張自畫像。

她問道，「朱利安，那時候的富爾姆是什麼樣子？」

「可愛的美女，那就像是美國蠻荒西部！我還只是站在邊界而已，我的許多朋友已經拒絕冒險繼續前進。當時是非常骯髒貧窮的工業區，我的父母嚇得要死，一直不肯過來看我，他們只會在梅費爾、肯辛頓、倫敦周邊各郡那些地方才會開心。但我們很愛這裡，大家彼此照顧。敬賴瑞！」他大吼，舉起了香檳杯，「還有，當然，要敬莫妮卡！」他微笑望著她，「說到這個，每個人掏出十英鎊、放到我帽子裡當晚餐錢，我們可不能讓她虧本！」

聽到這句話，莫妮卡也展露了微笑。

12

哈瑟德

安迪把一大盤魚放在餐桌上面。

「天哪，好好吃！」開口的是新住客，聽那個口音，哈瑟德猜想這傢伙小時候一開始是受到某位諾蘭學院保母的啟蒙、然後在某間英國鄉間預備學校接受陶冶、最後在軍官休閒室精煉成道。身穿卡其褲與訂做直扣襯衫的他，看起來很不自在，而且也與這地方一點都不搭調，但幸好至少是短袖。哈瑟德為自己立下了挑戰目標，在這個禮拜結束之前要讓這傢伙穿上紗籠裙。

哈瑟德已經先做了一點基本功課。他知道這個頭髮軟塌、大嗓門，但非常樂觀友善的新客名叫羅德列克，他是黛芬妮的兒子。就哈瑟德的觀察，他完全不知道自己的母親與麗塔正打得火熱。他告訴哈瑟德，他本以為可以在英國等待黛芬妮回來，但現在已經完全放棄了這個念頭，所以決定過來看她兩個禮拜。他一直不太明白她為什麼要堅持在這裡長住，不過，要是這能夠舒緩他父親離世所造成的苦痛，那想必是好事一樁。哈瑟德認真點頭，並沒有提到這位開心寡婦的臉上完全看不到任何的悲戚。

哈瑟德為自己添飯夾魚，開口問道，「羅德列克，你住哪裡？」

「巴特錫！」他回道，「我是房產經紀人！」羅德列克的每一句話都元氣飽滿、熱情洋溢，哈瑟德實在很難想像這傢伙會有負面想法抑或是心情沮喪，應該會讓莫妮卡開心到不行吧？哈瑟德相當喜歡房地產經紀人這個職業，他們與銀行界一樣，一直是全英國人最討厭的對象。他覺得莫妮卡的心胸應該沒有那麼狹窄，會排除某個業界的所有人士，而且，這表示他應該財力不錯，有自己的房子。巴特錫還有另一個優點，距離富爾姆只相隔了一條河而已。

哈瑟德佯裝隨口問問，「你太太沒有跟你一起來？」

「我離婚了，」羅德列克從嘴邊挑出小根的魚刺，在他做出這個動作的時候，也顯現出他的口腔衛生是及格水準。然後，他把魚刺整齊堆在自己盤子的側邊。

「但我們是好聚好散。她很可愛，我們是青梅竹馬，只是日子久了感情就淡了，你也知道那是怎麼一回事吧。」哈瑟德點點頭，充滿憐憫，但他明明根本就不懂，他與別人交往的時間最多就是幾個月而已。

「但這樣並沒有讓你對婚姻卻步吧？你覺得自己會不會再婚？」

「啊，會啊，毫不猶豫，這是全世界最棒的制度。」當他望向黛芬妮的時候，表情變得柔和多了，但似乎沒有注意到他媽媽對著麗塔咬耳朵的時候、手還放在對方的大腿上面，「你知道嗎，我爸媽超級幸福，結婚超過了四十年，我真心希望媽咪不要太孤單。」他若有所思了好一會兒，然後重新打起精神，「老實說，我不是很會打理自己，需要找個人可以管我，更何況我還需要有人煮菜。哈哈！只需要找到一個夠傻的女孩可以接納我！」

哈瑟德又想到了莫妮卡在小冊子裡寫下的段落：我盡量不要太挑剔，對於他們從來沒看過狄更斯的作品、指甲髒兮兮，或是在滿嘴食物的時候講話，也就當作沒看到了。

「我想你應該沒有帶書出來吧？我已經幾乎看完了所有的書，要是能有狄更斯的作品就好了。」哈瑟德講出這段話的時候，偷偷在桌子底下以手指打引號自嘲。

「抱歉我只有帶電子閱讀器，而且畢業之後，我就再也沒有看過狄更斯的作品。」

這句話就夠了。哈瑟德自顧自微笑，好幾個禮拜以來，他一直忙著逼問每一個年齡差不多可以的單身男子，但總是徒勞無功，現在他似乎終於可以交出成績單了。

當哈瑟德與他剛剛指定的羅密歐互相談笑的時候，他發現自己有點悲傷，某種失去的感覺。他一直在幫某個連話都沒講過的女孩解決問題，可能是有點奇怪，但至少可以讓他的腦袋不用去面對自己的問題。好，他接下來要做什麼？

莫妮卡與羅德列克，羅德列克與莫妮卡。哈瑟德開始想像莫妮卡再次看著他的神情，但這一次的面容顯露出的是無比的謝忱，而之前是一臉憎惡。現在，他待在地球的另一端，要怎麼安排牛郎織女見面？就在這時候，他想起了那本小冊子，他需要想辦法把它放入羅德列克的行李裡面，它會帶引他找到她。

哈瑟德正準備要回他的小屋拿那本筆記本的時候，想起了最後一個、也是最重要的測試題。他詢問羅德列克，「你和你老婆有小孩嗎？」

「一個，西西莉，」他露出傻笑，在皮夾裡翻找照片，彷彿覺得哈瑟德會在乎她的長相一樣，他只關心的是下一個問題的答案。

「要是哪天找到了真命天女，想不想再生？」

「老弟，沒機會了，我那個已經喀喳囉。當初是老婆堅持的，她說她不要再來一次。你知道吧——懷孕、尿布、被搞得睡不著的夜晚。」哈瑟德並不知道，他也不想知道，至少現在不要。「這就是我們爭吵的其中一件事，結束的開端吧，我只是想要她開心而已。而且，要是沒有動手術的話，就不能有床上運動，哈哈！」

「哈哈……」哈瑟德也跟著陪笑，但內心卻發出哀號，因為如果是這樣的話，他原本的周密計畫，就與羅德列克的精蟲數目一樣，全沒了。生小孩這件事對莫妮卡來說是無法妥協的部分，他必須把羅德列克從名單裡剔除，重新開始。

在接下來的這幾個禮拜當中，哈瑟德多次想要放棄他的做媒遊戲。白馬王子正好出現在這座小島的小小海灘，似乎是不太可能了。不過，就跟往常一樣，每當他決定不再嘗試的時候，彷彿宇宙就會開始與機運眉來眼去，完美方案正好就直接掉落在他的大腿之間。

13

朱利安

朱利安在五個禮拜之前、把他的筆記本留在莫妮卡咖啡店之後所產生的生活劇變，實在讓他難以置信。當初他啟動「真心話計畫」的時候，其實並不確定會發生什麼事，但他萬萬沒想到居然因此找到了工作，而且正在與一群人慢慢結為好友。

上個禮拜五，他一如往常，帶著他那瓶貝禮詩奶酒前往海軍上將的墳墓，當他朝那裡走過去的時候，他以為自己看到了幻象。過往與現在在腦中抵觸並不是什麼新鮮事，所以當他看到自己的兩名好友拿著酒杯與酒瓶在等他的時候，倒也不是很驚訝。不過，這一次並不是回憶，而是班吉與巴茲（真是可愛的兩個男孩），想必一定是莫妮卡告訴他們可以在哪裡找到他。

他發覺自己本來走路一直習慣拖拖拉拉，但最近的步伐卻變得稍微有些雀躍。他心想，那本引發這種改造的力量的小冊子，現在不知流落何方？他的計畫是在這麼短的時間內就停了下來？還是在世界的某處交織出更多的魔力？

今晚是他第三周的美術課，現在已經增加到了十五名學生，因為大家口耳相傳，再加上莫妮卡把好幾幅以賴瑞為主題的素描佳作釘在公告欄，也發揮了助攻效果。課後隨性而喧鬧的晚餐

（依然要丟個十英鎊在帽子裡），證明了它具有與課程本身不相上下的吸引力。今晚他從家裡帶了絲絨拖鞋、真皮裝幀書，還有老舊的煙斗，他把這些物品當成了活人畫的道具，擺放在中央圓桌的格紋布上面。他們已經教完了色調的重要性，使用過鉛筆與炭筆，他帶了一盒盒的粉彩筆讓他們初探色彩世界，而且會向全班展示一點基本技巧。

朱利安正打算拿一些竇加的範例傳給大家看、提供靈感，就在這時候，他發現後頭出現騷動，他轉身，看到有人企圖扭動門把。莫妮卡把椅子往後一推，走過去開門。

「抱歉我們打烊了，」他聽到她開口，「這是私人美術課。但要是有心加入還不算太晚，如果你有意願的話，只要花十五英鎊就可以了。」

當莫妮卡帶著一名年輕人重新歸隊的時候，朱利安覺得不難看出為什麼他沒有被打發離開。朱利安覺得他並不是那種會經常遭到拒絕的類型，即便他看待臉部對稱與底下的骨骼結構的目光相當吹毛求疵。他必須承認這位新訪客很帥。深色皮膚，色澤更深的褐色眼眸，但是卻有一頭狂野金髮。彷彿這樣還不夠迷人一樣，他還面向大家打招呼，「大家好嗎？我是雷利。」那口音是帶有海灘氣息的澳洲腔。

莫妮卡拿出另外一張素描紙，把它放在自己的那張桌子上面，然後又拉了一張椅子，挪動自己的物品，騰出了空間。

「雷利，盡量表現就是了，」他聽到她開始解釋，「這裡除了朱利安之外，大家都是菜鳥，所以千萬別覺得不好意思。對了，我是莫妮卡。」大家輪流介紹自己，最後是朱利安，他唸出自己的名字，而且還華麗一鞠躬，拿出他當天早上特別搭配奶油色亞麻西裝的巴拿馬草帽，三支手機就這麼掉了進去，他迅速一揮手臂的這個動作，讓他瞬間從種植園園主轉成了扒手。

朱利安發現班上只要有新成員，就會讓整個團體的動能與心情發生改變，宛若調色板混加了新的顏料一樣。雷利加入的色澤是黃色，不是淡黃色，而是明亮炎熱的陽光黃，每個人似乎都多了一點暖意，更顯得生氣活潑。蘇菲與卡洛琳，那兩個總是坐在一起的中年媽媽，正忙著交換她們在學校大門口工作時聽到的八卦，同時轉頭面向雷利，宛若在找尋陽光的黃水仙。巴茲似乎完全被他迷得神魂顛倒，而班吉有點吃醋。雷利似乎完全沒有察覺到自己所引發的效應，宛若石頭進入池塘的時候、完全看不到自身所產生的漣漪。他專注盯著面前的黑色卡紙，皺起眉頭。

蘇菲朝雷利的方向點點頭，對卡洛琳低聲說了一些話，卡洛琳縱聲大笑。

「夠了！」她說道，「不要再惹我笑了，我已經生了三個小孩，我的骨盆底承受不起。」

「我不知道這個骨盆底是什麼東西，」朱利安說道，「不過，等到下一次上課時候，麻煩把它留在家裡，不要干擾我上課。」

蘇菲與卡洛琳笑得更大聲的時候，不禁讓他有些惱怒。

朱利安開始跟往常一樣巡視全場，這裡講點鼓勵的話，那裡多增抹一點色彩，迅速校正比例或是角度。當他走到莫妮卡那裡的時候，他面露微笑。莫妮卡是他最認真的學生之一，專心聽講，而且努力做好。不過，今天這是她第一次以心作畫，而不只是靠她的腦袋。她的筆觸變得比較輕鬆，更具有直覺性。當他盯著她哈哈大笑，與雷利開心談天的時候，他知道究竟是什麼原因讓狀況變得不一樣：她不再鑽牛角尖了。

在那一瞬間，朱利安不知道自己是否親眼目睹了一場浪漫戀情的開端。也許，是轟轟烈烈的戀愛，或者，只是短暫插曲。不過，並非如此。當藝術家的好處之一，就是可以花許多時間觀察眾生，不只是盯著他們面容的色度與輪廓，而是深入他們的內心世界。它給予你一種幾乎是不可思議的觀察力，你會得到解析人心、知道他們接下來會做何反應的能力，尤其是到了朱利安這個年紀的時候。朱利安看得出來，莫妮卡個性超獨立，有無比衝勁，而且十分專注，不會因為某張俊帥的臉而分神。她有更崇高的理想，超過婚姻與嬰孩的層次，這是他十分欣賞她的原因之一。就算在他自己最風光帥氣的歲月，他也不敢追莫妮卡，她一定會把他嚇到半死。至於雷利，根據他的推測，到頭來終究還是一場空。

14

莫妮卡

有人企圖開門的那一陣聲響惹惱了莫妮卡。她本來十分專注，想要為自己紙面的拖鞋重現酒紅色的正確色澤。她起身是為了要趕走這名不速之客，不過，當她開了門之後，看到一名笑容可以電暈人的男子，她發現自己居然帶引他進去，而且還在他們的圓圈座位中挪出位置給他，就坐在她的旁邊。

莫妮卡一直不太會與陌生人打交道。她因為太擔心要留給別人得體印象、所以一直無法放鬆。她永遠忘不了在第一次重要面試之前，有人這麼提醒她，別人對你的觀感都是在見面的前兩分鐘就已經定型了。不過，雷利不像是那種會有陌生感的人，他似乎與他們的團體完美接軌，宛若某份食譜的最後一種材料。他是不是無論在哪裡都能這樣隨遇而安？好特殊的技能。她總是得費盡氣力才能融入某個小圈子，使出雙肘的力量，不然就是站在外頭拚命引領望內張望。

她開口問道，「雷利，你來倫敦多久了？」

「我前天剛下飛機，十天前離開了伯斯，中途短停了兩個地方。我會住在朋友的朋友家裡，位置在伯爵府。」

雷利整個人的舉止隨和又放鬆，與大多數倫敦人的嚴謹相比，反差真的好大。他脫掉鞋子，某隻曬黑的光腳丫前後搖晃，莫妮卡很好奇，不知道他的腳趾縫裡面是否還夾有沙粒。她真想要假裝不小心掉了鉛筆，這樣一來她就有藉口在桌子底下東摸西摸看個仔細。莫妮卡，別這樣了，她責備自己，還想起了她母親最喜歡掛在嘴邊的一句話：女人需要男人，就像是魚需要腳踏車一樣。不過，有時候靠真的是完全相反啊。這種話與那一種話是要怎麼湊在一起？——莫妮卡，不要太晚成家，沒有什麼比家庭更能帶來愉悅了。就連艾米琳．潘克斯特也有丈夫，生了小孩——共有五個。好好過生活，其實並不容易。

她問他，「雷利，你來過倫敦嗎？」

「沒有，其實這是我第一次來到歐洲。」

「我明天要去博羅市場補貨，你要不要一起來？那是我最喜歡的倫敦地區之一。」她幾乎是講完之後才發覺自己到底在幹什麼，她怎麼會冒出這種念頭？

「當然好啊，」他露出貌似百分百的真誠燦笑，「妳什麼時候要過去？我完全沒有任何計畫。」怎麼可能會有人完全沒有計畫？而且，他連博羅市場是什麼或是在哪裡都沒有問。要是沒有進行必要的盡職調查，莫妮卡絕對不會答應任何安排，不過，他這麼隨便就爽快答應，讓她很開心。

「何不在十點左右與我碰頭呢？那時候已經過了早晨的尖峰時段。」

莫妮卡在一身俐落白襯衫與黑色長褲的工作打扮之外，又加了件鮮紅色毛衣、低跟靴、圓形大耳環，還塗了一點口紅。她一直提醒自己，這是工作差旅，不是約會。雷利想要更加了解倫敦，她需要有人幫忙提袋子。如果這真的是約會的話，她會為了不知要穿什麼而糾結好幾天，會準備一些詼諧趣事、在聊天聊到疲乏的時候可以隨性注入話題，還要提前找尋可能的因應地點，以免計畫臨時生變。準備是適當隨機應變的關鍵。莫妮卡心想，但完全沒有任何一招奏效，她想到了鄧肯，那個熱愛蜜蜂的素食主義者。她百般玩味那個懸念，就像是測試發炎牙齒一樣，想知道還會不會疼。沒了，只是隱隱作痛而已。幹得好啊，莫妮卡。

結果雷利遲到了。她知道是她自己說十點左右（她一直努力擺出輕鬆隨性的姿態），但她的意思顯然是十點鐘吧，而不是十點三十二分。不過，要是對雷利擺臉色，感覺就像是踢小狗狗一樣。他對於一切都快活熱情，與她截然不同，這一點讓她覺得他好有魅力，只是有點累人。她心想，而且他帥度破表，但隨後她又提醒自己這樣太膚淺，無論是任何狀況，都不應該性物化。

「真希望我的兄弟姐妹們可以看到這景象。」當他們在小攤子之間四處閒晃的時候，雷利有感而發。造就倫敦大熔爐的各種文化與影響相連一氣，衝擊五感，挑戰慣常。

「真希望我有兄弟姊妹，」莫妮卡說道，「我是父母久盼許久的獨生女。」

雷利問道，「妳有沒有幻想的好朋友？」

「沒有，其實並沒有。這是在說我嚴重缺乏想像力嗎？不過我為我所有的泰迪熊取了名字，」啊天哪，她是不是分享太多了？她分享得太多了，無庸置疑。

「我只要有空，都和我的哥哥們在特里格海灘衝浪。他們在我自己都還沒辦法扛板子的時候，就開始帶我去衝浪，」他們加入手撕豬肉漢堡的排隊隊伍，雷利繼續說道，「我好喜歡街頭小吃，而且直接以手入口，」雷利說道，「我的意思是，到底是誰發明刀叉的啊？真是殺風景！」

「其實，坦白說，街頭小吃讓我有點緊張不安，」莫妮卡說道，「我很確定他們沒有接受定期的食物安全檢查，而且沒有任何一個攤子展示食物衛生合格證述。」

雷利回她，「我確定一定都十分安全……」莫妮卡喜歡他的樂觀，但覺得這樣的天真無知很危險但又可愛。

「但真的是這樣嗎？你看看那位在賣東西的小姐，她沒有戴手套，但卻負責烹煮而且又收錢找錢，鈔票是細菌的溫床啊。」莫妮卡知道自己可能有點偏執，對於食物安全這一點，雷利很可能並不像她那麼關注。她也發現自己接連講出「溫熱」與「床」這兩個字的時候臉紅了。莫妮卡，鎮定一點。

不過，過了一會兒之後，莫妮卡發現自己忍不住了，其實她很喜歡當一個在街頭以手入口吃東西的女孩，而且身邊還有一個她幾乎不認識的俊帥男子相伴。

這世界似乎突然變得好遼闊，而且就在剛剛出現了更多的可能性。他們轉移陣地，到了賣墨西哥吉拿棒的小攤，覆滿白糖、融化巧克力不斷滴落的炸麵團依然溫熱。

雷利伸出大拇指，輕輕碰了一下她的嘴角，「妳有一點點巧克力沒吃到。」莫妮卡突然湧起一股比對甜食更強烈的渴望。她立刻在心底逐一列出了所有理由，解釋那些強行進入她腦中，但令人討厭至極的那些百分百狂熱幻想為什麼絕對不可能成真：

一、雷利只是經過的路人，與他發生牽扯完全沒有意義。

二、雷利只有三十歲，比她小了七歲，而且他看起來比實際年齡還要年輕，他是在夢幻島的迷途小男孩。

三、反正她不會對他有興趣。她很清楚在美貌的啄食順序之中，自己是在哪一個位置。而雷利擁有異國風情之美（父親是澳洲人，母親是峇里島人），絕對高於她的位階。

她開口，「我們該回去了……」她心中有數，就算之前有什麼魔咒纏身，也已經被她破解了。他們蜿蜒前行，經過了擺滿各種不同色澤的綠色與黑色橄欖籃子的小攤，雷利問道，「莫妮卡，妳的父母也是美食主義者嗎？妳是不是有他們的遺傳？」

「其實，我媽已經過世了。」她為什麼會講出那樣的話？大家可能會以為她知道講出這種話會立刻澆熄對話，她繼續說下去，滔滔不絕，不讓雷利覺得有需要插嘴回應的空檔。「我們家裡都是加工食品——即溶馬鈴薯粉、『芬德斯』牌鬆餅，要是遇到特殊場合的時候，就會吃『瑪莎』的基輔雞。我媽媽是狂熱的女性主義者，她認為烹飪打從一開始就是屈從於父權的表現。當我的學校宣布女生要上家政課、男生上木工課的時候，她向學校放話，如果我沒有自主選擇權，那麼她就要把自己銬在校門口[7]。我那時候好羨慕我的朋友，可以把裝飾得美美的童話蛋糕帶回家，而我只能賣命釘了一個搖搖晃晃的鳥屋。」

莫妮卡對於自己朝母親大吼大叫的那一幕，記得好清楚：妳又不是艾米琳・潘克斯特！妳只是我媽！

她母親當時用冷酷至極的語氣回道，莫妮卡，我們都是艾米琳・潘克斯特，不然這一切是為了什麼？

雷利說道，「莫妮卡，妳擁有自己的事業，我想妳母親現在一定深深以妳為傲。」

這話真的是說到她心坎裡了，莫妮卡發覺自己如鯁在喉。啊天哪，千萬不要哭出來，她再次召喚瑪丹娜上身，娜姐絕對，絕對不會讓她自己在公眾場所嚎啕大哭。

「對，我想是的，其實，這也是我開這間咖啡店的主要原因之一，」她努力壓抑聲音中的激動之情，「因為我知道她一定會喜歡得不得了。」

「妳母親的事，我真的覺得好遺憾……」雷利摟住她的肩膀，這動作有點彆扭，因為他拿了好多她買的東西。

「謝謝，」她回道，「好久以前的事了。我只是萬萬沒想到為什麼是她。你一定以為癌症會挑選比較容易下手的目標，她以前很討厭大家說『對抗』這種疾病或是與其『奮戰』，她總是說，莫妮卡，我是要怎麼對抗我根本看不到的東西？這種競爭基礎並不公平。」

他們相偕而行，陷入了一種讓莫妮卡覺得安心的沉默，因為雷利不會想要填補空白，然後，她又把話題帶到了定價策略，這讓她覺得比較舒坦一點。

「我不確定我是否能夠長時間應付這種天氣。我到底是在想什麼？怎麼會在十一月來英國？我從來沒有到過這麼冷的地方。」當他們走過倫敦橋、回到泰晤士河北端的時候，雷利開口，「我背包裡的空間只能放輕薄衣物，所以我必須買這件大衣，不然我就凍死了。」他的澳洲腔讓他的每一個直述句聽起來都成了問句。起風了，將莫妮卡的深色長髮吹拂到她的臉上。

他們駐足了一會兒，站在橋中間，所以莫妮卡可以伸手指向泰晤士河水岸邊的某些地標——聖保羅大教堂、貝爾法斯特號巡洋艦博物館、還有倫敦塔。當她在講話的時候，奇妙的事發生了。依然抱著一堆箱子與袋子的雷利，傾身向前，吻了她。就這樣，趁她正在講話的時候。

不能這樣？是吧？在這個當下，完全不適當。你必須要開口詢求對方的許可。或者，至少，要等待什麼暗號啊。她正提到要是倫敦塔的烏鴉飛走，王室與英國就會崩解的那種迷信說法。她非常確定這段話不可能有叫對方可以放馬過來的暗示。她等待自己的怒氣累積，但卻發現自己在回吻他。

她心想，弱者，你的名字是女人，一想到這句話，她又馬上接了一句，靠，該死。她在心中拚命列出這絕對不妥的理由清單，然後，當他再次吻她的時候，她把它撕成兩半，然後是碎片，最後將那些紙屑丟到了橋的另外一邊，望著它們宛若雪花一樣墜入底下的河水。

❼此法為艾米琳．潘克斯特的激烈抗爭手段之一。

顯然，雷利並非是一個合理的長期交往對象，他跟她個性差異太大，太年輕，她打賭他一定沒看過任何狄更斯的作品，但也許她可以放縱一下吧？看看接下來會怎麼樣，任性而為。也許她應該要嘗試這種角色，宛若試穿漂亮的洋裝，只要一下下就好。

15

雷利

雷利啟程前往希斯洛機場已經有兩、三個小時之久，在他面前螢幕的飛行追蹤器，有小飛機顯示跨越北半球的路徑，讓他看得好著迷。上禮拜的時候，他的人還在赤道的另一頭。據說英國的水流入排水孔的時候、打漩的方向完全相反，不知道是真的嗎？他應該永遠沒辦法找出答案，因為他在澳洲的時候從來沒注意水流的方向。嗯，誰沒事會注意那種細節。

他把手伸入放在腳邊的背包，想要拿出自己最近在看的那本驚悚小說，沒想到卻拿出了一本淡綠色筆記本。那不是他的東西，不過，這卻讓他想起了自己以前在澳洲從事農藝業的時候，匆匆寫下客戶需求的那種記事簿。

在那一瞬間，他在想自己是不是拿錯了包包？不過裡面其他的物品全都是他自己的沒錯：護照、錢包、旅遊指南、芭芭拉好心包好的雞肉三明治。於是，他面向坐在他身旁的那位和藹中年婦女。

「請問這是您的東西嗎？」他覺得有可能她誤把他的包包當成了她自己的行李，不過，她搖搖頭。

雷利把那本書翻過來，盯著封面，上面寫著真心話計畫。真心話，多麼美好的字詞，真的很有英國風格。他在嘴裡反覆玩味，想要把它大聲念出來，而它卻在他的舌頭纏結在一起，讓他的發音聽起來似乎有語言障礙。雷利翻到第一頁，他還有八個小時的飛行時間，不妨就好整以暇看看裡面寫了什麼。

雷利看了朱利安與莫妮卡的故事。朱利安似乎是個正派角色，就與他想像中的英國一模一樣。莫妮卡需要稍微輕鬆一下，她應該要來澳洲過日子！過沒多久之後，她就可以放鬆心情，身旁有六個英澳混血的小孩圍繞在她的腳邊，讓她抓狂。他拿出某名客戶送給他的臨行贈禮，倫敦街區全圖，找尋富爾姆，與他要前往的伯爵府超近，真是太巧了。這些人明明素昧平生，但是他現在卻知道了他們內心最深處的秘密，感覺好詭異。

他翻到下一頁，手寫風格變了，不是莫妮卡的整齊圓潤，而是某種雜亂潦草的字跡，彷彿有什麼昆蟲走過一攤墨水，然後。就死了。

我是提摩西．哈瑟德．佛特，不過，當你有個類似哈瑟德[8]的中名的時候，當然不會有人叫你提摩西，所以，在我這一生當中，幾乎大家都喊我哈瑟德．佛特。對，關於名字聽起來像是交通號誌的各種笑話，我都聽過了。

哈瑟德是我外公的姓氏，使用它當我的名字，恐怕是我父母做過最叛逆的事了。自此之後，他們的整個人生就被這個問題所宰制，「鄰居們會怎麼想？」

哈瑟德。雷利知道他是誰，他在泰國最後一站遇到的那個前金融界人士，對於雷利的生活與計畫充滿興趣的那個傢伙。為什麼哈瑟德的小冊子會跑到他的背包裡？他到底要怎麼把它還回去？

想必你已經看過了朱利安與莫妮卡的故事。我從來沒有見過朱利安，所以我沒辦法補充他的事，但關於莫妮卡，我倒是可以多講一點。我的住所與她的咖啡店（地址是富爾姆路七百八十三號，對了，就在『流浪者書店』的旁邊，你會需要那條線索！）只相隔了幾分鐘的路程而已。所以，我看完她的故事之後，我就去了那家咖啡店。

你會需要那條線索？雷利不知道哈瑟德到底在跟誰說話，他希望自己能夠找出答案。

我回去那裡只是為了要把這本子交給她，但我一直沒有這麼做，反而帶著它、跟我一起到了泰國，某個名叫帕岸島的小島。

❽哈瑟德的意思為危險。

我曾經待過一所收女生的預科男校。當女新生進入食堂的時候，我們每個人都會舉牌給分數，從一到十進行給分。我沒有在開玩笑，現在我覺得自己當初好糟糕。反正，要是莫妮卡走入那間食堂的話，我會給她舉個八分牌。其實，我當時荷爾蒙作祟而且又一直把不到妹，很可能會給她九分。

莫妮卡，身材相當好。纖瘦，精緻小巧的五官，有點朝天鼻，一頭美麗秀髮。不過，她有一種讓我退避三舍，甚至到恐懼的某種強大氣場。她讓我覺得我自己一定是做錯了什麼（老實說，應該是吧）。她是那種會把櫥櫃裡所有罐頭的正面朝外排好的人，書架上的書本也會根據字母順序排放。她還散發出一種絕望的氣息，在我的想像之中可能是誇大了一點，因為我看過了她的故事，讓我想逃得越遠越好。她還有站在人行道擋路的討厭習慣，不過，那又是另一段故事了。

一句話，莫妮卡不是我的菜，但我希望她會是你喜歡的類型，因為，你也看得出來，這女孩的確需要一個好男人，我希望你是比我優秀的男人。

莫妮卡打算靠找美術老師廣告的方式、幫助朱利安，我不知道她的計畫是否奏效，但我知道要是留給她一個人搞的話，絕對不會成功。她貼了一張在咖啡店的櫥窗，真的不太夠，他絕對不會注意到。所以，我就稍微出手幫忙了一下。撕下那張廣告，到了最近的影印店，大約印了十張，貼在「雀兒喜公寓」的周邊。我甚至找到了海軍上將的墳墓，就是朱利安所提到的那一個，然後貼了一張在上面。靠他媽的我在那間墓園裡四處找來找去，差點錯過了班機。

現在回顧過往，我覺得自己當時並非是基於利他，而是某種情感轉移的活動，專心處理莫妮卡的廣告，就可以讓我不會為了這趟旅程動念、去找酒品專賣店買伏特加，我真心希望這一切的努力終將得到回報。

我想我應該要回答朱利安的問題：有關你自己的某個特質，能夠勾勒出你其餘部分的那一種特質？好，其實我不需要想太久就能給出答案：我是毒蟲。

在過往這十年左右的時間當中，我所作出的大部分決定——無論重大或微不足道——趨力都是來自我的癮頭。它帶引我選擇朋友，如何度過閒暇時光，甚至決定了我的職業。老實說吧，股票交易，其實就是某種賭博的合法形式。要是你在英國遇到我，一定會以為我擁有一切——超級高薪的工作、漂亮的公寓與美麗的女人，但其實我每天花了許多時間，只是為了要準備下一次的高潮。即使是微小到不行的焦慮、壓力，或是無聊，都會逼得我帶著伏特加酒壺或是一包古柯鹼，躲進廁所紓壓。

雷利懷疑了好一會兒，不知道自己看的是不是另一個哈瑟德的故事。他認識的那一個很健康，不喝酒不跑趴——幾乎都是大約晚上九點上床睡覺，而且都是一大早起來進行冥想。雷利本來以為他是百分百的素食者（也許是因為那種嬉皮風的鬍鬚還有他一直穿著紗籠裙），後來發現他吃魚才知道是自己誤會了。不過，他是這麼覺得，有另外一個哈瑟德把自己的本子放入他背包裡的可能性有多高？零。

雷利皺眉。他誤判哈瑟德的程度怎麼會這麼離譜？難道大家的個性都這麼複雜？他自己當然不是這樣。有哪個人是他真正了解的嗎？他繼續讀下去，心情有點戒慎恐懼。

我早就已經過了那個癮頭帶來樂趣的階段。高潮已經沒有那種快感，純粹就是我必須熬過那一天的必需品而已。我的生活變得越來越微小，整個人被困在這台悲慘的跑步機上面。

最近我找到了一張自己的照片，大約是二十歲左右時拍的，我這才驚覺我早已喪失了自我。當時的我性格和善、樂觀，而且勇敢。我經常旅行，尋求冒險。我學會了如何演奏薩克斯風，講西班牙文，跳騷莎舞，玩滑翔翼。我不知道我是否還能夠當那樣的人，或者，已經為時晚矣。

就在昨天，有那麼一時半刻，我發現南中國海裡的夜間燐光現象讓我忍不住倒抽了一口氣，這也讓我想到我也許可以重新發現那種驚奇與喜悅感，希望如此。我覺得一想到下半輩子必須過著沒有任何高潮的生活，就會讓我難以承受。

好，現在呢？我不能回頭做以前的工作。就算我想辦法加入前同事的行列，在清醒的狀況下在股海裡工作，其實我也早就斷了自己的後路。當我向前老闆提出辭呈的時候（顯然是很嗨，發出了最後的歡呼啊什麼的），我不小心說溜了嘴，上次辦公室辦趴的時候，我和他的妻子共嗑一公克的古柯鹼，而且就在他自己後頭的那張辦公桌狂幹她。後來我趕緊講了一個順利成功的笑話打圓場[9]，我想他是不會給我什麼好看的推薦函。

到了這個階段，雷利已經驚呆不已，他覺得伯斯不會存在哈瑟德這樣的人。

反正，在倫敦金融城工作，就是在吞噬你的靈魂。其實你除了賺更多的錢之外，一事無成，你不會留給後人任何東西，不會以任何深具意義的方式改變世界。就算我可以回去那裡，我也不幹。

好，雷利，你現在打算怎麼辦？

看到頁面上出現自己的名字，雷利忍不住大聲驚呼，坐在他旁邊的中年女子盯著他，一臉好奇。他一臉歉然朝對方微笑，然後繼續看下去。

「真心話計畫」會進入你的背包裡，絕非偶然。在之前的那四個禮拜當中，我一直在物色接手的合適人選。你將會帶著朱利安的這本小冊子，回到我當初把它帶走的同一個世界角落。我不知道你是否適合當朱利安的朋友？或是莫妮卡的情人？你會去找尋那一家咖啡館嗎？會改變某人的生活嗎？會寫下你的故事嗎？

我希望自己在將來可以知道後來發生了什麼狀況，因為我會想念這本小冊子的。

我一度曾在太空中漫無目的飄拂，是它讓我一直與太空站緊緊相繫。

❾ 順利成功的成語 going out with a bang 直譯是外出打砲。

一路順風，雷利，祝好運。

哈瑟德

雷利抵達倫敦已經兩天了，感覺還是很超現實，宛若自己身處在某個旅遊節目裡面一樣。他在伯爵府的那間公寓似乎位處於某個巨大工地的正中央，周邊的一切不是在拆除就是在重建。這也讓他產生了某種不安感，彷彿要是站著不動，就可能面臨被摧毀或是重新改造的風險。

有時候，雷利真心希望自己沒看到那一本「真心話計畫」，他不喜歡知道別人的秘密——感覺像是在窺探。不過，等到他看完他們的故事之後，他就再也無法忘記朱利安、莫妮卡，還有哈瑟德的事。這就像是看小說看到一半，對書中角色投注了情感，然後，還沒看到結局就留在火車上面了。

他無法按捺去咖啡館看一下的那股衝動。他原本以為他可以瞄一下莫妮卡，也許再加上朱利安，他想知道他們的真貌是否符合他腦海中揮之不去的那些畫面，反正也無傷。他答應自己，他絕對不會牽涉其中。不過，當他走向莫妮卡咖啡店的時候，他的期待感越來越強烈，所以，當他走到門口的那一刻，他已經忘記了自己要保持冷眼旁觀，而且，看到了裡面的大家，他立刻按下門把。

他還搞不清楚自己究竟做了什麼，卻已經發現自己成了朱利安美術課的其中一名學生，而他現在還跟莫妮卡一起在這家超棒的市場裡四處閒逛。

莫妮卡與雷利在澳洲時一起打混的那些開心有趣又單純的女孩截然不同。前一分鐘她才打開心房，對他傾訴母親之死的過往，下一分鐘又變得嘴巴超緊，開始講述她購買品項的淨利率，這一點算是讓他開了眼界。他從事園藝工作的時候，他是靠粗抓成本，然後加上他推測顧客能夠給多少錢之後，決定最後的價格。每次他為佛斯太太工作（最近守新寡）總是虧錢，但對於同一條馬路另一頭的對沖基金經理人收雙倍價格，這應該是最公平的營生之道。

他決定還是不要告訴莫妮卡這一招，因為她以相當精準的方式決定自己的訂價。她喃喃念出百分比、經常費用，還有大批採購折扣，她不靠計算機，直接算出來，從口袋裡取出隨身迷你筆記本把一切寫下來。

想要接近莫妮卡，簡直就像是在玩紅綠燈一樣——要趁她沒有在注意的時候、以慢速度悄悄向前，而且每當她一轉頭，正好被她看見他在動，那麼他就得要回到起點。不過，他並沒有因此卻步，這反而讓他更想要好好認識她。

除了莫妮卡對細菌的詭異偏執之外，唯一會澆熄雷利喜悅的就是他必須要告訴她有關「真心話計畫」的事。他比較了解她，但她並沒有那麼了解他，這感覺像是欺騙，而且，他天生就是非常誠實的人。你看到的他是什麼樣子，那就是他真正的面貌。

當他第一次見到莫妮卡，也就是美術課正上到一半的時候，他並沒有辦法提到那本筆記本的事。在大家面前講出「對了，我知道妳超想要老公與小孩」這種話，似乎不太合理。不過，他憋在心裡越久，越難啟齒。現在，算是基於有點自私的心態，他不希望因為讓她尷尬、不自在而破壞了當日氣氛，他招認自己知道她內心最深處的秘密，勢必會引發這種後果。他覺得自己像是帶著一顆未爆彈，在這些職人製起司、火腿、西班牙臘腸四處走動。今天過後，再也不會見到莫妮卡是很有可能的事，在這種狀況下，她不知情的部分也不會對她造成傷害。

然後，他吻了她。

她正在講述倫敦地標啊什麼的，他沒怎麼在聽，早已被她迷得神魂顛倒，深色頭髮、紅唇、白皙皮膚，還有刺骨寒風吹出的紅頰，她簡直就像是迪士尼卡通裡的白雪公主。她個性堅強，無畏無懼，通常這樣的女孩會把他嚇得半死。不過，他看過了她的故事，他知道在那強悍的外表之下，她只想要被拯救而已。須臾之間，他覺得自己是童話故中的王子，他吻了她，而且她也回吻，其實，相當熱情。

要不是因為那個宛若路障、悄悄落入他們之間的那個秘密，他一定會相當開心永遠維持那樣的姿態，兩人鼻貼鼻，站在泰晤士河的某座橋面上。現在他到底該怎麼對她說出口？

他不知道是要痛罵哈瑟德？還是要感謝他？

16

朱利安

朱利安準備要招待客人喝下午茶。

他不記得上次有人正式拜訪是什麼時候的事了，不是那些拜票政客或耶和華見證人。他努力想要完成一些他覺得可以被稱之為「整理」的事務，經過兩三個小時的努力，他在客廳裡堆滿了數十年的收藏，幾乎沒有任何進展。

他至少得挪出足夠的空間讓每一個人都能夠坐下來。他怎麼會讓狀況變成這樣？總是把這裡保持得如此整齊清潔的瑪莉，會有什麼評語？也許填補每一寸空間的強迫症，是因為可以讓他覺得沒那麼孤獨，抑或是因為每一個物件都盈滿了相對幸福的時光的記憶，而這些物品果然比人更可靠。

他屋外的兩個垃圾桶都已經裝滿了垃圾，他打開了樓梯下方的櫃門，盡量把東西全塞進去：書本、雜誌、一堆黑膠唱片、三雙雨鞋、網球拍、兩盞壞掉的桌燈，還有因為二十年前短暫嗜好而留下的養蜂裝配備。他關上門之後，趕緊貼背壓緊，他等一下再好好處理，至少他清掉了沙發和幾張椅子。

電鈴響了，大家都準時到達！朱利安萬萬沒想到會這樣。以前參加社交聚會的時候，他總是在最後三十分鐘才現身，他喜歡隆重登場的感覺。也許，現在的最新時尚是守時，他還有好多要學。

朱利安離開小屋，走向通往富爾姆路的那道黑色鐵門。他以慣常的誇張手勢開了那道門，引領三名客人進來：莫妮卡、那個澳洲帥哥雷利，還有巴茲。他們說班吉必須要顧店。

他們三人站在那裡，目瞪口呆，盯著有鋪面的庭院，正中央還有冒水的噴泉，修剪得整整齊齊的草坪，還有諸多小房所組合而成的迷你聚落。朱利安趕緊說道，「請進，快進來！」

「哇，」雷利說道，「這地方好棒！」

朱利安聽到美國俚語，不禁面色抽搐，澳洲式的亢奮腔調讓它更顯刺耳。但他覺得還是算了，現在不是針對英語之美與多樣性發表長篇大論的時候。

莫妮卡開口，「我覺得我就像是《秘密花園》裡跟著知更鳥的小女孩，發現了隱身牆後的秘密地帶。」她表情達意的方式比雷利優雅多了，朱利安點頭表示讚許，她繼續說道，「宛若在另外一個時代，另外一個國家。」

「這是在一九二五年興建完成，」看到他們的熱情反應，朱利安也講得很起勁，「創始人是一位名叫瑪利歐・馬南提的雕刻家，當然，聽名字就知道是義大利人。他以自己在佛羅倫斯附近的莊園為原型，所以當他待在倫敦的時候，依然會有家的感覺，而且他只把工作室租給其他興趣相投的藝術家與雕刻家。當然，現在那些工作室都改建成了公寓，我是僅存的藝術家，雖然我已經很久沒動筆了，自從瑪莉……」他的聲音越來越小，為什麼等到瑪莉不再之後，他才發覺她是他的繆思女神？他一直以為繆思很飄緲，稍縱即逝，而不是被視為理所當然、圍繞在自己身邊的那一個。也許，要是他能夠早有體悟，狀況就會不一樣了。他重新打起精神，現在不是檢討與悔恨的時刻，他還有得忙。

朱利安帶引他們走到他家小屋的亮藍色油漆大門口。

「你看地板！」莫妮卡對雷利驚呼，伸手指向佔滿整個一樓地面的木板條，幾乎全是顏料的潑灑痕跡，彷彿天花板的某道彩虹爆炸，一整片斑斕只被幾條摩洛哥風格的明亮薄毯隔斷而已。她說道，「它自己本身就幾乎是藝術品。」

「不要像呆子一樣光站在那裡，坐啊，請坐啊！」朱利安帶引他們來到剛清理好的椅子與沙發前面，中間是由大片斜切邊玻璃，以及由四大疊古書所組合而成的咖啡桌。而他們面前的壁爐鐵柵之內，是直接嘲笑本地市政府空氣淨化政策的一團旺盛狂火。

朱利安說道，「茶！英式早餐茶，伯爵茶還是大吉嶺？我可能還有薄荷茶，瑪莉以前很愛。」朱利安在小廚房區慢條斯理張羅，把茶包放入茶壺，莫妮卡則在朱利安手指的那個櫥櫃裡找尋薄荷茶。

終於，她找到了貼有泛黃老舊標籤薄荷茶的鐵罐。她打開罐蓋，取出了茶包，鐵罐裡有張對折的紙，她小心翼翼取出之後，大聲念出來：「一定要記得為客人送上餅乾。」

朱利安放下煮水壺，雙手掩面，「天，那是瑪莉留下的某張字條。我以前常常找到，但這是最近發現的第一張。顯然她很擔心我不知怎麼照料自己，因為當她有預感要離開的時候，開始在小屋裡四處藏字條，給我有用的提示。唉，我忘了餅乾。不過別慌張，我有煎餅！」

莫妮卡問道，「朱利安，她過世多久了？」

他回道，「三月四號就十五年了。」

「自從她過世之後，你就沒有打開過這個茶罐？我搞不好會拿這個當我的早餐茶啊。」

莫妮卡在某張鉛筆素描畫前面停下腳步，它釘在爐子上方的櫥櫃，有名女子忙著攪拌大砂鍋裡的菜，回眸一笑。

「朱利安，那是瑪莉嗎？」

「哦是啊，那是我最美好的回憶之一。小屋裡到處都有，廁所裡有她刷牙的畫，那裡也有一張——」他回指客廳，「她窩在她的扶手椅裡面看書。我不相信照片，它們沒有靈魂。」

他們坐在火爐邊烤煎餅，舒適程度不一，要看他們坐到的是哪一件蛀蝕家具。

「我覺得我像是被送入了伊妮．布萊頓的小說情境之中，」巴茲說道，「朱利安就像是昆廷叔叔。莫妮卡，是不是準備要帶沙丁魚罐頭與一堆薑汁啤酒前往基林島？」

被當成昆廷叔叔好嗎？朱利安並不確定，他哪裡像戀童癖了？

他開口說道，「有件事不知道是否可以請你們幫忙？」

「沒問題啊。」巴茲不假思索回應，根本沒等朱利安到底要問什麼。

「我在想我應該需要一支手機。所以要是美術課有什麼狀況，可以聯絡我。」脫口而出之後，他立刻就後悔想要收回來。他不希望自己的語氣聽起來很迫切、或是讓哪個人覺得必須要打電話給他。

「你真的還沒有手機哦？」巴茲是網路發明之後出生的世代，他完全不能理解。

「好，我已經好一陣子幾乎沒有任何活動了，也沒有人想要打電話給我，所以要那個東西幹什麼？我用的是那個……」他伸手指向放在角落的深綠色電木材質電話，上面還有撥盤，捲狀電話線的另一頭是沉重的話筒。莫妮卡走過去，仔細觀看，撥盤中央的圓面寫有富爾姆路三二七六號。「而且，」朱利安滔滔不絕，「使用那種電話，就可以亂摔，你們拿手機就不能這樣吧。你們想想看，這是一個永遠不知道摔電話樂趣的世代。」

莫妮卡說道，「我爸媽以前在玄關裡也放了一具那樣的電話，在我很小的時候。」

「我過去的確有過手機。其實，我曾經是嚐鮮者，」朱利安告訴他們，「曾經有人給過我第一代手機試用，因為那時候的我還相當時髦，所以某本雜誌想採訪我，問我是否會蔚為風潮，搞不好我還找得到那手機。」

他努力想要從椅內起身，但是這座椅比他平常坐的那一張深多了。巴茲伸手，扶他站了起來，「巴茲，謝謝，」他說道，「這陣子啊，要是我坐太久，一切似乎都會卡機。」

「你應該要練太極，就跟我奶奶一樣，」他說道，「她說超級有效，開啟一日之初的唯一方法。她說這可以讓老人家身體暢通，腦袋靈活。」

莫妮卡問道，「所以當時你覺得它們會流行嗎？我是說手機？」

「才沒有！」朱利安哈哈大笑，「我說哪有正常人希望自己隨時被找到？我當然不願意，而且這也是侵犯隱私！」

朱利安把手伸向角落高處的櫃子，取下一個髒兮兮的大型紙箱，裡面有一個很難被稱之為手機的電話，形狀如磚頭，頂端冒出一根堅實的天線，而且體積比莫妮卡的手提包還大，需要一個小型公事包才能帶它四處跑。

「朱利安，哥頓・蓋柯在電影《華爾街》裡面使用的就是同一個型號，」雷利說道，「你可以拿到 eBay 上面拍賣，一定賺大錢，那是真正藏家想要的珍品。」

「我也還有一支比較新的諾基亞手機，」朱利安說道，「九〇年代的時候，不過，瑪莉走了之後，它壞了，我就懶得換了，我一直沒有用那些聰明型手機。」

雷利糾正他，「是智慧型手機。」

「但你有上網吧？」巴茲大驚，「應該有筆電啊什麼的東西？」

「年輕人，我不是百分百的盧德分子。我有電腦。我這個人與時俱進，我看報紙，所有的時尚雜誌都不放過，我也看電視。我猜我比你更了解二〇一九年春夏造型的影響力。畢竟，我有的是時間。」

巴茲拿起一把斜靠在書櫃上的中提琴，上面有一層薄灰，「朱利安，你會拉中提琴？」

「那不是我的，是瑪莉的東西。麻煩請你放好，瑪莉不喜歡別人碰她的中提琴。」朱利安講出口的時候才驚覺自己的語氣有一種不必要的唐突，很可能會遭到別人指責為反應過度，可憐的巴茲似乎有點被嚇到了。

雷利問道，「可以借用你家便所嗎？」他轉移話題，來得正是時候。便所？這裡是倫敦市中心，不是澳洲荒野內地。朱利安決定算了，直接指向前門的位置。

一陣巨大碰撞聲傳來，莫妮卡正在喝茶，一些茶水潑濺到大腿上面。大家全都轉頭望向雷利，他站在原地，驚嚇不已，周遭是宛若從玩偶盒蹦跳而出、從櫥櫃裡散落而出的一堆堆物品。從盒套脫滑而出的唱片、雨鞋、雜誌，養蜂裝頭罩還正好平平穩穩落在最上方。

「我想我開錯門了……」他對他們回吼，努力想要把一切塞回櫃子裡。這是不可能的任務，因為那一堆東西的空間似乎是櫃內的兩倍之多。

「小朋友，不用管了，」朱利安說道，「我等一下再整理，我得要全部扔掉。」

「不可以！朱利安！」雷利面色驚恐，「裡面一定可以挖出一些寶，我會上網幫你賣掉。」

「我不可能請你幫那種忙，」朱利安抗議，「我相信你的時間可以拿去從事更有趣的活動，或者，至少我要付給你合理酬勞。」

「這樣吧，要是我每賣掉一樣東西，就讓我抽個百分之十，那麼我們皆大歡喜。你清掉了一些東西，我也拿到了一些旅遊基金，我超想去巴黎。」

「手機的事我可以幫忙，」莫妮卡插話，「我最近剛升級我的哀鳳，所以你可以用我舊的那一支，我們會幫你準備預付型電信卡。」

朱利安望著雷利與莫妮卡，兩人肩並肩坐在他的沙發上面。要是他沒看錯的話，雷利有點迷戀莫妮卡。而且，靠著他觀察位置細節的藝術家之眼，他發現雷利在模仿她的姿態，而且與一般人會選擇的位置相比、更稍微貼近了她一點（但這有可能是因為他沙發左側的裸露彈簧與迸裂而出的棉花）。

啊，青春的熱情。

17

莫妮卡

莫妮卡猛擦櫃台準備開張。她盯著緊握手中的那瓶清潔液，吸入令人神清氣爽的山松香氣，她現在才驚覺自己一直在哼歌。莫妮卡不是天生愛哼歌的人，不過，最近她經常在哼歌，這一點也讓她嚇了一大跳。

自從她創設了每週一次的美術班之後，就有某個棒針同好會與孕婦瑜伽班找上她，這兩個單位都在找當地的晚間聚會地點。莫妮卡的咖啡店似乎成了當地社區的中心，完全符合了她當初看到那間被木板封條的甜點店所浮現的夢想。而且，更棒的是，昨晚當她坐下來計算總帳的時候，幾乎快要打平了。這是她第一次在自己的透支隧道中看到了一絲流動性的隙縫。

然後，還有朱利安。她真心喜歡有他作伴，還有他的美術課，而她自己也產生了那種宛若某人做了好事、改善別人生活之後所產生的溫暖自豪光芒。如果在商務法律事務所工作，不太可能會有那種感受。

莫妮卡當初開美術課的初衷是為了要幫助別人，但現在似乎自己受益更多，這一點讓她嚇了一大跳。她一直不相信因果，但現在卻為之改觀。

還有錦上添花的部分，雷利。當然，她知道他不能算是完整的錦織品。要是她過分細究他們的關係，或是往前看得太遠，她知道這並不符合她的標準，所以，她就不細究了。莫妮卡只駐留當下，當每一天到來的時候，她就是盡情享受。誰知道接下來會發生什麼事？或者雷利會在倫敦待多久？

顯然這種態度並非自然而生。莫妮卡花了許多時間計畫與努力，才終於能夠這麼放鬆。她每天提前半小時起床作拜日式，而且不斷重複自己的箴言。

「昨日是歷史，明日是謎題，而今日是贈禮。」她刷牙的時候不斷對自己朗誦。

「不是快樂的人才會感恩，而是感恩的人才會快樂。」這是她梳頭髮時的自言自語。

莫妮卡對於自己幾乎已經是接近完全放鬆邊緣的全新態度感到自豪。通常，到了這個階段，她就會在心中把自己的一生電影快速往前播放，一直到她想出自己與雷利要在哪裡以及何時結婚，小孩要取什麼名字，以及客房浴室的毛巾顏色（白色）。

莫妮卡想到了以前買下的那些心靈勵志類書籍，還有曾經上過的正念課、以及她哀鳳手機裡那一堆冥想軟體。這一切的努力都是為了要阻斷自己擔心未來，而她真正需要的其實是一個類似雷利的男人，因為她確信自己態度發生轉變都是因為他。

莫妮卡認識的多數男人都有焦慮。他們覺得自己念過的學校、自小成長的家、缺乏如雕像般的腹肌，或是自身的床笫戰績總是感到不足。不過，雷利似乎對於自己的外貌感到十分自在。他的個性超級坦白隨和，一點也不複雜。他不是什麼神秘或是有層層秘密的男人——從有利的那一面看來，他完全誠實透明。雷利從來不會逼迫自己想太遠，其實，他似乎根本沒花什麼時間想這種事，但話說回來，沒有人是完美的。而且，他的心態似乎有感染力，這是莫妮卡有生以來第一次覺得自己不需要玩遊戲或是在周邊建立任何防禦性城牆。

昨天，他們前往朱利安那間時間異位的獨特家宅喝茶。莫妮卡很喜歡那個地方，只不過顯然有衛生問題。當她第一次進入廚房，踩到一條從天花板垂落、佈滿數百片蟲屍的黃色黏條，忍不住大聲尖叫。她的恐懼讓朱利安完全不受其擾，他告訴她，那「只是蒼蠅紙」。蒼蠅紙？真有那種東西？看來朱利安根本不知道食物準備區通常不該出現死屍嗎？

他們真的是拿烤叉、在真正的火堆上面烘煎餅（她努力不去多想這會對氣候變遷，還有因為浮冰融化而被迫與媽媽分離的可憐北極熊寶寶所造成的影響）。她當時與雷利一起坐在沙發上面，趁沒有人注意的時候，他捏了一下她的手。

喝過茶之後，雷利回到她的公寓。他們並沒有事先討論，她沒有開口邀請，他也沒有多問，一切就是這麼自然而然發生了。她在冰箱與櫥櫃裡挖出所有能煮的東西、弄了晚餐——青醬義大利麵，番茄、莫茲瑞拉起司、羅勒葉沙拉，他說這是他這幾個禮拜吃得最好的一餐。她面露微笑，想到了自己過去曾經為男人烹調的一切——舒芙蕾、火焰甜點、濃縮醬汁，大部分都沒有得到熱情回應。

當她發現雷利在盯著她書櫃的時候，讓她緊張了一下下。如果她知道會有這一場浪漫雙人晚餐，那麼她就會事先移走一些書。一想到他會注意到《他其實沒那麼喜歡妳》、《別理那男人》、

《追到他》、《男人來自火星，女人來自金星》這些書，就讓她尷尬到不行。莫妮卡把這種讀物當成了合情合理的基本功。她處理約會的方式就像她面對所有計畫一樣：進行背景研究、擬定方案、設定目標。不過，雷利應該會認為她這樣太偏執。他們兩人都沒有提到心靈勵志類書籍，而彆扭時刻很快就過去了。

那晚他並沒有留下來過夜。他們看了網飛的某部電影，一起窩在沙發上，共吃一碗墨西哥玉米片。他們幾乎都在親吻，還笑稱他們幾乎錯過了過於複雜的全部劇情。她一直在思考萬一他太急躁的話，該如何婉拒是好，不過，最後他並沒有，讓她頗為失望。

18

朱利安

朱利安不習慣有人在早晨七點半按他的對講機。不過，自從他拋出了「真心話計畫」之後，就此發生了許多詭怪新奇的事件。他還是一身睡衣睡褲，所以就近隨手加了一件外套（大約是一九九五年左右的亞歷山大．麥昆作品，有好看的肩章與金色飾扣），還有從樓梯下方櫥櫃蹦出來的雨鞋，然後，走向花園大門。

朱利安身高一百八十三公分，視線必須下移個幾十公分，才能看到他的訪客。她是個頭嬌小如鳥兒的中國女子，胡桃般的臉頰，雙眼宛若葡萄乾，還有一頭亂七八糟的灰色短髮，她很可能比他年紀更大一點。他忙著盯著她，居然忘了開口。

「我是貝蒂．吳，」她的音量遠遠比她的身材來得厚實，似乎對於這個身穿高級訂製服、破爛睡衣，加上雨天裝備的混搭風男子的外表沒有任何懼色，「我過來教你太極。」

「太極？」朱利安知道自己的語氣聽起來相當愚蠢。

「我孫子，畢鳴，他說你想要學太極。」她回答的語氣慢條斯理，彷彿在對白癡或是小朋友講話。

「畢嗚？」朱利安重複了一次，那語氣真的像白癡，不然就是超萌小朋友，「哦，妳是說巴茲？」

「我不知道他為什麼不喜歡中文名字。他是覺得丟臉嗎？」這位貝蒂女士氣呼呼，「他說你希望我可以教你太極。」

朱利安從來沒講過那種事，但他知道與這種強大氣場之人爭辯並沒有意義。

「呃，我不知道妳要來，所以我這身打扮完全不適合，」朱利安提出抗議，他比多數人都更清楚身穿正確服裝的重要性，「也許我們改天好了？」

「再怎麼樣都無法跟當下相比，」吳老太太瞇起她的瞇瞇眼，「脫掉外套和那雙大靴子，」她怒氣沖沖盯著他的雨鞋，彷彿讓她超不爽一樣，「你有穿厚襪子嗎？」朱利安穿的是最暖和的睡眠羊毛襪，他默默點點頭。

吳老太太走入鋪面庭院的正中央，脫掉了她自己的黑色羊毛外套，把它放在鐵製長椅上面，露出了她的束繩寬鬆黑色長褲，以及淡灰色的長版罩衫。雖然天氣很冷，但是淡淡的冬陽卻照亮了有遮蔭的庭院，薄霧宛若仙塵閃閃發亮。

「我下令，你跟著照做。」吳老太太的雙腿分開，定住不動，彎膝，雙臂以華麗姿態高舉過頭迅速劃圈，她宛若一隻巨大的蒼鷺，以誇張之姿將空氣吸入鼻孔。

「太極對我們的體態、氣血循環，以及柔軟度都很有幫助，可以讓你延年益壽，我已經一百〇五歲了。」朱利安盯著她，不知該如何客氣回應，然後，她笑得好開心，露出稀疏的細小牙齒，與她的嘴巴不成比例。「我只是在開玩笑！太極很棒，但沒那麼厲害。」

吳老太太再次彎膝，然後，側身，將一隻手臂放在背後、把另一隻手臂往前推，手掌向外，彷彿在抵抗入侵者一樣。「太極的重點是陰陽調和。要是你強硬對抗蠻力，雙方都會崩毀。太極要以柔克剛，所以進犯之力就會自我消解，這也是生活哲學，你懂嗎？」

朱利安點點頭，不過他發現自己很難一邊全面消化吳老太太的叮囑、一邊同時效仿她的動作。多工一直不是他的強項，這就是他一直沒辦法成為鋼琴大師的原因，他沒有辦法在同一時間讓兩隻手做出不一樣的動作。現在，他正努力以單腳保持平衡，同時以右肘碰觸他的右膝。

「我們在一九七三年剛來到這裡的時候，有兩個男人跑來餐廳撂話，『滾回中國！帶走你們髒兮兮的外來食物！』我回道，『你們在發怒，怒火來自腸胃。請坐，我為各位送上湯品，免費，會讓你們舒坦一點。』他們喝了我的餛飩湯，來自我外婆的祖傳秘方，自此之後，他們成了我們的忠實客人，長達四十年之久。以柔克剛，這是生活的訣竅。現在，你明白了吧。」說也奇怪，他真的懂了。

當朱利安繼續模仿吳老太太行雲流水般的大氣動作的時候，有一隻知更鳥飛下來，讓他想起了莫妮卡提過的《秘密花園》情節。牠盤踞在石造噴泉的邊緣，側頭凝望朱利安，彷彿很好奇他到底在幹什麼。朱利安單腳站立，搖搖晃晃，他心想，你應該是很納悶吧。

大約過了一個半小時之後，吳老太太雙手擺出祈禱姿態、向朱利安欠身鞠躬，依然在模仿她的朱利安，也朝她低頭致意。

「第一堂課成績不錯，」她說道，「在中國，我們說『一口吃不成胖子』，你必須要點滴累積，經常練習。我們明天見，同一時間。」她拿起自己的外套，穿上，動作一氣呵成。

朱利安問道，「這堂課我該給妳多少學費？」

貝蒂深吸一口氣，力道之大連鼻孔都為之發白，「不收錢！你是畢鳴的朋友，是藝術家對嗎？你教我畫畫。」

「好啊，」當她快步離開花園大門的時候，朱利安在她後面大喊，「那我們就週一美術課的時候見了。妳跟巴茲一起來，我的意思是畢鳴。」

吳老太太沒有轉身，直接舉手示意知道了，整個人不見了，讓人感覺這座庭院比她到來之前更加寂寥，彷彿她吸收了一些庭院的能量，一起帶走了。

朱利安拿起外套與雨鞋，走回自己的小屋，現在的步伐多了一些許久不曾出現的輕躍感。

朱利安朝海軍上將墳墓走去的時候，心想現在星期五到來的速度似乎比以前快多了，他上次來到這裡，似乎是剛剛才發生的事而已。這一次他看到大理石拱頂那裡已經綁了一些外套與圍巾、已經不再那麼訝異了。他繼續往前走，認出了他們是雷利、巴茲，還有吳老太太。

「我告訴奶奶我今天要來這裡，」巴茲說道，「她堅持要帶餛飩湯過來。」

「今天很冷，我的湯暖身又暖心。」吳老太太將大瓶保溫瓶裡的湯、分裝在由巴茲以柳編籃帶來的四個馬克杯裡面。

朱利安開口，「吳老太太，請坐！」他伸手指向海軍上將的墳地石板，其實他並不在乎她到底舒不舒服，但她站立的地點正好是凱斯的葬地。

「敬瑪莉！」雷利舉起馬克杯，吳老太太挑眉，彷彿成了兩條好奇的毛毛蟲。

巴茲對他奶奶默聲說道，「他太太，死了。」

眾人齊聲回覆，「敬瑪莉！」

19 雷利

雷利正忙著整理朱利安樓梯下方的櫥櫃，這儼然像是《超時空奇俠》影集裡的「塔迪斯」時空機器——從外頭完全無法想像裡面的空間居然這麼大。他不知道自己是否真能清理到最裡面，就算可以，也不知道是什麼時候的事，他發覺自己進入了另外一個宇宙。或者，應該說是納尼亞王國吧。當然，要是裡面下雪他也不覺得意外，爐柵裡沒有生火，冷得要死。

他上禮拜花了一整天的時間、拍攝了一些他挖出的東西，上傳到eBay，現在他已經賺到了超過七十五英鎊的佣金。要是朱利安願意讓他進那個衣帽間尋寶的話，他們一定能夠賺大錢。他曾經向朱利安提出了這樣的建議，當時朱利安對他大吼，「你連一隻襪子都賣不出去！」朱利安為了要表明立場，還刻意站在門口，宛若畸形的巨大竹節蟲，張開細瘦手臂阻止他進去。

雷利身邊堆滿了三大疊東西。其中之一是他認為容易賣出去的東西，另一堆應該要扔掉，最後一堆是必須保留的物品。

今天，他在快要十點鐘的時候到達，因為他知道朱利安會在十點鐘出去散步。朱利安刻意拖慢了準備出門的速度。他像老鷹一樣在雷利附近盤旋，然後突然俯衝而下，從屬於「垃圾」的那一堆物品中拉出一個碎花瓶。「這是查理王子在一九七五年龐德街展覽過後送給我的禮物，那一場的展作兩天內就全賣光了！

你知道嗎，瑪格麗特公主也來了，我覺得她真的對我有意思。」他的誇張日光凝望遠方，「瑪莉不喜歡她，討厭死了。如果我沒記錯的話，裡面塞滿了粉紅色的牡丹花。千萬要留下這個，小雷利，不，不，不可以，絕對不能丟。」

今天早晨，他一個人自己整理，有了明顯進展。一等到朱利安回來之後，他們就會開始進行冗長又痛苦的協商過程，但因為夾雜了朱利安在六〇、七〇、八〇年代的繽紛又猥褻的有趣故事，所以他可以忍耐不成問題。

朱利安會從那疊東西中的黑膠唱片裡抽出其中一張，拍去灰塵，把它放在老舊的留聲機上面，講述自己與席德．維瑟斯與他女友南西玩趴的故事，不然就是在聽「金髮美女」樂團的《玻璃心》原聲帶的時候，吐露自己曾經引誘了誰，讓雷利開心得不得了，但有多少能信他也不確定。朱利安似乎參加了近代的每一場重要社交聚會，包括了與克莉絲汀．基勒與曼蒂．萊斯－戴維斯多次共進晚餐，還有米克．傑格與瑪莉安娜．菲佛絲因為持有大麻而遭到逮捕的那一場派對。

昨天，朱利安向雷利介紹了「性手槍」、「談話頭」，以及「法蘭基到好萊塢」等樂團。當初他坐在伯斯海灘，想像自己的倫敦行的時候，壓根沒想到自己會假裝彈吉他、配合某個老人拿著佯裝為麥克風的空啤酒瓶、拉開嗓門唱出《無政府英國》的歌詞。當那首歌（如果真的能被稱之為歌的話）唱完的瞬間，他發覺有點不太對勁，朱利安淚如泉湧。

他開口問道，「朱利安，你還好嗎？」

「我沒事，」朱利安在自己面前揮揮手，動作宛若垂死飛蛾，「只是當我聽到這種歌曲的時候，那景象又回來了，歷歷在目，我的周邊又再次出現了那些獨特人士，在那個不可思議年代的老友們。然後，歌曲結束了，我想起自己只是個孤單老人，徒留髒兮兮的唱針在光滑黑膠唱片上上下下、以及過多的悔恨。」雷利不知道該說什麼是好？唱針是什麼東西？

結果，雷利的這趟倫敦之行來得正是時候，卻也不是時候。雖然天氣已經冷到連牙齒都凍僵，但他熱愛這座城市，而且結交了一些很棒的朋友。唯一的問題是莫妮卡。他與她在一起的時間越久，他就更加欣賞她。他非常喜歡她的毅力、她的活潑，還有她的聰明伶俐。他好喜歡她接住朱利安的方法，以如此巧妙的方式將他拉入她的圈子，讓他感受到有別人需要他、他可以發揮功能，他並不是一個被憐憫的人。他非常喜歡她對咖啡館與客人的熱情。光是和莫妮卡在一起，就已經讓他覺得自己更加勇敢、活力四射，更具有冒險精神。

不過，他們的整個關係的基礎是謊言，這一點讓他一想到就厭煩。或者，至少也應該說是真相殘缺不全。而且，他拖得越久，就越難坦白說出口。要是她發現她是某個前毒蟲憐憫計畫的目標，她會作何反應？一定會氣得半死，不然就是崩潰，或者覺得被羞辱，不然就是三者兼而有之。

雷利一直想要把「真心話計畫」拋諸腦後，不過，他看過的那些資料不可能當作沒看到。通常，他的反應就是放輕鬆，好好享受與準女友在一起的時光，順勢而行，看看最後會如何。不過，和莫妮卡在一起的時候，他對於她在小冊子裡書寫的內容卻讓他覺得格外敏感。他知道她渴望的是長長久久的關係，結婚生子，還有工作，但他只是想要在暢遊歐洲的時候玩得開心，不是嗎？

就連待在她那間公寓的美好夜晚，哈瑟德的幽魂依然緊纏不休。他還記得哈瑟德猜測莫妮卡的書架是以字母順序進行排列，他實在忍不住就趨前查看。結果她並不是按照字母順序排列書籍，而是照顏色分類。她當時是這麼說的，這樣比較賞心悅目。

其實，他知道得太多了，而莫妮卡知道得並不夠多，這也讓一切變得很複雜。他連自己到底對莫妮卡真心喜歡到什麼程度都不知道，而且也不清楚自己的情愫有多少是因為哈瑟德撮合的結果。要是全由他自動自發，會不會就沒那麼喜歡她了？或者，搞不好更喜歡？最可能的狀況是，他們永遠不會有機會相遇。

雷利在看到「真心話計畫」之前，是個百分百真誠的人，現在，他卻成了騙子。

他認為唯一的解方就是確保自己不會再繼續陷下去。然後，等到他幾個月之後、進展到下一個階段，莫妮卡就不會受傷太深，而且——重點是——她絕對不會發現一切是怎麼開始的。那就表示不能再接吻，其實，就是得要棄船——已經開始航行（而且相當令人開心）的船——但絕對不能，千萬不可有性愛。雷利自己對待性事很隨性，安之若素，但他很懷疑莫妮卡並不是這樣的人。

20

哈瑟德

哈瑟德覺得自己彷彿陷入了電影《今天暫時停止》的劇情之中。每一天都陽光普照，每天的生活作息都一模一樣：和尼爾一起冥想、漫步海灘、游泳、在吊床上看書、吃午餐、睡午覺、游泳、吃晚餐、就寢。他發覺自己「生活在夢幻世界裡」。他出現在照亮數千間辦公室的電腦螢幕保護程式照片之中，他應該要覺得感激涕零才是。不過，他很無聊，無聊到爆，無聊至極，無聊死了。

哈瑟德發覺他不知道每天到底是禮拜幾，不禁嚇了一大跳。他的一生都被行事曆暴君所統御——星期天夜晚的消沉，禮拜一早晨猛然驚醒、星期三的可有可無，還有週五之夜的歡欣。不過，現在他卻完全沒有頭緒，完全不知所措。

每天，至少會有一個人離開海灘，至少有一個人進來，通常是兩、三個，所以總是會認識新的人。不過，久而久之，那些閒聊全都糊化成為一段話而已。你從哪裡來？你接下來要做什麼？回國之後的打算？對於認識彼此，他們全都是敷衍了事，然後就消失不見了。這些持續不斷的全新開端，沒有任何的中間過程或是令人滿意的結局，讓人覺得好累。

不過就在幾個禮拜之前，哈瑟德告訴自己，我夠堅強，一定能夠走下去，抵抗回家的誘惑。

哈瑟德想家的時間越來越久，說也奇怪，他想的不是親友——那些記憶當中黏附了太多的悔恨。他很清楚「彌補」是什麼。某個傍晚，大約是一年前，他接到一個名叫溫蒂的女孩打來的電話。她告訴他，她目前正在完成每一項「步驟」，由於通話中斷了一會兒，所以他誤以為她指的是健身課。溫蒂解釋「戒酒匿名會」十二步驟的第九項正是「彌補」，所以她打電話來的目的是為了道歉，她好幾年前曾經腳踏兩條船，她當時並沒有告訴他，其實她自己已經結婚了。哈瑟德有一點困惑，他拚命滑自己哀鳳的老照片，最後才終於想起她是誰。不過，現在他卻想起了當時的溫蒂，還有她堅持「要彌補自己的過失」是復原的重要關鍵。那些曾經燒燬的橋，必須要重建，但還沒有到那個地步。他現在的距離太遙遠了，而且也太難，所以他在這個字詞下方寫下了「等我回國再處理」。

值此同時，由於生活變得單純多了，而且與自我憎惡的夾纏也大幅銳減，他開始惦念起朱利安、莫妮卡，以及雷利。

莫妮卡是否終於說服他幫她開美術課？朱利安是不是沒那麼寂寞了？還有，最讓他焦躁不安的問題是：雷利是否找到了莫妮卡？他是不是他的白馬王子？哈瑟德覺得自己就像是作家一樣，寫了小說的起頭，然後，進行到一半後，他的角色們就晃啊晃出了紙頁之外，自己玩起來了。他們怎麼敢這樣？難道他們沒有發現這一切都是他的功勞嗎？他知道幸福結局的機率有多低，但是，現在的他坐在自己的吊床裡，身處在不可思議的絕美環境之中，與現實完全隔絕，無論什麼似乎都有可能。

哈瑟德沉浸在行善的那股陌生的暖意之中，某種無私的感覺。和善，只要雷利好好合作，那麼他就已經改變了某人的生活。莫妮卡一定會感激涕零！當然，他不需要別人道謝。

他挪移曬黑的大腿，下了吊床，腳趾頂住自己平台區的木板條、整個人輕輕左右搖晃。他暗罵自己居然沒有要雷利的手機號碼或是他的住宿地點，就連對方的姓氏是什麼都不知道。他真希望自己可以發通簡訊，「嗨，我是哈瑟德，你在倫敦過得怎麼樣？」不過，他提醒自己，反正他沒有手機，哪有辦法傳訊。他知道朱利安與莫妮卡出沒的地方，但是他們還沒有看過他的故事，而萊利應該也還沒有向他們提起有關他的細節。不過，他不能忍受自己被遺落在角落。哈瑟德總是喜歡當活動的中心人物——這應該就是害他一開始就陷入這場亂局的原因。

然後，他靈機一動。不是很完美，但那只是讓他自己可以重新進入故事中的小手段而已，讓他們知道他依然是「真心話計畫」的一部分。

這裡有兩台巡迴海灘的小巴，載旅客前往或離開島上唯一有郵局、銀行，以及各種商店的小鎮。等到小巴又開到「幸運媽媽」的時候，芭芭拉對他大吼一聲，哈瑟德立刻跳上去了。

小巴在飛灰滿天、坑坑洞洞的鄉道顛簸前進。這台車沒有車門，只有一個遮擋太陽的帆布頂，還有一個露天式的車後乘車空間。空氣黏滯，有汗水與防曬乳的氣味。面對面的長板椅各具兩側，一邊約坐五、六名乘客，有些人緊抓著帆布背包，還有的只帶了海灘袋。哈瑟德低頭，盯著他身旁的那一排腿——不同色澤的白色、棕色，以及紅色，大多有蚊子腫包以及珊瑚礁的擦傷痕跡。他們交談的是例常話題：你住在哪裡？去了哪些地方？有沒有什麼建議的景點？哈瑟德聊這種事的次數已經多到他知道所有值得推薦的觀光景點、餐廳，以及酒吧，不論是這座島或是更遠的地方，他都很熟，他並沒有向他人吐露自己從來沒去過那些地方，最多就是他住的那個小海灘，還有偶爾前往最近的小鎮。他不想解釋理由：因為我沒辦法信任自己。

小巴停在迷你渡輪船塢，那裡有艘船正準備載客前往蘇美島。還有另一艘比較大的船，可以讓乘客前往位於本土大陸的素叻他尼。哈瑟德一度猶豫了好幾分鐘，不知道是否要直接上船。他T恤裡的腰包放有護照與現金，也許這樣不成問題，把所有的東西都留在他自己的小屋，他並不介意，不過，他還欠安迪與芭芭拉一週的房租，他們這麼和善，他不希望他們認為他故意不告而別。

哈瑟德走入了雜貨店。這是他購買紗籠裙、防曬乳、洗髮精，以及牙膏的地方。剛進去門口的位置擺放了一個展售明信片的旋轉架。哈瑟德開始轉啊轉，終於找到了一張可以看到他海灘的明信片。空照圖，甚至還可以看到他的小屋。

哈瑟德坐在咖啡店外頭的桌子，以吸管啜飲巨型椰子裡的果汁，望著從蘇美島過來的渡輪吐出了一些新遊客，把他們放在木製甲板上面。他們興奮討論目的地的美景，完全沒有理會奮力處理他們背包的船夫。他向服務生借了原子筆，開始寫字。

莫妮卡，莫妮卡的咖啡店，英國倫敦富爾姆區，富爾姆七百八十三號獻給販賣全倫敦最好喝咖啡的女主人。

我們即將相會。

哈瑟德

哈瑟德趕緊到了郵局，買了郵票貼上去，寄出，以免等一下改變心意。

21

莫妮卡

莫妮卡為了傍晚的美術課，正忙著整理咖啡店的場地。她的手機已經響了五次，不用看也知道是誰打的電話，又是朱利安把手機放在口袋裡誤觸撥號功能。他還不是很了解該如何使用自己的新手機，不過，今天稍早的時候，他好不容易搞懂要怎麼打電話給她，然後說出他認為美術班已經可以進入到「人體形式」的階段，訊問她是否可以找人當他們的模特兒。

講出口很容易，但真正找人就不是這樣了。時間不足，無法做廣告宣傳，所以她去詢問班吉。她解釋這並非是莫名的裸露，而是藝術。沒有人會把他當成裸體的班吉，而是某種主題，很像是龍蝦賴瑞一樣，只不過，他並不會最後成為大家的晚餐。她確定朱利安會選擇有品味的審慎姿勢，所以不會有人看到他的……（她說到這裡的時候聲音就慢慢消失了）。最後，她靠著提供雙倍加班費與一天休假的條件，終於達成了協議。

朱利安到了，今天一身皮衣勁裝，宛若電影《火爆浪子》男主角丹尼的老人版，美術班已經全員到齊。「我起了雞皮疙瘩，它們正在蔓延……」巴茲悄聲對班吉唱出那部電影的主題歌，班吉沒有笑，只是窩在櫃台後面，努力讓自己看起來雖然緊張但依然有叛逆氣息。等到大家都找到桌子入座之後，朱利安發下畫紙與鉛筆。

「各位女士先生，我們今天要回歸鉛筆素描，因為我們要從靜物進階到人物階段。在我們開始之前，請先容我向各位介紹吳老太太。」

每一個人都向這位站起來鞠躬的嬌小中國女子問好，其實她站著的時候也沒有比坐下時高多少。

「叫我貝蒂！」她的語氣有點憤怒。

「親愛的班吉好心答應要當我們今天的模特兒，」等到所有的介紹結束之後，朱利安說道，「班吉，可以請你過來這裡嗎？」

班吉側身走向大家，「呃，我該在哪裡脫衣服？」

「衣服？老弟別搞笑了。我們只需要看到你的雙手！根本還不會走路就想奔跑，沒有意義。好，你坐在這張椅子上面，緊抓這個馬克杯，以手指扣住它，就是這樣。雙手是最難描繪的人體部位之一，所以，那就是我們今天唯一的重點。」

班吉怒瞪莫妮卡，他懷疑自己被設計了。莫妮卡也回瞪過去，她知道讓他衣裝完整坐在那裡兩個小時，自己付出的價碼高得誇張。蘇菲與卡洛琳相當垂頭掃氣。蘇菲對卡洛琳低聲講了幾句話，她發出悶笑。

朱利安繼續滔滔不絕，似乎對於周邊的暗潮洶湧完全不以為意。「就連最老練的藝術家也覺得描繪人手很困難。」朱利安停頓了一會兒，挑眉，彷彿是要告訴大家這一點並不適用於他自己。「盡量別去想你已知的手與手指是什麼模樣。反而要把它們視為形狀、邊緣，以及輪廓的組合體，試想要如何運用你的鉛筆跡痕、去描繪人手的肉骨與其緊握堅硬物體之間的差異。還有，畫畫的時候，拜託，千萬不要把班吉的優雅手指畫成一串蕉。」

全班慢慢恢復平靜，只有鉛筆刮擦聲響、偶爾的低語、或是朱利安開口指導的時候才會劃破這股寧和。

課程將近尾聲，雷利舉手發問。

「年輕人，這是哪招？搞清楚，我們又不是在學校！不需要舉手！」朱利安的模樣頗像是嚴厲的校長。

「呃，我打算要去巴黎，不知道您有沒有推薦的美術館？」雷利放下手臂，姿態笨拙，伸手梳理了一下他的金色捲髮。

每當雷利提到要離開倫敦的時候，莫妮卡都會感受到腹中出現一股不安糾結。她努力擦拭，宛若把它當成了她的咖啡店窗面上的某塊污漬。她嚴正提醒自己，要活在當下。

「哦，巴黎啊，我至少二十年沒去過那地方了。」朱利安說道，「有太多選項了——當然，羅浮宮不可錯過，奧塞美術館與龐畢度藝術中心也會是很好的起點。」

他停頓下來，皺眉深思，「這樣吧？我們應該大家都去！美術班郊遊！你們覺得怎麼樣？」

莫妮卡最愛的就是新計畫，她插話，「太好了！我可以預訂『歐洲之星』的團體座位。要是我們現在預訂一月份的車票，應該可以買到漂亮的價格。我研究一下花費，下禮拜向大家回報。

還有，今晚留下來學員的十英鎊晚餐，是由貝蒂．吳所提供的美妙湯品。」

「蟹肉玉米湯、韭菜鮮蝦水餃、素食春捲，」貝蒂大聲嚷嚷，「畢嗚！給人家準備筷子、碗，還有湯匙，麻煩了！」

莫妮卡低聲詢問班吉，「畢嗚？」

「我知道，別說了，」班吉回她，「他完全不想承認。」

當大家帶著程度各異的驕傲與尷尬、緊掐著班吉之手的素描畫作離開咖啡店的時候，雷利一直在後頭東摸西摸，貝蒂湯品的暖心熱感隔絕了冷夜空氣。

他詢問莫妮卡，雙手滑過她的背脊，「要不要我幫忙關店？」他的雙手扣住她牛仔褲的腰帶、把她拉到自己面前。衝浪者大腿緊貼她腿部的那種觸感，害她的呼吸哽在喉間出不來。

「謝謝……」她不知道今晚是否該讓他過夜，如果他真的開口的話。她開始想像他熟睡的容顏，深色的長睫毛貼住臉頰。她想到了他深色皮膚的四肢，與她的清爽白色床被夾纏在一起的模樣。她的臉好燙，她非常確定自己臉紅了。她不確定自己的意志是否強大到可以叫他回家。她走到收銀台，準備鎖好。雷利跟過去，手裡拎著兩個未歸位的酒杯回到了吧台。

雷利指著櫃台後面那一排以顏色分門別類的便利貼，「這些是什麼？」

莫妮卡回道，「那些是我的客戶筆記。」雷利拿起了其中一張，凝視那整齊的字體，他因為看過那本小冊子而知道是誰的筆跡。

「史金納太太，對乳製品過敏，寶寶名叫歐利，要問候新生小狗狗」他大聲念出來，「我一直以為妳有超強記憶力。」

「我的確有超強記憶力，」莫妮卡回道，「我是為了班吉而寫下這些字條。嘿，這趟巴黎之旅讓我好期待！」她趕緊轉移雷利的注意力，以免被他發現某些沒那麼寬厚的字條，比方說，「注意伯爾特，富爾姆族球隊的瘋狂球迷，直接用手抹鼻涕，記得要使用抗菌紙巾。」

「你覺得大家都會來嗎？我要找一些很酷的用餐地點，實在太多了，很難選擇。雷利，你一定會愛上那裡，它真的是全世界最美麗的城市之一……」她講話講到一半的時候，迅速把原本要講的「浪漫」置換為「美麗」。這是一次文化探險，而不是情色週末。話雖如此，但她也許可以預訂某間迷人的精品旅館，他們兩個可以多待一晚。在塞納河畔來個日落散步，在床上吃熱呼呼的巧克力麵包，搭配濃烈咖啡與鮮搾柳橙汁。

她甩開了自己的白日夢，發現雷利已經分神，盯著她肩後的方向。她轉頭，想知道到底是什麼吸引了他的目光，原來是一張釘在公告欄的明信片。

「好美的海灘，是吧？泰國的某個地方。」她瞇眼盯著右下角的印字，「顯然是帕岸島，但真的很離奇，我不知道這是哪來的，但對方似乎認識我，你看。」她取下明信片的圖釘，把它翻過來，交給了雷利。「寄件人寫明了是莫妮卡，我們即將相會。你覺得是不是什麼跟蹤狂？而且署名是哈瑟德，我說那是什麼名字嗎？聽起來像是交通號誌！」

然後，雷利幾乎沒道別，就說自己得走了。丟下手裡拿著那張奇怪明信片的莫妮卡，她心想自己到底是做錯了什麼事？

22

朱利安

莫妮卡並沒有告訴朱利安她要過來。朱利安懷疑她是刻意趁他不備來訪，所以他也沒辦法抗議。她站在他家門口，提了一個水桶，裡面裝滿了鮮豔的各色清潔用品，雙手已經戴上了亮黃色的橡膠手套。她在公共場合有過那身打扮嗎？當然是沒有。

「今天咖啡店沒什麼生意，」她說道，「所以我覺得可以過來，幫你稍微作一下春日大掃除。」想必他的表情就與他的感受一樣驚慌，因為她立刻迅速補充。

「不是你，而是你的房子，千萬不要擔心——完全不是苦差事。清掃一直是我最愛的活動之一，真的。而這個地方真的是很棒的……」她停頓數秒，冒出了「挑戰」這個詞彙，宛若小兔從帽子裡跳出來一樣。「朋友，這個呢，就是清潔計畫裡的勞斯萊斯。」

「小姐，妳真是可愛善良，」當她匆匆進入玄關，從他身邊走過去的時候，他開口，「但真的沒這麼必要，老實說，我喜歡它原來的樣子。除此之外，它散發出瑪莉的氣味。要是妳開始拿那些……東西，對這個地方展開攻擊，妳會立刻把她的痕跡沖刷殆盡。」這一點就可以堵住她的嘴了吧，難道她敢辯駁嗎？

莫妮卡停下腳步，轉身怒瞪她。

「朱利安，我不想無禮，可是——」朱利安真想把食指插入耳朵裡，但還是忍住了，大家在說出某些非常、超級粗魯的話之前，總是會先講出這種開場白。「——你是要告訴我瑪莉散發的氣味是霉斑、灰塵，還有死在你櫥櫃下方無法辨認的屍體？」

「哎呀，不是，當然不是！」他嚇到了，而且還有點生氣。也許莫妮卡也意識到了，因為她執起他的手、把它握在自己的掌心裡，幸好她早已脫掉了那好笑醜陋的手套。

「朱利安，告訴我瑪莉還在世的時候，你家聞起來是什麼味道？」

朱利安閉上雙眼，認真思考了好幾分鐘，在心中將氣味層層疊加。

「我記得有玫瑰花香，自製草莓果醬，還有新鮮檸檬的氣味。從巨型黃金色噴霧罐裡冒出的髮膠氣味。哦，當然，還有顏料的味道。」

「好，給我半小時，我馬上回來。」莫妮卡講完之後人就不見了，她來得快，去得也快。她回來的時候，正好是二十九分鐘之後的事，她帶了更多的東西，她把那堆袋子堆在角落，而且擋在它們前面，所以他看不到裡面有什麼東西。

「朱利安，我覺得你最好出去，留我一個人處理，」她說道，「你待在咖啡店裡面吧。我已經告訴班吉了，你不管要吃喝什麼，都算在我們的員工餐。你能待多久就待多久，我需要花一點時間。」

朱利安開始漸漸明瞭，與他的新朋友爭辯只是在浪費時間與精力，所以他離開了，與莫妮卡咖啡店來來去去的客人們度過了一個非常開心的下午。

班吉教他如何靠著一台體積如同一台小車，而且複雜度也不遑多讓的咖啡機，製作一杯美味的卡布奇諾。然後，他與班吉像是調皮男童一樣，一直在訕笑莫妮卡的「客戶筆記」，而且他們自己又加了幾張的偽製品。

至於自己的小屋被整理過後到底是什麼慘況，他也只能忍住不要多想了。

這是朱利安許久以來第一次敲自己的家門，搞不好其實從來不曾有過這樣的經驗。要踏進門內，讓他相當緊張，他覺得自己像是個客人，而不是主人。大約過了一、兩分鐘之後，莫妮卡出現了，她包了頭巾，露出好幾綹濕答答的髮絲。

她面色漲紅，目光燦亮，彷彿也為眼眸做了春日大掃除一樣。她穿了一件瑪莉的圍裙，她到底是在哪裡找到的？

「不好意思，我只整理好了客廳與廚房，」她說道，「改天再來處理其他部分，快進來！」

「莫妮卡！」他驚嘆，「這是徹底大改造啊！」真的是這樣。光線完全穿透玻璃，照亮了光潔的地板。小毯的顏色從濁泥色澤轉為亮麗活潑，而且放眼望去完全看不到任何蜘蛛網。看起來又像個家了，莫妮卡彷彿洗去了十五年的歲月，還有一切的穢垢。

她問道，「現在可以聞到什麼？」他閉上雙眼，大力嗅聞。

「一定有檸檬。」

「對，我用的是檸檬氣味的清潔劑。還有呢？」

「草莓果醬！」

「又答對了。目前它正在乾淨閃亮的廚爐上面以小火細燉，我們必須找到一些果醬瓶。你先找位置坐，我來收尾。」

莫妮卡消失在外頭，回來的時候，捧著三大束玫瑰，想必她先前早已藏在花園裡。她四處奔忙找花瓶，把花朵放置在不同的平面。

「現在呢，」她以誇張語氣宣布，「準備要畫龍點睛了！」她變出了一罐萊雅雅蝶髮膠——完全就是瑪莉使用的品牌——然後，在他的客廳四處噴了一下。「朱利安，閉上眼睛。現在，這裡的氣味像是瑪莉還在的那個時候嗎？」

他往後貼靠在自己最愛的搖椅（現在已經完全沒有油膩感了），猛力吸氣，真的。他希望雙眼可以永遠閉上，停留在二〇〇三年。不過，他還有一件事沒完成。

「莫妮卡，」他說道，「我們得來畫畫，我來給你上一堂私人課，我至少可以靠這個表達一點心意。」

朱利安猛力推開通往畫室的雙開門，拿出一捲畫布，把它鋪在地上，開始拿某種油混顏料。

「莫妮卡，今天晚上，我們要來玩傑克森．波洛克的手法。我看過妳畫畫，非常工整，想要完全複製眼睛所見到的景象。不過，波洛克講過，繪畫是自我發掘的過程。每一個優秀的畫家畫出的都是自己的面貌。他的意思是要表現自己的感覺，不只是描繪線條而已。好，妳拿這支畫筆。」他交給莫妮卡一支幾乎與她的手一樣大的畫筆，「波洛克使用的是油漆，但我沒有，所以我們就混合亞麻仁油與松節油。他把帆布放在地上，然後在上頭懸空作畫，使用全身的力量，宛若芭蕾舞者一樣。妳準備好了嗎？」

他懷疑她應該是沒有，而且他看得出來她擔心會弄髒他才剛整理好的小屋，但她還是點點頭。他回到了客廳，挑了一張黑膠唱片，放在轉盤上面，只有一個人能夠肩負這項戲劇性任務：佛萊迪．墨裘瑞。

朱利安脫了鞋，輕盈滑過現在變得光潔發亮的木地板，回到了畫室，一直在高唱《波希米亞狂想曲》，雖然沒有佛萊迪的天賦，但卻有他的熱情。他拿了一支畫筆，把它浸入焦褐色的桶內，突然在畫布上大力一揮，顏料噴灑而出，成了巨大的弧狀。

「來啊，莫妮卡，來啊！」他大叫，「運用妳整隻手臂，感覺像是從腹部用力，把它釋放出來！」

她一開始的動作怯生生，不過，他看到她開始大笑，整個人放開了，將畫筆高舉過頭，宛若網球選手在底線發球，鎘紅色的顏料還滴到了她的頭髮。

朱利安展開跨步芭蕾蹲，佔住了整個畫布，他的手腕猛力揮動，顏料也隨之瀉落而下。「要不要？莫妮卡？妳要不要跳方丹戈舞[10]？方丹戈舞到底是什麼啊？還有，斯卡拉穆什又是誰啊？」

兩人都癱倒在地，身旁就是那幅他們合力完成的色彩肆狂之作。他們精疲力竭，狂笑不止。有新鮮顏料的氣味在他們上方懸浮，還混雜了玫瑰、檸檬、果醬，以及雅蝶髮膠的味道。

「朱利安，瑪莉是在家裡過世的嗎？」等到他們平靜下來、呼吸又恢復正常速度之後，莫妮卡問道，「我明白那是什麼感覺，你知道……」

「我不想講，抱歉。」朱利安粗魯打斷她，然後，他覺得自己好糟糕，看起來她想要對他說出什麼心事吧。幸好，她轉變了話題。

「你和瑪莉有沒有生小孩？」天，這種事也沒好到哪裡去。

「我們曾經嘗試過，」朱利安回道，「歷經過好幾次的可怕流產經驗之後，我們決定不要強求，那段日子不是很好過。」這種說法算是有點舉重若輕。

莫妮卡問道，「沒考慮領養嗎？」她的態度就與他的狗兒凱斯一樣堅定，絕對不放棄任何一塊骨頭。

「沒有……」其實這並非實情。瑪莉超想領養小孩，但被他否決了。要是不能把自己的基因傳承下去，那麼他看不出養小孩的目的何在。想想看，得要一輩子盯著自己小孩的臉，苦思他到底是從哪裡來的？他覺得這樣的解釋不會為他贏來太多同情。

莫妮卡問道，「你有沒有其他親人？兄弟姐妹？」

「我哥哥在他四十多歲的時候就過世了——多發性硬化症，可怕的疾病，」朱利安回道，「我應該要盡力幫忙，但是卻沒有這麼做。面對身體缺陷，我真的一籌莫展。我妹妹葛瑞絲在七

⑩ 此段為《波希米亞狂想曲》歌詞。

〇年代的時候移民到加拿大，這十多年都沒有回來過。她說，年紀太大了，不適合旅行。她有兩個小孩，不過，我只有在他們還是寶寶的時候見過面而已，剩下都是看臉書了，那真是很神奇的發明吧。我覺得當初自己依然俊美的時候，幸好沒有臉書，不然我可能會深陷其中。」他發現自己開始亂講話了。

莫妮卡問道，「所以你打算怎麼過聖誕節？」朱利安假裝陷入沉思，他說道，「天，好多選項，我沒辦法決定……」她是不是打算要邀他參加什麼活動？他努力克制自己，千萬不能太過興奮，以免她只是好奇一問而已。

「哦，」莫妮卡努力打破尷尬沉默，「我爸爸和伯納黛特準備要搭郵輪，前往加勒比海。這是他們的結婚五周年紀念日，也就是說我得要一個人過節。雷利也一樣，因為他的家人在世界的另一端。所以，我們在考慮可以在咖啡店吃聖誕午餐。要不要一起來？」

「對我來說，真的是夫復何求，」朱利安覺得頭暈目眩得好厲害，「莫妮卡，我我好像沒告訴過妳，當初是妳發現了我的小冊子，讓我好開心。」

「我也很開心是我發現了它……」她把手放在他的手背上面。他這才驚覺自己很不習慣肢體接觸，唯一經常碰觸他的人就只有他的理髮師而已。

「朱利安，你應該要畫雷利！」莫妮卡說道，「他會是很棒的模特兒。」

「嗯……」朱利安覺得畫這個人不需要太多層次。他暗罵自己，這樣的想法真是不厚道，他早就不是那個雞腸鳥肚的人了。

「說到雷利，」朱利安刻意裝出隨口一問的語氣，「我覺得他好像有那麼一點愛上妳了。」

「你真這麼覺得嗎？」莫妮卡面容微露哀傷，「我完全不確定。」

「妳是不是也寫了那本小冊子？」他開始起身，擔心讓莫妮卡身陷尷尬之中。他覺得為父之道應該就是這樣——想要顯示關切，但小心謹慎深怕越界。要是那個雷利惹她不開心，他會拿出朱利安本色對付那傢伙。

「是，但我現在對於自己寫下的內容覺得超尷尬。不過，你記得你說過講述這個故事搞不好會改變你的生活？嗯，我覺得光是寫下來就創造了某些魔法，因為我的生活就此完全翻轉。一切似乎都兜在一起了。至少，我這麼覺得。我把那本小冊子留在某間紅酒吧，幾個禮拜之前的事了。」

「我很好奇不知是誰發現了它。記得我後來寫了什麼嗎？或者，你還沒結識的那些人的生活因而發生改變。」

「嗯，」莫妮卡說道，「成績很可觀，你說是不是？」然後，她對他露出甜笑，這明明是他認識沒多久的朋友，也不知道為什麼，感覺像是早已認識了一輩子。

23

雷利

雷利坐在自己的狹小單人床上面，向室友布雷特商借的筆電，放在他大腿上面。他感覺碰到了床墊的某根彈簧，凹凸不平的硬物，就在他右大腿的下面，所以他稍稍挪向左側，重新調整大腿上的鍵盤位置。他正在喝沒加牛奶的茶，因為不知道是誰偷喝了他昨天剛買的啤酒，他的一手淡啤酒現在已經少了兩瓶，而且他的切達起司的邊角明顯少了一大塊，還多了一排齒印。他的解決方法是在剩下的私人物品貼上標籤，但一想到室友們會把他歸類為那種人就很不舒服，他真的不是那種喜歡標示疆界的人。

十二月的微溫陽光照亮了房間，它們勇敢穿透了雷利窗戶的積垢，那是華威克路成千上萬的車輛，日夜不休轟隆而過留下的廢氣。雷利覺得自己宛若一株白化的植物——缺乏光線與新鮮空氣而變得萎黃又細長。他天生的深色皮膚染上了一層黃疸色澤，而白金色的頭髮卻變得越來越深。他心想，過沒多久之後，他的頭髮與皮膚終會變成同一種顏色。

這是雷利來到倫敦之後、第一次覺得思念伯斯之情已經到了近乎無法令人承受的地步，他想念為其他人的花園施肥、澆水、除草，以及修剪的日子。他望向床邊的軟木塞板，上面貼滿了他澳洲的照片，十幾歲時與父親、兩個弟弟的合照，全在同一個地方衝浪，他媽媽拿著相機，大家都對著她露出燦爛笑容。她還是老樣子，取景搞得亂七八糟，所以天空佔比太多。還有他媽媽抱著襁褓中的他、回去峇里島探視她的家人。他的一群朋友為了他這趟長旅辦了烤肉歡送會，一夥人對著相機舉杯。他明明本來過的是充滿盈綠自然的日子，為什麼要換成被水泥禁錮、每一次吸入都是廢氣的生活？

雷利正在檢查他在eBay五花八門拍賣品的狀況。朱利安（幾乎沒穿過的）養蜂裝賺了點小錢，誰知道會有這麼多的業餘養蜂人？還有那個蒂芬妮檯燈，他老實描述物品狀態為「無法正常使用」以及「需要一些整修」，但還是每隔幾分鐘就有人出新的標價。最厲害的是朱利安的老舊手機，最後售出的價格有望超越最新款的哀鳳。雷利繼續往下滑，吐氣吹開遮蓋雙眼的一綹捲髮。

雷利房內僅有的家具是五斗櫃、掛了好幾個鐵絲衣架的置衣桿，以及一個貌似哪個醉鬼按照宜家家居的指示、組出的微微傾斜書櫃。雷利眼角可以瞄到朱利安的小冊子，在多處折角的小說以及旅遊書之間，一直在挑釁著他。

雷利覺得自己像是在流沙裡越陷越深。他記得自己在莫妮卡告示板看到那張海灘明信片的時候，胃部湧現一種噁心的感覺，他多麼盼望那只是巧合。

當莫妮卡一提到哈瑟德那個名字的時候，他就應該坦白說出實情。哦，對，他就是我在泰國遇到的那個傢伙，我出發之前認識了他。他給了我一本筆記本，我也因此找到了妳。是有多難？

但他搞砸了。更恐怖的是，他溜了，拋下莫妮卡拿著明信片站在原地，滿是困惑。現在他的欺騙程度更嚴重，他永遠無法宣稱一直等不到合適時機，他還沒有機會講出實話。他也不能辯稱自己以為那是另一個哈瑟德，要是那傢伙取的是正常名字就好了，比方說詹姆斯、山姆或萊利，要是叫做雷利，絕對不會有麻煩。

雷利與自己打勾勾講好了，他會向莫妮卡和盤托出一切，面對一切後果。要是她再也不想要見到他，那就這樣吧，反正他也應該是要上路了。不過，也許她會默默承受——覺得他們相識的過程是可以對朋友津津樂道的有趣軼事。當然，她一定看得出來，雖然他們會認識是因為哈瑟德的一手謀畫，但之後的一切卻是出於他真心喜歡她吧？他發覺其實不僅於此，連他自己都嚇了一大跳。

距離聖誕節只剩下一個禮拜，雷利不想要冒險、毀了莫妮卡精心籌辦的計畫。她對於要在咖啡店款待大家吃聖誕午餐何其興奮，他很清楚。他早就在她公寓的咖啡桌看到了各種清單：食材採購明細、以分鐘為計算單位的烹調計畫、禮物清單（他還來不及看她要送他什麼，她就趕緊把清單藏起來了）。她一度想要和他聊傑米．奧立佛與奈潔拉的不同，但顯然看出他的茫然表情，最後就放棄了。

莫妮卡本來打算邀請美術班的所有學員在參加各自的家庭歡慶活動之前、先來喝餐前飲品。大多數的人都要離開倫敦，但是貝蒂與巴茲還是會出席，班吉會過來吃午餐，因為他決定要與蘇格蘭的家人同慶除夕，而不是聖誕節。

他下定決心，要在聖誕節之後對她講實話，但一定要在新年之前。

雷利對自己暗自許諾之後，也稍微紓解了一點欺騙的沉重感。他望向那本小冊子，很想要把它給扔了。既然他已經下定決心要採取行動，那麼，在接下來這一個禮拜左右的時間，他打算忘了「真心話計畫」——但要是它一直留在那裡，絕對不可能裝作沒事。

他想要把它丟掉，但他不想當打破這條鎖鏈的人。感覺會帶來一種可怕的報應，摧毀了別人小心翼翼寫下的真誠故事。也許他應該繼續傳下去，就像莫妮卡與哈瑟德一樣，也許會帶給某人好運」——畢竟，當物是因為它才讓他結識了莫妮卡與一堆朋友。要是把朱利安的eBay之類的計畫也算進來的話，它甚至還幫他找到了工作。他相信收到下一個收到小冊子的人不會像他一樣犯蠢，會記得它的要義是**真心話**，而不是謊言。

隔壁房間傳來一陣充滿節奏的碰碰聲響，還夾雜了一些過於誇張的呻吟。這間改建得亂七八糟的公寓隔牆薄到不行，雷利甚至可以聽到相隔兩個房間的微弱放屁聲，而且，雖然他並沒有意願知道，但他其實很了解布雷特相當活躍的愛情生活。布雷特現在的女友，他很清楚，現在那種聲音是裝的，不可能有誰會與他的尼安德塔人室友玩到那麼瘋。

雷利從書架取下那本小冊子，從背包的側袋找出了一支筆，開始書寫。

等到雷利寫完的時候，外頭已經天黑了。他覺得已然擺脫了雙肩的重擔，轉移到了頁面上頭，一切都不會有事的。他走向窗前，準備要拉起那面不堪使用的窗簾的時候，看到了獨特奇景，他必須要告訴莫妮卡。

24

莫妮卡

莫妮卡正打算把門口的「營業中」招牌翻面、改為「打烊」的時候，雷利出現了。看起來他是從伯爵府一路跑過來，如果她不開門的話，他一定會直接衝進來。

「莫妮卡，妳看！」他大吼，「下雪了！」他猛搖頭，水珠散落一地，宛若游完泳之後的熱情獵犬。

「我知道，」她回道，「但應該不會下太久，很少會出現這種狀況，」她看得出來，這並非是雷利預期的反應，「雷利，你以前從來沒有看過雪嗎？」

「哦當然有啊，電影或網路影片啊什麼的，但從來沒有看過從天而降的真正落雪，像那樣……」他伸手指向胡亂飄飛的雪花。莫妮卡看著一臉詫異的他，那表情近乎驚呆。「好，」他的語氣略有不爽，「妳有沒有在內陸看過沙漠風暴或是野火？」她搖頭，「我想也是。反正，我們得到外面去！國家史博物館旁邊有一個滑冰場，我們走吧！」

「是自然史博物館⓫，」莫妮卡糾正他，「而且我不能就這麼跑出去玩。我得要清掃這裡，算帳，準備明天的一切，抱歉。」難道他忘記上次她與他見面的時候，他就在她講話講到一半的時候直接走人？

「莫妮卡，」雷利說道，「妳必須要稍微享受一下生活。那些事都可以等一等，妳要把握當下，不要再憂心未來了，要開心過日子，年輕就只有一次。」莫妮卡聽到他滔滔不絕說出那些宛若好萊塢爛電影劇本的陳腔濫調，忍不住面容抽搐。

「接下來你是不是要告訴我，絕對不會有人在安寧病床上的時候、講出當初真希望花多一點時間工作就好了，是嗎？」然後，她望著他的臉，神采煥發，充滿期待，她心想，瘋狂一下又何妨？

莫妮卡小時候有上溜冰課，還有芭蕾舞、鋼琴、豎笛、體操，以及戲劇課。直到十六歲的時候，一切戛然而止。但是，才不過幾分鐘的時間，她的肌肉喚起了那些塵封許久的記憶，她開始滑行，旋轉，充滿自信，甚至在炫技。她覺得好奇怪，為什麼她一直沒有重拾滑冰？她在青春年代的所有熱情，那些讓她心跳狂飆、填滿夢想的一切，全部都因為認真工作、保持理性、計畫未來的優先順序而放棄了。

說到了夢想，就算在她最狂野的美夢之中，也萬萬沒想到能夠與雷利這樣的大帥哥在一起，她必須不斷掐自己。無論他們走到哪裡，總是會引來旁人的注目禮。雷利這一輩子一定被別人盯得很習慣了，因為他看起來完全無視他人的目光。這些人是不是在想，他到底和她在一起做什麼？

雷利對於自己的外表完全無感。現在的他，看起來就像是首次踏上結冰湖面上的小鹿斑比——不願乖乖配合的四肢夾纏在一起，癱在冰面的時間比較多，而不是站直挺立。他躺在地上，金色捲髮散落在頭部周圍，宛若落入凡間天使的光環。她伸手拉他起來，他抓住她的手，搖搖晃晃起身，雙腳又不聽使喚飛滑出去，他再次摔地，而且這次連莫妮卡也一起遭殃。

莫妮卡整個人亂七八糟跌在雷利身上，她可以感受到他大笑的整個過程，打從一開始的腹部深處，接下來充滿在胸膛，然後就在她的耳畔炸裂。她以吻封住了他的笑，由於那種大笑的聲音，還有那一吻的感覺，全都如此自然單純，她突然驚覺所有的陳腔濫調說的都是真的。的確，雷利不符合她的標準，但也許該怪罪的是那套標準，而不是他。

雷利對他露出燦爛笑容，「莫妮卡，妳是怎麼辦到的？在冰上這麼優雅旋轉，宛若極地仙子一樣，我好佩服妳。」莫妮卡覺得自己可能會因為幸福感而爆炸，因為她看起來是個令人佩服的女子。

雷利站起來，幫忙扶起另一個同樣摔地的小女孩，讓她重新站穩。她瞠目結舌看著他，彷彿覺得他是聖誕老公公一樣，似乎就連十歲以下的小孩也無法抵擋他的魅力。

⓫ national與natural發音相近。

等到莫妮卡與雷利回到咖啡店的時候，已經是將近晚上十點了。莫妮卡知道自己必須完成剛剛拋下的雜務，但心中依然還有一股近乎暫時性瘋狂的衝動。

莫妮卡打開咖啡店的燈，再次看到了那張明信片。她站在吧台後面，打起精神面對雷利。

「雷利，你那天晚上為什麼要離開得那麼匆忙？」她盡量不要讓自己的語氣聽起來像是在對質，「是不是我哪裡惹你不高興？」

雷利回她，「天，沒有，千萬別這麼想。」她信了他的說法。雷利個性太直接，不可能說謊的時候毫無破綻。「我只是有一點，嗯，突然之間嚇到了。」他低頭看著自己的腳，彆扭來回磨蹭。

莫妮卡完全懂得那種感覺。畢竟，她自己對於他們的關係也嚇了一大跳——只要與人談戀愛——總是如此。她很難責怪他！其實，當她發現雷利也因為各種錯綜複雜情緒而陷入天人交戰的時候，她鬆了一口氣，也許兩人相似的程度超過了她的想像。

「要不要喝一點熱紅酒？」她覺得酒精也許有助挽回先前的輕鬆氣氛。她進入咖啡店後方的小廚房，開了瓦斯爐，把一瓶酒倒入某個大型平底鍋，同時還放了一些香料、柑橘，以及丁香。她聽到雷利在隔壁放音樂，艾拉．費茲傑羅，選得好。她攪拌酒汁十分鐘，其實這樣不夠久，但她今天完全憑感覺行事。

莫妮卡帶著兩杯勉強算是熱紅酒的酒杯、回到了咖啡店大廳。雷利從她手中接過酒杯，小心翼翼放在桌上，然後，握著她的手，開始與她共舞，當他帶著她旋身的時候，還展現精湛技巧、避開了所有的桌椅，他只是用指尖帶著她，然後把她拉到自己的面前。剛才笨手笨腳的四肢突然展現了美妙的協調性與控制力，很難相信是屬於同一人所有。

莫妮卡踏著舞步，發覺經常盤結心頭的憂愁已然消失無蹤。至少，在此時此刻，她不會擔心接下來會出現什麼狀況？萬一發生這個那個呢？最後會如何？或者，她最近掛心的事：到底誰看了我寫的那本愚蠢小冊子？當下只有音樂節拍、被雷利擁抱入懷的感覺才是唯一。

有台公車開過去，瞬間照亮了外頭的人行道，然後，就在她的咖啡店窗前，站著一位年輕女子，抱著全世界最漂亮、最肥嘟嘟的嬰兒，宛若現代版的聖母和聖嬰。小嬰兒以拳頭緊緊纏住他（她？）母親的髮絲，彷彿想要確保她永遠不會離棄。

在那麼一瞬間，她與那位年輕母親四目相接，對方似乎在說，妳看看妳的生活，這麼無聊又空虛，我所擁有的，才是人生的重點。

公車繼續朝普特尼前進，人行道再次陷入一片黑暗，剛才的景象消失了。也許它從來不曾出現過，搞不好是她的幻想，她的潛意識在提醒她千萬不要忘了自己的未竟之夢與目標。但是，不論那景象是真是假，原本無憂無慮的歡暢感已然消失無蹤。

25

愛麗絲

將近十一點了，愛麗絲以娃娃車推著邦蒂，想要哄她入睡。這一招似乎奏效，鬼叫轉為鼻息，而且剛剛的那十五分鐘，一片寧和。愛麗絲掉頭回家，迫不及待想要讓自己補眠。誰會想到居然有這麼一天呢？她最渴望的是連續不中斷的八小時睡眠——而不是金錢、性、名聲，或是馬諾洛·布拉尼克的最新鞋款？

當愛麗絲經過她最愛的某間咖啡店的時候——是叫什麼名字來著？黛芬妮？貝琳達？反正是某個很老派的名字——她停下腳步。裡面燈光依然大亮，所以她可以看到有兩個人在桌間跳舞，宛若從好萊塢最新的幸福浪漫電影之中、冒出來的不可思議美好場景。

愛麗絲知道自己應該要繼續往前走才是，不過，她的雙腳卻宛若遭到焊接，死黏在地。她隱身在一片黝黑的人行道，自在觀看，當那男子以無比愛意與溫柔俯視懷中女子的時候，她好想哭。

一開始的時候，麥克斯凝望她的眼神宛若把她當成了公主，他不敢相信自己怎麼這麼好運，不過，他已經許久不曾以那種目光凝視她。她很懷疑，看著自己的一生摯愛生小孩，其間交雜著各式各樣的吼叫、流汗、撕裂，以及體液，很可能會對另一半永遠改觀吧。她曾經要求他留在孕婦的「頭端」，但他堅持要看到他的第一個小孩呱呱墜地。她很篤定，這真的是大錯特錯。而且，當麥克斯雙膝一軟、頭部撞到輪床的時候，他們還得找另一名助產士來處理他的傷勢。就在昨天，麥克斯錯把她的痔瘡膏當成了他的牙膏。在他們的關係之中，幾乎沒有什麼浪漫，自然也就不令人意外了。

愛麗絲非常確定那個在演電影的女孩沒有小嬰兒、妊娠紋，或是痔瘡。她很自由，無拘無束，獨立，世界就是她的牡蠣。然後，邦蒂因為嬰兒車突然停止行進開始大叫，彷彿在提醒愛麗絲，她與那些特質完全沾不上邊。

愛麗絲抱起邦蒂，以布洛拉牌喀什米爾毯裹住了寶寶，希望她不要只有被侵擾的感覺而已。但邦蒂卻變本加厲，死抓愛麗絲的頭髮，猛扯髮根，送向自己的嘴巴。然後，一輛公車開過去，照亮了人行道，就在那個當下，咖啡館裡的女孩轉身，盯著愛麗絲，雙眼充滿同情。對方似乎再說，妳這個可憐的小東西，難道妳不想變成我嗎？

她真的很想。

愛麗絲夜晚睡得斷斷續續，被咖啡店那對男女的夢境頻頻打斷。不過，在她的夢中，她成了跳舞的女子，而某人——她不知道是誰——正在凝視。愛麗絲搖頭，努力想要轉移那幅幻象，這樣她才能專心對付手邊的任務，她現在一心想要擺脫的就是自己的愚蠢應景頭飾。

愛麗絲與邦蒂都戴了麋鹿頭角，愛麗絲調整邦蒂的角度，好讓她們的鼻子可以幾乎碰在一起。照片正中央是邦蒂的全臉，帶有露出牙齦的燦笑，而愛麗絲的部分只有她的蜂蜜金色挑染髮絲（她標記了丹尼爾髮型設計），還有一小部分的側臉。為了保險起見，愛麗絲又多照了幾張，

邦蒂的真名是艾蜜莉，不過，在她出生後的那幾天，他們一直在吵到底要給她取什麼名字（老實說，他們現在依然幾乎是無所不吵），當時就暫時給她一個小名，「邦蒂寶寶」，然後就沿用至今。現在「邦蒂寶寶」這個帳號的追蹤者幾乎就與「愛麗絲夢遊仙境」一樣多。

愛麗絲在修圖軟體裡挑出最好的一張，然後把自己的一小塊眼白調為亮白，消除了黑眼圈，以及所有的細紋。她也以同樣手法處理了邦蒂的照片，從寶寶的IG上絕對看不出她有奶癬與乳痂。然後，愛麗絲加了濾鏡，打出「聖誕節快來囉！」這句話，又加了一些應景的表情符號，以及媽咪與時尚部落客經常會使用的主題標籤，標記了送給她麋鹿頭角的「盛裝嬰兒」廠商，按下了完成鍵。她把手機面朝下，貼著桌面，過了五分鐘之後又翻過來，檢查按讚數，已經有五百四十七個了。這張一定會廣受好評，媽咪與寶寶的母女裝照片總是效果卓著。

邦蒂開始大叫，造成愛麗絲左乳滲奶，T恤已經濕透。她才剛換衣服，而且這是她最後一件乾淨衣物了。睡眠不足讓她心神疏離，彷彿她是自己生活的旁觀者，而不是身在其中的主角。她好想哭，許多時候都泫然欲泣。

邦蒂以硬邦邦的牙齦緊緊咬住她痠痛龜裂的乳頭，愛麗絲面色抽搐。她還記得昨天以「邦蒂寶寶」帳號貼出的那張餵奶照，充滿藝術感的寧和畫面，靠著打燈與拍攝的角度掩蓋了水泡、疼

痛，以及淚水。哺育自己孩子這種再自然不過的事怎麼會如此可怕？為什麼沒有人事先警告她？有時候，面對脖子上掛著有識別證、不斷大喊「母乳最好母乳最好」、看到膽敢想要混用一瓶配方奶的媽媽就會頻搖手指警告的社區助產士，愛麗絲真想要以那脖子上的掛繩勒死對方。當然，想要殺死助產士，不會是新手媽咪的健康思維吧？

她把早餐時拍下的碎酪梨吐司推到一旁，把手伸入櫥櫃，邦蒂依然想用左手、拚命討她應急時的佳發牌蛋糕，愛麗絲把一整包都吃光了。愛麗絲等待平常的自我憎惡感開始發作，嗯，來了，準時報到。

等到邦蒂吃完、又在愛麗絲反穿的T恤吐了一口溢奶之後，愛麗絲開始在她的贊助商「寶寶與我」的衣服堆裡四處翻找，她必須要趕緊再貼一張寶寶時尚美圖，不然就趕不及聖誕節送貨了。她找到了最可愛的雙排扣花呢外套，搭配相稱的帽子和靴子，這樣就大功告成。

現在，愛麗絲必須要到外頭，這樣才能讓外套變得更美。而愛麗絲所住的小小排屋裡塞滿了紙箱、嬰兒玩具、一堆要洗的衣服，廚房水槽裡也積了一堆待清理的碗盤，實在不適合當背景，「愛麗絲夢遊仙境」帳號的女主角住在一個有品味、一塵不染、令人心生嚮往的家裡。反正，帶著自己的寶寶呼吸新鮮空氣是新手媽媽會做的事，對嗎？這樣符合了品牌形象。

她實在沒辦法再去找另一件乾淨的上衣，所以她乾脆穿上外套、蓋住寶寶嘔吐與溢奶的污痕。希望不會讓人在近距離聞到她的氣味。她摘掉自己的麋鹿頭角，戴上漂亮的球球帽（標記「我愛球球帽」廠商），遮蓋油膩的髮絲。她在玄關鏡前端詳自己，至少，看起來這麼憔悴，就不會有人認出她了。她默默提醒自己，要在麥克斯回家之前打起精神。對於麥克斯這樣的人而言，外表很重要。在她生小孩子之前，他看到的她都是妝容、髮型，到蜜蠟除毛都完美到不行的模樣，而有了寶寶之後就開始每況愈下。

然後，愛麗絲把幾乎派不上用場的必需品、放入她的巨大肩包，感覺像是花了好幾個小時之久——棉布、濕紙巾、屁屁霜、乳頭保護墊、出牙止痛凝膠、撥浪鼓，還有嘟嘟（女兒最喜歡的絨毛兔寶寶）。自從邦蒂在四個月前來到人間，離開這間房子的準備工作簡直像是要去聖母峰探險一樣。她回想當年，只需要把鑰匙、錢、手機塞進牛仔褲口袋裡就成了。那感覺像是截然不同的生活，隸屬於另外一個人。

把邦蒂打扮好、放入嬰兒推車之後，愛麗絲以倒退的方式步下階梯、到了人行道，邦蒂開始大哭。她不會是又餓了吧？

愛麗絲原本以為自己可以完全適應寶寶的哭聲，她能夠分辨飢餓和疲勞的不同，什麼是不適，什麼又是無聊。不過，邦蒂所有的哭聲似乎都指向同一種情緒：失望。她似乎是要說出這句話，這不符合我的期待。愛麗絲明白，因為她也有同樣的感覺。她加快步行節奏，希望嬰兒車的搖晃感能夠安撫邦蒂，但千萬不要讓她在拍照前就睡著了。

愛麗絲前往附近公園的小遊樂場，她可以把邦蒂放在嬰兒鞦韆裡面，這樣一來就可以好好展示她的衣服，而且邦蒂喜歡盪鞦韆，好，希望她會露出微笑。當她皺眉的時候，與邱吉爾有驚人的相似度，那種表情絕對會讓她失去一大票粉絲。

愛麗絲好盼望自己的老同學或大學同窗也生了娃娃，至少她可以找人聊一聊自己的真正感受。她可以搞清楚覺得母職如此艱難累人是否正常，不過，她的朋友們覺得二十六歲生小孩太年輕了。當初愛麗絲為什麼沒有相同的念頭？她一直急著想要完成美好願景：英俊富有的老公、富爾姆上流地段的維多利亞式風格排屋，還有美麗快樂的寶寶。她實踐了夢想，不是嗎？她的追蹤者當然是這麼覺得，這不禁讓她覺得自己真是不知好歹。

遊樂場空蕩蕩，但是寶寶鞦韆卻並非如此，上面放了一本筆記本。愛麗絲張望四周，想知道可能是誰的東西，但附近沒有人。她拿起這本小冊子——很像是她以前紀錄邦蒂吸奶的筆記本，早上五點四十分左乳十分鐘，右乳三分鐘。她一直想要建立常規，就像是專家們的建議一樣，但實在無法持久。最後，她一氣之下把那本記錄簿丟入尿布垃圾桶，因為那只證明了她徹頭徹尾的失敗。

她的本子封面有幾個字：邦蒂的餵奶日記。她還在邦蒂這名字周邊畫了一顆愛心。而這本小冊子也有幾個字，但筆跡更美：真心話計畫。愛麗絲喜歡那個自此念出來的感覺。畢竟，她的品牌（她提醒自己，應該要用複數，因為現在邦蒂也加入了）的重點就是真心。為了真實生活媽咪與她們的寶寶所展現的真實生活時尚，笑臉符號。

愛麗絲打開了小冊子，正打算要開始讀的時候，突然下雨了。啊。就連他媽的天空都在哭泣。豆大的雨滴已經糊濕了一些墨痕。她用袖子擦去頁面的雨水，趕緊把它放進包包裡，在尿布和嬰兒濕紙巾之間的位置，確保它可以保持乾燥，等一下她會想辦法處理。現在，她必須趕緊回家，不然母女倆都要被淋濕了。

26

朱利安

朱利安對於自己網購的太極服裝相當滿意。他發覺這是瑪莉不在身邊之後、他所買的第一套衣服。現在，他知道網購有多麼簡單，他已經下單買了一堆新的內褲與襪子，也該是時候了。也許他會請雷利幫他在eBay賣掉他的舊衣，他很想要聽聽雷利的意見，顯見他當初想要闖入朱利安的衣物間是正確決定。

朱利安挑選了忍者老人的造型，一生素黑，寬鬆的褲子，以及正面有中國結扣的寬袖襯衫。他看得出來，吳老太太（他發現很難把此人跟貝蒂這名字聯想在一起）深表讚賞，她眉毛挑得好高，一字眉的眉心一度出現破口。

朱利安與吳老太太正在做他現在已經相當熟悉的例行暖身步驟。他覺得，與吳老太太兩個禮拜前出現在他家花園大門時候相比，現在的他搖晃得沒那麼厲害，而且柔軟度也變好了。她開始隨身攜帶一袋飼料，在準備上課的時候全部撒開，這樣一來，過沒多久之後，他們就會被鳥兒所圍繞。

「身處在大自然之中，有益身心，」她當初是這麼向他解釋的，「而且也是良善因果。鳥兒們又冷又餓，我們餵食，牠們開心，我們也開心。」有時候，當他模仿吳老太太的動作，手臂放在後面，身體前彎的時候，他會看到鳥兒們飛撲而下吃飼料，一股詭異到不行的感覺在他心中油然而生，牠們也加入了練功行列。「朱利安，你感受得到你的祖靈嗎？」

他反問，「沒有，難道我應該要有感應嗎？」他們在哪裡？他可能會在哪裡感應到他們的存在？這種想法真是令人不舒服。他環顧四周，覺得搞不好會看到他爸爸坐在長椅上面、透過老花眼鏡盯著他，一臉不以為然。

「他們一直在我們的身邊，」對於這樣的概念，吳老太太顯然是安之若素，「這裡會有感受，」她捶拳重敲胸膛，「就在你的靈魂裡面。」

「我們怎麼會變得這麼老？」朱利安進入了比較自在的話題領域。當他在運動的時候，聽到自己的膝蓋發出不爽的吱嘎聲響，「我的內心依然覺得自己是二十一歲，然後，我看到了自己的雙手，滿是皺紋與斑痕，感覺不像是自己的一樣。昨天我在莫妮卡的咖啡店使用烘手機的時候，我手背的皮膚真的泛出了漣漪。」

吳老太太說道，「在這個國家，變老不是好事，」朱利安已經發現這是她最喜歡的聊天主題，「在中國，大家都會尊重老者的智慧。他們活得這麼久，人生歷練豐富。在英格蘭，老人是討厭鬼，家人把他們送走，安置在養老院，就像是老人監獄一樣。我的家人絕對不會對我做出那種事，他們沒那個膽。」

朱利安對此深信不疑。不過，他不是很確定自己是否算睿智或人生歷練豐富。他覺得現在的自己與二十多歲的時候相比，並沒有太大的差異，所以他每次望著鏡中的自己的時候、總是驚嚇萬分。

「吳老太太，妳擁有幸福美滿的家庭。」他向前舉起右腿，雙臂向兩側伸展。

她面露凶狠神色，「叫我貝蒂！」

「巴茲啊，我的意思是畢嗚，真的是好可愛，他男朋友也是一樣，那個班吉。」

吳老太太突然停下動作，一臉困惑，「男朋友？」

朱利安這才驚覺自己一定犯下了大錯，他誤以為她知道自己公開深情款款的孫子的性傾向。

「對啊，妳也知道，男的朋友。他們相處得很融洽，嗯，就是一般朋友。」

吳老太太狠狠瞪了朱利安一眼，不發一語，優雅做出了下一個動作。

朱利安吐氣，如釋重負。幸好他的情緒智商高過一般人，看來他順利解決了狀況。

27

莫妮卡

莫妮卡今年在咖啡店努力佈置聖誕節飾品，想必朱利安的美術課是解放了她某些深藏已久的創意天賦。她在「圖書館」放了一棵樹，除了有傳統的玻璃裝飾物之外，還有純白色的LED燈。每一張咖啡桌都有冬青與常春藤的中央桌飾，而且吧台上方還掛了一把巨大的槲寄生。不論來客是男是女，班吉都開心送吻。

巴茲在第六桌大喊，「水果餡餅[12]！」

班吉燦笑反唇相譏，「是要果醬還是檸檬口味？」

咖啡店裡一整天都在循環播放某張聖誕節合集。要是莫妮卡再聽到波諾問一次他們知道聖誕節嗎[13]？那麼她就會把班吉的iPad丟進水槽裡跟碗一起洗。

熱紅酒濃郁醇厚的複方香氣盈滿整間咖啡店。由於是平安夜，所以莫妮卡已經吩咐班吉，只要是她的熟客，一律免費招待紅酒。班吉刻意裝迷糊，來者就送酒，而且還會發出讚美，克賽里斯太太，今晚看起來好辣！小朋友都拿到了免費的巧克力圓幣，所以大家都露出微笑，而且到處都看得到巧克力指印，她真想拿著濕抹布跟在他們後頭擦乾淨，但還是忍住了。她提醒自己，這一次是練習母職的好機會。她看了一下手錶，已經快要下午五點了。

她開口問道，「班吉，我裝一瓶熱紅酒過去墓園，可以嗎？」

排隊的某名女子對她開玩笑，「親愛的，我不確定那裡的人是否還需要妳的熱紅酒。」

莫妮卡跳上公車，對著戴聖誕老公公帽子的司機露出燦笑。她已經不記得自己最後一次對聖誕節充滿興奮之情是什麼時候的事了。這就像是在那個發生之前的聖誕節，當時他們還是幸福的三口之家。

當莫妮卡從富爾姆路底走向墓園的海軍上將墳墓的時候，她看到雷利從伯爵府的那一頭走來，他向她揮揮手。

「先生，願主賜予您歡欣……」當他們一起坐在大理石墳墓的時候，他唱起了傳統耶誕頌歌，然後，他吻了她。那一吻的熱度與深沉，以及帶給她的那種暈眩感，完全就是剛剛喝下的熱紅酒的那種效應。她不知道兩人儼然像是附近墓石的常春藤、緊緊夾纏了到底有多久，然後，他們聽到了朱利安的聲音。

「呃，我看我得換地方囉？」他們嚇得立刻分開，莫妮卡覺得自己像是在學校迪斯可舞會外頭玩親親摸摸的時候、被父親抓個正著。

⓬ tart也有娼妓之意。

⓭ 一九八四年的著名慈善聖誕金曲。

「不，不，不需要，」雷利說道，「畢竟這是你先來的地方，至少早到了四十年之久。」

莫妮卡搖了搖手中的保溫杯，「我們為你帶了熱紅酒……」

「好吧，看到你們兩個這麼如膠似漆，我不能說意外。打從雷利進到我的美術班的那一刻，我就有預感了，我們藝術家就是可以看到其他人無法發現的事物。這是我們的恩賜，也是詛咒。」他說話帶有有莎士比亞演員的誇張腔調，「我正在想聖誕節無比美好的時候，一切果真都很順利啊，是不是？」

莫妮卡為他們各倒了一杯熱紅酒，正好可以不用喝朱利安的貝禮詩奶酒，讓她鬆了一口氣。那也許是瑪莉的最愛，但實在太甜了，她覺得光是在啜飲的時候、牙齒就幾乎融化了。「瑪莉，聖誕快樂……」剛剛的念頭太不仁厚，讓她覺得好愧怍。

其他人跟著應和，「瑪莉，聖誕快樂！」

「朱利安，eBay那邊有好消息，」雷利說道，「我們幾乎已經賣了快要一千英鎊，你的地下室儲物櫃真的是金礦。」

「小雷利，幹得好，」朱利安回道，「我現在學會了上網買東西，找到了很不錯的網站——名叫『波特先生』。裡面有時尚男性所需要的一切，你應該要看一看。」

「謝了，朱利安，我還是盯著《Primark》網站就好，這比較符合我的預算。」

「朱利安，咖啡店要打烊，我得回去幫忙班吉，」莫妮卡說道，「不過，我們明天早上十一點見囉？」

雷利說道，「莫妮卡，我陪妳走回去。」這句話引來朱利安心照不宣眨眨眼，要是換作其他的退休老人，那表情一定很不搭調。

他們沿著富爾姆路前行，雷利摟住莫妮卡的肩頭。由於過節的關係，倫敦冷冷清清，而且馬路出奇安靜。每一個路過的人都透露了某個故事——最後一分鐘緊急出動買禮物的男子；趕小孩先回家、所以自己才能包裝他們聖誕襪禮物的媽媽；從辦公室出來吃聖誕節午餐、最後卻拖到下午才回去的一群上班族。

莫妮卡已經想不起自己上次心情如此輕鬆愉快是什麼時候的事了。她驚覺自己已經不在乎雷利是否會很快就會離開倫敦，這念頭讓她自己嚇了一大跳。她不在乎他的目的，目前她的心中已經能夠清光自己是不孕老處女、遭人棄置在髒兮兮的櫃架，還被貼上「待處理」標籤的種種擔憂。她只在乎的是當下的完美，她的頭倚靠著他的肩，兩人同步輕快踩踏人行道，讓酒吧流洩出的聖誕頌歌節拍更顯突出。她恭喜自己，成了貨真價實的正念大師。

「莫妮卡，」雷利的語氣出現一股少見的猶豫，「真希望妳能夠明白我有多麼喜歡妳。」莫妮卡的胃部一陣翻攪，宛若在坐雲霄飛車一樣——喜悅與恐懼緊緊相繫在一起，她根本不知道哪裡是頭哪裡是尾。

「雷利，你的這種語氣，要是放在小說裡面，就是英雄說出自己在家鄉有妻子與家庭的時刻了。」她努力要裝出詼諧語氣。他沒有妻小吧？不是嗎？

「哈！哈哈！我當然沒有，只是想要確定妳明白我的心意，如此而已。」

「嗯，我也很喜歡你。」那些蓄勢待發了好一陣子的話語，現在應該是說出的最佳時機了。她曾經花了一些時間琢磨自己語氣的淡定程度，她甚至還在自己的哀鳳手機錄下自己的告白、回放聆聽。天，她有沒有記得刪掉啊？「你今晚要不要留下來？反正明天也是要過來？只要你不介意我忙著填塞火雞料與剝除球芽甘藍的外葉就好。」

雷利陷入遲疑，有點超過了正常時間，而且超過的長度已經預示了他接下來會說些什麼。「我是很想，但我答應室友們今晚要一起慶祝，因為我明天不會待在那裡，真是抱歉。」

莫妮卡聽到心中浮現了經常聽到的聲音在唱誦，他其實沒那麼喜歡妳，她把那念頭當成了惱人小蚊子、整個壓爛，她拒絕讓任何事破壞她的好心情，明天將會是美好至極的一日。

28

愛麗絲

愛麗絲對聖誕節的最大期盼是賴床，只要能發懶到早上七點就好。不過，邦蒂卻有其他想法，她一醒來就急著討吃、要大人照顧。萬一愛麗絲前晚的泌乳依然有酒味，那麼她就必須再次使用邦蒂討厭的配方奶，她連正確餵養小孩的責任感都不夠。廚房像是剛被打劫過的玩具店一樣，她本來打算整理好一切、準備聖誕節中餐的蔬菜之後再上床睡覺，不過，她與麥克斯發生嚴重爭吵，所以什麼都沒處理。她把手伸入櫥櫃拿布洛芬，彷彿覺得自己可以靠藥物的療效消除記憶與宿醉。

麥克斯回家時間超晚，帶引工作團隊到外頭吃大餐、最後卻拖拖拉拉喧鬧了一整個下午，顯然讓他疲憊至極。等到他回到家的時候，她早已累壞了，她確定自己出現乳腺炎的前兆，痛得要死的胸部，堅如硬石，而且還有一點發燒。她在谷歌查詢了這些症狀，發現將冰涼高麗菜塞入哺乳胸罩可以改善症狀。她一定得喚醒邦蒂才能出門購物，但感謝老天女兒現在終於在熟睡中。所以，當麥克斯終於出現之後，她請他出門幫忙買顆高麗菜。

他出去了好久，愛麗絲的怨念逐漸累積，他在外面玩了一整天，而她卻忙得要命，一直周旋在尿布與濕紙巾之間。終於，他回來了，但買的卻是一袋球芽甘藍！他解釋了原因，由於是平安夜，大部分的商店都已經關門，不然就是櫃架上幾乎是完全被掃貨。

她對他大吼，「球芽甘藍的葉子小得可憐，根本沒用，我能拿來幹麼？」

「我以為妳想要吃啊。大家在聖誕節不是都在吃球芽甘藍嗎？這很合情合理啊。」現在她才驚覺，他的回答不無道理，她把那些討厭的蔬菜朝他的頭丟過去，他拚命閃躲。沒有丟中目標，但是卻撞到了牆壁，宛若霰彈一樣，把邦蒂最美的IG拼貼圖相框打歪了。

愛麗絲從冰箱裡取出一瓶紅酒，還有一盒「八後」薄荷巧克力（這兩個都是為了聖誕節而特別準備），她迅速喝光嗑光，創下空前紀錄，她一邊在瀏覽自己的社群媒體，一邊生悶氣心想，等一下就可以給他好看。

現在，她才發現根本沒有效果，或者，至少沒有發揮她預期效果，反而害她在半夜三點醒來，脫水，像是蘇維濃白酒表面一樣在盜汗。然後，她不斷翻身，在心中狂吼自己長達兩小時之久，就在這時候，邦蒂也加入她的行列，對著她大聲嘶吼。

麥克斯走入廚房，親吻她的頭頂（此時她依然雙手抱頭），對她說道，「親愛的，聖誕快樂。」

「聖誕快樂，麥克斯……」她努力擺出歡愉語氣，「可否幫我照顧邦蒂一會兒，讓我回去補眠一下？」

麥克斯睜大雙眼盯著她，彷彿她打算要邀請銀髮族鄰居一起來跳搖擺舞。「親愛的，妳也知道我平常會幫忙……」她還真不知道有這種事，「……但是我爸媽再過幾個小時就要過來了，我們還得做好多事。」那句話充滿了指責意味，而且他還望向一堆堆的玩具、滿出來的水槽與垃圾桶，以及還沒削皮的馬鈴薯，目光意味深長。

「麥克斯，當你說出我們的時候，是否表示你會出手幫忙？」愛麗絲努力維持語氣平和，她不希望聖誕節又吵一次。

「親愛的，當然啊！我只是需要先完成兩項煩人的行政業務，然後我馬上會跟妳一起動手。對了，妳會在我父母到來之前換上比較得體的衣服吧？」

愛麗絲回他，「當然啊。」其實她並沒有這個打算。當麥克斯回到他書房的那一刻，她真希望改變自己的人生就像是換裝一樣容易。

愛麗絲把邦蒂放入背包裡，這樣一來，當她在整理家裡、為老公的親戚們準備午餐的時候，寶寶會很開心，而且安全無虞。愛麗絲不是不喜歡麥克斯的母親（至少她努力不要這樣），不過，瓦拉莉有各式各樣的標準。她不太會嚴厲批評，但愛麗絲知道婆婆心中充滿了許多評斷，被壓抑之後反而變得更加惡毒。她對於愛麗絲自小住在伯明罕郊區的國宅、由擔任學校食堂廚工的單親媽媽一手帶大，一直耿耿於懷。

愛麗絲的爸爸在她弟弟還是小嬰兒的時候就拋下了他們。身穿紫色裙裝與戴同色帽子的瓦拉莉，當初在整個婚禮過程當中、一直坐得直挺挺，斜眼打量走道另一邊的愛麗絲家人，整張臉宛若失望至極的乾梅子，她本來覺得自己的獨生子應該可以討到更好的老婆。她為愛麗絲設下了極高標準，儘管愛麗絲努力維持無瑕妝容、行為舉止小心翼翼，而且還刻意練習講話發音，但對於那樣的標準永遠望塵莫及，所以她最後總是借酒澆愁。

當然，麥克斯對於這一切都看不到，在他的眼中，母親永遠不會犯錯。

她瘋狂忙碌了兩個小時，廚房能見人了，午餐也準備就緒。可能沒辦法準時上桌，但是下午三點鐘用餐不成問題。不過，愛麗絲自己卻還是不太能見人。她沒有洗頭髮，隨便盤在頭頂紮了一個髮髻，喝了紅酒、吃了巧克力、缺乏睡眠，害她的氣色超可怕，而且，由於她嗜吃佳發牌蛋糕，生產完後的肚子也越來越大，現在已經溢出了她的瑜伽褲上端。

她沒敲門就進入麥克斯的書房，發現他立刻就闔上筆電。他是不希望她看到什麼？她把邦蒂隨手丟在他大腿上面，直接去洗澡。

愛麗絲原本以為有了寶寶之後、可以讓麥克斯與她變得更親暱。兩人有了新的目標，要一起冒險。但其實邦蒂到來之後，似乎讓他們漸行漸遠。

她想到了闔起的筆電、深夜聚會，還有兩人之間越來越多的沉默時刻，他是不是有外遇？要是他有外遇，難道真有那麼糟糕嗎？那麼，至少她對於自己經常為了避免性愛而裝睡或是有偏頭痛，也就不需要愧疚了。不過，光是想到背叛這樣的念頭，就讓她焦慮到無法呼吸。她已經覺得自己不夠好、不性感，而且也不可愛，要是這些懷疑因為麥克斯的行為得到了確證，很可能會讓她完蛋。萬一他想要離婚怎麼辦？她不能忍受放棄自己如此辛苦打造的完美生活，成千上萬沒那麼幸運的女子在她的IG帳號狂點照片的那種生活。

當強力蓮蓬頭的水滴噴灑在她疲憊皮膚的時候，她告訴自己，夠了，愛麗絲，這只是荷爾蒙在作祟罷了，不會有事的。

愛麗絲後來才發現，在她擔心麥克斯會離她而去的這段過程中，她從未想過自己可能會想念他，當然，她一定會的。

29

朱利安

由於今天日子特殊，所以朱利安花了額外心力打點衣裝。他挑選的是老友薇薇安·衛斯伍德設計的衣服（也許他應該再去探訪她才是，她搞不好以為他已經死了）——精緻的蘇格蘭男裙與外套，對比色格紋，下襬採不對稱設計。要是你沒辦法在聖誕節穿薇薇安·衛斯伍德的衣服，那不然要等到什麼時候？他把收音機調到了某個音樂頻道，目前正在播放《紐約童話》這首歌，他跟著一起唱和，正好唱到了我可以成為一個咖的那段歌詞。

朱利安本來是重要人物，但後來成了無名小卒。今天，他又覺得自己成了重要人物，至少，是獲得聖誕午餐邀請的人，和朋友們在一起。他們是朋友，沒錯吧，應該算是真正的好友吧？莫妮卡不是因為憐憫或是某種責任感而開口邀請，這一點他十分確定。

他還記得瑪莉離去後的第一個聖誕節情景，他一直到下午約三點鐘打開電視的時候才驚覺這個日子的重要性。那一切的應景電視歡樂氣氛，逼得他只能拿著冰涼的焗豆罐頭、叉子，以及滿腔的懊悔回到床上。

他站在全身穿衣鏡前面，比畫了一個太極動作，發覺自己像是一個瘋狂高地人。

他走入自家客廳，要給莫妮卡、雷利、班吉、巴茲、還有吳老太太的禮物正等著他進行包裝。不過，他沒想到包裝卻多花了他一點時間，因為他的笨拙十指被透明膠帶搞得一團糟，他想要用牙齒撕開黏在手上的膠帶，沒想到卻害自己的嘴巴與十指纏在一起。

朱利安出門、走到富爾姆路的時候，發現雷利正朝他迎面而來。想必他是從伯爵府穿越了墓園，所以他並沒有待在莫妮卡家過夜，好老派的人。朱利安從來就不是守舊派，即便在守舊當道的年代，他也依然我行我素。雷利看到他的裝扮，似乎有點愣住了，顯然是相當驚艷。

莫妮卡打開咖啡店的大門，整個人看起來好可愛。她身穿紅色洋裝，外罩素白廚師圍裙。看來剛才應該在烤箱邊工作，因為她的雙頰發紅，而且平常綁的馬尾變得汗溼，還有髮絲悄悄滑落臉龐。而且，她手裡還拿著木匙，一邊揮舞一邊嚷嚷，「快進來！」

某張足可容納八人的圓桌，放在咖啡店的正中央，已經擺放了四人份的餐具。桌面鋪了白色亞麻布，撒滿了噴成金色的玫瑰花瓣。每一個座位都以金黃色的松樹毬果作為標示，壓住了寫有姓名的小卡。她還準備了紅色拉炮、紅色與金色的蠟燭、冬青與常春藤的中央桌飾。就連朱利安這麼吹毛求疵的人，也覺得這佈置美極了。

「莫妮卡，妳是不是一整晚沒睡？」他問道，「好漂亮，妳也一樣，這是專家的意見。」莫妮卡的臉頰更紅了。

「我的確很早起。快過去『圖書館』那裡吧，班吉在那裡了，把禮物放在聖誕樹下面。」

某張咖啡桌上面擺放了冰桶，裡面有瓶香檳，旁邊還放了一大盤薄餅佐燻鮭魚。空氣中瀰漫了烤火雞的香氣，還有國王學院合唱團的聖誕頌歌歌聲，又是一個所有計畫水到渠成的一日。

莫妮卡走過去，坐下的時候脫了圍裙，「好，我把最後一道蔬菜送上桌，是一個小時之後的事。要不要現在先拆一些禮物？我們可以現在動手，留一些等到午餐過後再拆。」

朱利安跟莫妮卡不一樣，他不是喜歡延遲開箱之樂的人，「先拆我的禮物吧？」他不給大家反駁的機會，直接從聖誕樹下拿出他的那一堆禮物，全都是一樣的包裝紙，他逐一交給大家。

「抱歉，其實我並沒有買任何東西，」他開始解釋，「只是在屋內東翻西找而已。」

班吉第一個撕開了自己禮物的包裝紙，他盯著自己大腿上的禮物，目瞪口呆，「『披頭四』的《比伯軍曹寂寞芳心俱樂部》專輯，而且是黑膠。朱利安，你不能把這個當禮物，這一定貴死了……」班吉雖然嘴巴在抗議，但卻緊抓唱片不放，彷彿萬一放了手會讓他痛苦萬分。

「小朋友，我寧願把它送給會珍惜的人，而且我知道你有多愛『披頭四』。他們從來就不是我的菜，太溫良了，『性手槍』才對我的胃口。」

他面向雷利，他一臉驚詫，手中拿的是原版的「滾石」合唱團T恤。「好，小雷利，你一直想要整理我的衣服。要是你喜歡的話，當然可以賣掉，但我覺得穿在你身上還真是好看。」

朱利安最想要看到的其實是莫妮卡拆禮物的反應，他盯著她小心翼翼剝開透明膠帶，拖拖拉拉一直沒搞定。

他告訴她，「親愛的，直接撕開就好了！」她似乎有點被嚇到了。

「要是直接撕開的話，就沒有辦法重複使用了……」她的語氣彷彿在斥責某個興奮過頭的小小孩一樣。

終於，她撕開包裝紙，倒抽一口氣。這就是他在等待的反應，其他人聚過去端詳她大腿上的那份禮物。

「朱利安，這好美，比我本人美多了……」他為她畫了一張油畫，部分是靠記憶，部分是他在上美術課的時候偷偷畫下的素描。那只是一張小小的油畫，顯現的是以手支著下巴、食指捲纏髮絲的莫妮卡。這就像是朱利安的所有肖像畫一樣，筆觸大膽恣意，近乎抽象風格，然而這幅畫裡蘊含了他所想要涵蓋的一切細節。他望向真正的莫妮卡，她似乎快哭出來了，他猜是開心的淚水吧。

「這是除了我們最近合力完成的波洛克畫作之外，我這十五年來完成的第一幅畫作，」他說道，「抱歉功力不若以往。」

一陣敲門聲響打斷了他們，班吉心想一定是巴茲與他奶奶，走到門口開鎖。朱利安早已準備了巴茲與吳老太太的禮物、放在他旁邊的桌上。朱利安背對門口而坐，所以一直等到巴茲入座之後才看到他的神情，其他人都陷入沉默。

「巴茲，是不是出事了？」莫妮卡問道，「貝蒂人呢？」

朱利安有一種可怕的預感，他知道接下來會出什麼事。當巴茲說話的時候，他感覺到對方的目光正死盯著他，但是他不敢看巴茲，反而低頭盯著自己的鞋，古典的黑色雕花皮鞋，擦得很光亮。到了這年頭，會擦鞋的人真的是鳳毛麟角。

「自從昨晚之後，奶奶就沒有離開她的房間。」他聲音緊繃，藏有一股壓抑的怒氣。

「為什麼沒有？」班吉問道，「她生病了嗎？」

巴茲回道，「也許你該問一下朱利安。」

朱利安嘴巴塞滿了薄餅，但是他沒有辦法吞下去，因為喉嚨似乎已經乾涸。他拿起自己的香檳杯，喝了一大口。

「巴茲，我真的，真的很抱歉，我以為她本來就知道。現在愛上誰當然沒什麼大不了吧。又不是像六〇年代，我認識的唯一出櫃的朋友就是安迪．沃荷，那時候的衣櫃，裡面塞滿了同性戀。」

大家把事情全兜在一起了，每一個人都陷入沉默。

「奶奶還跟不上這樣的時代潮流，她還沒有覺醒。她已經嚎啕大哭了好幾個小時，說自己的一生枉然一場。要是她沒有子嗣可以繼承家業，那麼她胼手胝足打造事業又有什麼意義呢？她氣瘋了。」巴茲坐下來，雙手摀臉，朱利安寧可看到他大發雷霆，而不是這種沮喪至極的模樣。

「巴茲，你的父母呢？他們可以接受嗎？」班吉伸手過去，但是巴茲卻立刻甩開，彷彿覺得會被他奶奶看到一樣。

「他們的反應倒是很正面，讓我嚇了一大跳，我想他們一直都知道。」

朱利安說道，「小朋友，我不是要為我自己說溜嘴開脫，不過，把這種事說出來不是比較好嗎？難道不是一種解脫嗎？秘密很可能會讓你生病，我早就有經驗了……」

「朱利安，那不是你的秘密，你無權說出來！我會以我自己的方式告訴她，我有我的時間表。或者，我會選擇根本不要說。誠實並非一直是最好的策略，有時候，我們隱藏秘密是有原因的——為了要保護我們摯愛的人。要是奶奶入土的時候依然相信我的中國妻子與我會接下餐廳，而且還會添丁生個吳家寶寶，這樣是有多糟糕嗎？」

「可是，我——」朱利安還沒講完，已經被巴茲打斷。

「朱利安，我不想聽。還有，對了，我才不相信安迪．沃荷是你的朋友，瑪莉安娜．菲佛絲當然也不是，媽的瑪格麗特公主也一樣。你是大騙子，穿著可笑的格紋裙坐在那裡，你為什麼不回去你的垃圾堆？不要再管我的事？」他丟下這些話之後，立刻起身走人。

他留下了一股駭人的寂靜，就算是針葉飄落在光亮橡木地板的聲響，也能夠聽得一清二楚。

30
雷利

雷利從來沒想到那個身材矮小、性格和善的暖男巴茲居然會發這麼大的脾氣。他把所有的怒氣都發洩在朱利安身上，整個人似乎縮在座位裡，宛若被蜘蛛網困住的乾屍蒼蠅。自從雷利認識朱利安以來，他的身姿變得越來越挺拔，散發出更多的自信與活力，而就在那短短的幾分鐘之內，全都消失無蹤。

雷利望著班吉，顯然是被意外波及的受災戶，他看起來又驚又恐。巴茲甩門的聲響在咖啡店裡迴盪了數秒之久。然後，班吉以異常微弱的聲音開口了。

「你們覺得我是不是該追出去？我現在要怎麼辦？」

莫妮卡回他，「我覺得你應該要讓他冷靜一會兒，想清楚，然後與家人好好談一談。」

「萬一他家人討厭我呢？萬一他們不准他繼續與我見面怎麼辦？」

「嗯，聽起來不像是他們對你有意見。就連巴茲父母對於他是同志似乎也不覺得有任何問題。拜託，都已經是二〇一八年了，他奶奶只需要了解他們吳氏家族的整個狀況而已，」雷利說道，「反正，他們是不能阻止他與你見面的，你們兩個都是成年人了，這又不是在演羅密歐與茱麗葉。」

「我該走了，」朱利安的聲音就與實際年齡一樣蒼老，「不然等一下我會惹出更多麻煩。」

「朱利安！」莫妮卡擺出嚴厲表情，面對著他，而且還伸出手臂，掌心朝外，彷彿交警在阻擋來向車輛，「你留在這裡。這不是你的錯，巴茲無意講出那種話，他只是一時怒氣攻心，我知道你不是故意的。」

「我真的不是故意的，」朱利安說道，「我一發現自己出包的時候，立刻收口，我本來以為不會有事。」

「到了最後可能會看到美好結局。班吉，要是你們不再需要擔心巴茲家人發現真相，你們可以手牽手經過那間餐廳？甚至是一起修成正果。那不是很棒嗎？也許有一天，你們可能會覺得朱利安幫了你們大忙。啊天哪！烤馬鈴薯！」

莫妮卡衝進廚房，朱利安把手伸入他的包包、拿出一瓶佈滿灰塵的波特酒。「我本來打算在午餐後開這瓶酒，但現在也許灌一大口應該可以算是有療癒效果吧。」他說完之後，為班吉與雷利各斟了一大杯的酒，然後為自己倒酒。

雷利不喜歡衝突，他不喜歡面對這種情景。這裡的一切總是要搞得這麼複雜嗎？或者只有這個小圈圈而已？

他們三個人默默坐在那裡，品嚐黏稠的血色波特酒，最近發生了這些事件，讓大家震驚得說不出話來。約莫過了十五分鐘，已經感覺像是拖了幾個小時之久，莫妮卡大叫，午餐準備好了。

幸好，他們從原來的「圖書館」換到午餐桌，發揮了轉換心情的效果。他們打開拉炮，每個人都戴了紙帽，稍早時的歡樂氣氛似乎又慢慢滲入他們的互動過程之中。他們四個人似乎有志一同，至少，在此時此刻，決心要忘了剛才那起意外。

雷利說道，「莫妮卡，這菜真好吃，妳超厲害。」雷利偷偷在桌下捏了她的膝蓋，然後，他忍不住，手指又朝她的大腿往上摸。莫妮卡臉紅，差點因為球芽甘藍哽住喉嚨，他不確定這種反應是因為讚美還是肢體接觸，他的手又往上了一點。

「啊！」莫妮卡以手中的叉子戳他，他痛得大叫。

班吉問道，「雷利，怎麼了？」

他回道，「突然抽筋。」

雷利觀察他的朋友們進食。莫妮卡切割食物分量相當精確，而且細嚼慢嚥之後才會吞下肚。而朱利安則是精心排列盤中的食物，搞得像是抽象畫一樣。而且他三不五時就會在吃到一半的時候閉上雙眼，微笑，彷彿在品嘗每一種香氣。而此時的班吉則是百般翻弄食物，姿態相當憂傷，幾乎吃不下任何東西。

他們輪流念出拉炮裡的恐怖笑話，喝了更多的酒，而且入口頻率超過了正常速度，這一天似乎已經回到了正常軌道，他們等一下會來處理巴茲的事。

雷利幫莫妮卡收拾了桌上所有的盤子，兩人一起把它們放入洗碗機。或者，應該說是雷利負責放入洗碗機裡面，然後再由莫妮卡拿出來、放置在別的地方。她說，她自有一套運作體系。然後，雷利抱起莫妮卡，讓她坐在廚房流理台上面，吻她。他的雙臂緊緊擁住她，她散發出黑醋栗與丁香的氣味。那一吻，還有紅酒的作用，以及當天令人迷醉的激情，讓他覺得好暈眩。

他解開莫妮卡的馬尾，以自己的十指為她梳髮。他將她的髮絲纏在自己的手指之間，輕輕把她的頭往後拉，然後，開始親吻那帶有鹹味的潮濕頸凹地帶。莫妮卡的大腿緊纏他的腰、把他拉得更近了一點。他熱愛旅行，他熱愛倫敦，他熱愛聖誕節，而且他開始覺得自己熱愛莫妮卡。

「去房間啦！」大叫的是班吉，雷利轉身，看到了班吉與朱利安站在門口大笑，朱利安手持醬汁壺，而班吉拿著一碗剩下的球芽甘藍。

朱利安說道，「不過，要等到我們吃完布丁再說！」

莫妮卡把聖誕布丁放到桌子正中央，大家都站在桌邊。朱利安把白蘭地從上面澆下去，雷利劃了根火柴，點燃，差點就燒到了手指。

「雷利，你玩火就會是碰到這種下場。」莫妮卡挑眉，話中有話，而雷利不知道朱利安與班吉到底還要多久才會離開。

班吉唱起傳統頌歌，「哦，請給我們一點無花果布丁！」雷利摟住莫妮卡的啲，而她則把頭貼靠在他的肩上。

然後，門開了。雷利這才發現巴茲離開之後、大家都沒有鎖門。他轉頭，本來以為會看到巴茲或是吳老太太，但都不是。

「大家聖誕快樂！」一個深色頭髮的高　男子開口，那聲音超級宏亮，整個咖啡店都聽得一清二楚，而且還從牆面發出了回聲。

是哈瑟德。

31

哈瑟德

距離聖誕節只剩下三天。海灘擠滿了新來的觀光客，至少有三對來度蜜月的夫婦，每一句話都會夾雜著「我老公」還有「我老婆」，想要以曬恩愛的方式彼此較勁。哈瑟德與黛芬妮、麗塔，以及尼爾在「幸運媽媽」喝下午茶，兩個禮拜之前，他們開啟了這項濃濃英國風的儀式，覺得這是一種舒心的懷鄉，但哈瑟德怎麼也想不起來自己最後一次在倫敦享用下午茶是什麼時候的事。他在下午時入口的都是葡萄適搭配K他命，而不是喝茶配蛋糕。麗塔甚至還教芭芭拉如何做司康，現在他們享受的是椰子果醬佐溫熱司康，要是能夠有凝脂奶油，那就完美極了。

尼爾將上次去蘇美島旅行時所弄的刺青展示給大家看，以泰文書寫的文字，纏繞在他右踝骨附近。

哈瑟德問道，「那是什麼意思？」

尼爾回他，「意思是寧和與平靜……」芭芭拉看到他們一夥兒人流露崇拜，面露驚駭之色，從這一點看來，哈瑟德懷疑那刺青根本不是那意思。他對芭芭拉眨眼，伸出食指貼唇，尼爾不知道真相也不會怎麼樣。

「芭芭拉，我們聖誕午餐要吃什麼？」黛芬妮問道，「我們是不是要吃火雞？」

「是雞肉，」芭芭拉說道，「不是我們這裡的瘦巴巴小雞，我有蘇美島來的肥嘟嘟雞肉，蘇美島不管什麼都比較肥，就連蘇美島的觀光客也比較胖哦。」她鼓脹雙頰，以雙臂模仿肥胖姿態，她的這些住客因為意外得來的讚美而樂不可支。

哈瑟德突然好想念倫敦，栗子填料的火雞、烤馬鈴薯、球芽甘藍；寒冷的天氣與聖誕節頌歌；雙層巴士、交通污染，還有擠得要命的地鐵車廂。想念英國國家廣播電台，報時台，還有新國王路的「沙威瑪小孩」，就在那一瞬間，他明白了。

他準備要回家了。

哈瑟德唯一能夠搶到位置的航班，就是沒有人要搭的那一班：在飛機上度過平安夜，然後在聖誕節早上抵達希斯洛機場。飛機上充滿了濃濃的過節氣氛，機艙人員提供免費香檳，飲品也比平常多出一倍，每一個人都開心大醉。但哈瑟德除外，他拚命直視前方，緊盯面前螢幕播放的電影，完全不理會酒瓶金屬瓶蓋被扭開、香檳軟木塞爆裂的那些聲響。他不知道自己聽到軟木塞被拔開的那一瞬間，是否會湧起一股源自內心深處的渴望。

機場與街道陰森無人，感覺像是什麼殭屍末日片，但氣氛開心多了，也沒有一堆衣衫破爛的不死怪物。四周的人對於自己的同伴都充滿了愛，而且幾乎都會戴著可愛的帽子與身穿應景毛衣。

哈瑟德好不容易搭上了與人共乘的少數計程車，一路駛向富爾姆大道，他在那裡下車，冷空氣宛若老友一樣迎面撲來，他將背包揹上了肩。上次出現在這裡的時候，彷彿像是前世的事了，當時他是個截然不同的人。他還沒有讓他父母知道他已經回來了，他不想干擾他們的計畫，反正，他還得花個好幾天適應，然後才能展開漫長的修補關係之路。

他在富爾姆路往前走，朝自己公寓方向前進，現在已經可以看到前頭出現了莫妮卡的咖啡店。他迫不及待想要知道自己把「真心話計畫」交給雷利之後、接下來出現了什麼發展。他知道這已經成了某種不健康的執念——他就是靠這個去排除心中的某種強烈渴望。他知道莫妮卡不太可能會認識朱利安，遑論雷利，這只是在他熱切幻想之中所演出的劇碼而已。

當他走到咖啡店門口的時候，忍不住向內張望。這簡直像是聖誕節卡片的活人畫——到處都是蠟燭、冬青與常春藤、還有一張堆滿了聖誕大餐餘食的桌子。有那麼一瞬間，他以為是自己心魔作祟，因為，正如同他所想像的一樣，莫妮卡與雷利在裡面，擁抱彼此。還有個身穿獨特全套撞色格呢服飾的老人，想必一定是朱利安．傑索普。

他是天才！真是叫人歎為觀止的社會工程，一次不可思議的隨機善行得到了善果。他等不及想要與莫妮卡、朱利安好好見一面，向他們自我介紹，他就是這場戲劇事件的關鍵人物，然後與他們好好討論這一切發生的過成。他推門進去，覺得自己宛若是征戰成功的英雄。

大家的反應與他的預期並不一樣。莫妮卡、朱利安，還有第四個高大的紅髮男子，只是一臉茫然盯著他。而此時的雷利有點像是被車頭燈照到的小兔子，甚至可以說是嚇壞了。

「我是哈瑟德！」他朗聲音宣布，「雷利，看來你是發現那本小冊子了！」

「你就是寄明信片給我的那個人。」莫妮卡盯著他，完全沒有出現他預期的謝意，反而充滿了懷疑與憎恨，「你最好解釋清楚這是怎麼一回事。」

有個聲音告訴哈瑟德，這想法很不妙，但現在知道的時機已經有點太遲了。

32

莫妮卡

歷經了這麼多的奔忙、情感的雲霄飛車、而且還喝了太多的酒，莫妮卡已經累壞了，但她根本不記得哪時候曾經像現在這麼快樂。善意、友誼，以及荷爾蒙——都是因為她與雷利在廚房裡的那一場煽情熱吻，讓她情緒高漲不已。她甚至已經努力不去多想在專業廚房平台上面親熱，將會對於衛生與安全造成什麼影響。

然後，有個男人進入咖啡店。一頭深色捲髮，似乎已經有好一段時間沒碰過剪刀，宛若漫畫淑英雄的堅實下巴佈滿了短髭，而且有很深的曬色。他揹了一個大背包，看起來是剛從國外搭機回來一樣。此人的面孔似乎有點熟悉，而且似乎期望人家認得他一樣。他是不是什麼B咖名人？如果是這樣的話，他在聖誕節的時候，跑來她的咖啡店到底要做什麼？他宣布了，他名叫哈瑟德。

過了好幾分鐘之後，莫妮卡才終於想起曾經聽過那個名字，明信片！她也想起自己在哪裡見過那張臉孔，幾個月之前，在人行道上面撞到她的傲慢混蛋就是他。現在的他比較瘦、膚色比較黑，毛髮更為濃密。他當時是怎麼罵她的？

蠢肥婆？蠢蛋賤女人？差不多就是那種話。

莫妮卡心頭紛亂，所以沒聽到他接下來說了什麼，不過，顯然他認識雷利。感覺不太對勁，她曾經把那張明信片拿給雷利看，他並沒有說自己認識哈瑟德。她奮力拼湊所有的事實，焦慮之蛇在她的腹部纏捲成一坨，然後又放鬆身軀。

莫妮卡不肯給他椅子，要是她表現出善意待客的態度，那麼她也太可悲了，他站著也是可以解釋到底發生了什麼事。蠢蛋賤女人，對，就是這句話。

「呃，」哈瑟德面色相當緊張，盯著雷利，「我在對面酒吧的某張桌子，找到了這本小冊子，『真心話計畫』，就在那裡。」他伸手朝對面的酒吧揮了一下，「我看了朱利安的故事……」他向朱利安點點頭，「……我覺得妳應該需要人幫點小忙，好好增強妳那個宣傳力道不足的計畫。」莫妮卡惡狠狠瞪他的目光冷硬至極，他清了清喉嚨，繼續說下去。

「所以，我影印了妳的海報之後，貼在各個明顯之處。然後，我帶著這本小冊子飛往泰國的某個島嶼。莫妮卡，我覺得我可以幫你一點忙……」她不喜歡他以如此親暱的方式講出她的名字，彷彿他認識她一樣。「然後，當我住在那裡的時候，我仔細審核自己遇到的每一個單身男，想知道對方是否可以成為一個好男友，妳也知道，為妳量身訂做……」

他的聲音越來越小，聽不見了。他一定是看到了她顏面盡失的慘狀，現在一切都清晰得慘不忍睹。

「雷利，然後你就出現在這座島上面了，是不是？」她提問的時候，幾乎沒有看他。他不發一語，只是卑微點點頭，懦夫，叛徒。

莫妮卡開始思考全新的真相。雷利之所以會現身美術課，並不是什麼幸福的巧合。哈瑟德派他過來尬這個可憐的英國老女人。他之所以吻她不是因為她美若天仙而讓他情不自禁，當然不是，妳這個愚蠢又自以為是的女人。他看過了她的故事，覺得她好可憐，或者，認為她已經無可救藥，抑或是兩者都有。他們兩個是不是在她背後嘲笑她？她是不是某種形式的賭注？要是你可以把那個緊張兮兮的咖啡店老闆搞上床，我就給你五十英鎊。哈瑟德是不是在那天傍晚撞到她之後、刻意找她當目標？如果是這樣，又是為什麼？難道她有對他怎樣嗎？朱利安是否也牽涉其中？

突然之間，她覺得疲憊至極。剛才興致勃勃喝的酒、吃下的食物，拚命在她的胃部翻攪。她覺得自己湧起一股噁心感，馬上就要吐在她精心佈置的桌面，噴金的玫瑰花瓣，與重組的蘿蔔塊混雜在一起。她對於逐漸在腦中形成之未來、荒唐樂觀的幸福結局的全新幻想，都必須倒帶，刪除，而且以她早已習慣的平淡無聊劇情予以全面覆蓋。

「我想大家都該走了，」她說道，「你們吃了我的東西，喝了我的酒，媽的現在滾出我的咖啡店。」

莫妮卡以前從來沒罵過髒話。

34

雷利

一切怎麼會失控成這樣？一分鐘前他還在想的是聖誕布丁與性愛，他唯一擔心的是不破壞性愛的前提之下、到底能夠吃下多少的布丁。然後，到了下一分鐘，莫妮卡馬上把他轟了出去，這都是哈瑟德的錯。

「莫妮卡，真的很抱歉，」哈瑟德說道，「我只是想要幫忙而已。」

她氣急敗壞痛罵，「哈瑟德，你是在玩遊戲，玩弄的是我的生活，彷彿我們在演什麼電視實境秀一樣。我不是你的慈善個案，也不是你的社會實驗品。」

雷利要說什麼才能讓她明白他的心意？

「莫妮卡，我也許是因為哈瑟德而認識妳，但這並不是我跟妳在一起的理由。我真的關心妳，妳必須要相信我。」他猜自己的這番話招來了反效果，莫妮卡旋身，怒氣沖沖盯著他，他真希望剛剛自己閉嘴就好。

「雷利，我不需要相信你說的字字句句。你一直在騙我，我本來很信任你，一直以為你很誠懇。」

「我從來沒有對妳說謊。我承認我沒有說出全部的實情，但我從來沒說謊。」

「媽的跟我講語意學，你厲害！」語意學？那是什麼？「你跟我在一起只是因為那本小冊子。我還以為這是命中注定，是美好機緣。我怎麼這麼蠢？」她看起來快哭了，雷利覺得這比她的怒火更叫人緊張不安。

「嗯，這只是部分真相，」他想要傳達自己語氣裡的懇切，「妳看起來超級堅強，不過，我看了那本小冊子，知道妳其實……」拚命思索正確措辭，終於在正確時間點找到了，「……很脆弱，我想這就是讓我愛上妳的原因。」他發覺自己之前從來沒有在莫妮卡面前講過「愛」這個字眼，現在已經太遲了。

雷利一度以為他的話語可能打動了她。然後，莫妮卡拿起聖誕布丁，幸好現在火焰已經熄滅，但還是有一塊充滿尖刺的忍冬裝飾品冒了出來，她高舉過頭，像是擲鉛球一樣把它丟出去。雷利不知道她打算砸他還是哈瑟德，或是一次修理兩個。他側身躲過，布丁成了地上的一坨黏糊爛物。

她大吼，「給我滾！」

「雷利，」哈瑟德低聲說道，「我想最好還是乖乖聽從這位小姐的指示，等待狀況平靜一點再說，是吧？」

「好，我現在成了小姐？不再是蠢蛋賤女人？自以為了不起的大混蛋！」雷利不知道她到底在說什麼，她是不是徹底瘋了？

他們擔心莫妮卡還會拿東西朝他們砸過去，只能以倒退方式走出大門。雷利看到走在他們前頭兩個街區的朱利安，他在後頭呼喚，但朱利安沒聽到。朱利安的背影看起來比雷利認識的那個人更蒼老。他駝背，腳步拖拖拉拉，彷彿盡量不要驚擾周邊環境一樣。有台計程車從一旁駛過小水塘，水濺到了朱利安的裸露腿部，但他似乎沒注意到異狀。

「哈瑟德，這都是你的錯。」雷利知道自己的語氣像是個任性小孩，但他不在乎了。

哈瑟德抗議，「喂！這樣講不公平。我又不知道你沒有對她說出『真心話計畫』的事。那都是你自己的決定，而且，恕我直言，是相當愚蠢的決定。你應該知道，隱藏關鍵資訊永遠不會有好下場。」其實，不管哈瑟德說什麼，他已經不在意了，莫妮卡說的沒錯，哈瑟德是個自以為了不起的大混蛋。

哈瑟德挽著雷利的手臂過馬路，「好，酒吧有開，我們去喝一杯。」

雷利很痛苦，就算有與哈瑟德一起消磨時光的念頭，也不確定現在是否妥當，但他的確想找人傾訴有關莫妮卡的事，而且，他也沒那個心情面對室友爛醉狂歡。最後，需要找人一談的想望勝出，他跟在哈瑟德後面進入酒吧。

「我就是在這裡發現了朱利安的小冊子，」哈瑟德告訴他，「就在那張桌子。感覺像是超久以前的事了。你要喝什麼？」

「我喝可樂，謝謝。」雷利今天喝的酒已經超過了他的一日分量。

哈瑟德對著戴發光麋鹿角頭飾的臭臉酒保開口，「一杯可樂，還有雙份威士忌，」雷利站到哈瑟德的前面。

「老哥，其實，可以給我們兩杯可樂就好嗎？」他面向哈瑟德，「你忘了，我看過你的故事，你不會想要做那種事。」

「嗯，我真的想喝。反正，要是我決定按下自毀按鈕，你幹麼需要操心？現在找又不是討你喜歡的人，對吧？」

「沒錯，但就算是這樣，我也不能眼睜睜看著你自毀人生。你的表現很棒，我在帕岸島遇見你的時候，以為你是一個超健康的人。」

「那我喝一杯就好？也不會怎麼樣吧，而且，畢竟今天是聖誕夜。」哈瑟德盯著雷利，那表情宛若一個在賭運氣的小孩，但反正還是要試試看。

「對，是啦，然後你在十分鐘之內就會告訴我再喝一杯真的不會怎麼樣，接下來，到了十二點鐘的時候，我就會傷腦筋不知道要怎麼把你送回家。老實說，你給我惹的麻煩已經夠多了。」

雷利的話不禁讓哈瑟德好氣餒。

「胡說八道。其實我知道你說的沒錯，到了一大早，我一定會很恨我自己，嗯，我已經有八十四天沒有喝酒或碰毒，我並沒有一直在算日期……」哈瑟德說完之後，一臉無精打采，從酒保手中接下可口可樂，走向他剛才指的那個桌子，坐在貼牆座位。

他對雷利說道，「想到我們上次一起喝酒的時候，居然是在地球另一端的最完美海灘，你不覺得真是不可思議嗎？」

「對，那裡的生活簡單多了。」雷利嘆了一口氣。

「我知道，不過，相信我，過了兩個月之後，你就會發現那其實很膚淺，所有的短暫友誼都變得超無聊，我已經迫不及待要回去找我真正的朋友，但問題是我不知道還有沒有。多年前，我已經找了一堆和我一樣愛跑趴的朋友、完全取代了這些人，而就算我想要與那些跑趴朋友見面，他們也會在我還來不及脫外套之前就塞給我酒與毒品。我很清楚，毒蟲最不喜歡看到的就是清醒的人了。」哈瑟德盯著自己的可口可樂杯，神情如許悲淒，雷利覺得很難繼續對他發脾氣了。

「老哥，膚淺完全沒有問題，」雷利說道，「引發問題的反而是這種深度。我到底該怎麼向莫妮卡交代？她以為我們兩個在玩某種遊戲。我知道雖然現在表面看起來完全不是這樣，但她的內心其實相當沒有安全感，她一定會傷心欲絕。」

「好，你應該也看出來了我不是那種可以參透女人內心的專家，但我很確定只要莫妮卡一冷靜下來之後、就會發現自己完全是反應過度。對了，你的反應速度令人驚艷，我本來以為你會被那個無花果聖誕布丁砸中。」說完之後，哈瑟德大笑。

「她瞄準的是你，不是我！她一定氣死了。莫妮卡痛恨食物掉地，就連肉眼看不到的細屑也一樣……」講完之後，雷利面色抽搐。

「所以，你有多喜歡她？」哈瑟德問道，「被我說中了，是吧？」

雷利問道，「現在幾乎也不重要了，是不是？」然後，他擔心自己語氣有點太強硬了，又補充說道，「老實說，這一切令人有些困惑，都是因為那本該死的小冊子，讓我覺得自己十分了解她，但這也讓我有些害怕，我的意思是，我只在這裡短待一陣子，而她要找尋的是那一種承諾。也許，這就是最好的結果吧。」話雖這麼說，但雷利知道自己心中完全不作如是想。

「這樣吧，給她個一、兩天，然後找她懇談。我覺得，努力說出真心話，哈哈，」哈瑟德說道，「我確定她一定會原諒你。」

但哈瑟德怎麼能這麼篤定？他與莫妮卡又不是一樣的人。其實，遇到這種狀況，唯一能讓雷利感到安慰的就是萬一莫妮卡現在不喜歡他，那麼，她一定真的非常討厭哈瑟德。

34

愛麗絲

午餐是場大災難。他父母在十一點的時候到達，麥克斯開了香檳，愛麗絲就在空腹狀態下喝了兩杯。然後，她又喝下剛才在烹調食物時、放在肉汁旁的那瓶紅酒。失眠、緊張不安，再加上喝了太多酒的綜合效應，造成她的時間感完全失調。火雞如乾柴、球芽甘藍變得一團軟糊、烤馬鈴薯硬得跟子彈一樣，而且她忘了準備肉汁。

麥克斯的母親對於這頓餐講出了合適的讚美之詞，不過，──她發揮一貫的方式──將批評假扮為誇獎。「妳使用店家販售的餡料，真是聰明。我總是自己做，笨死了，因為我得花好多時間才能大功告成。」愛麗絲很清楚她講這番話的涵義，但麥克斯卻一無所知。

愛麗絲真希望她現在待在自己的母親家中，與兄弟姐妹和他們的家人在一起，開開心心擠入狹窄前廳。這麼多年以來，一切的地毯、窗簾、家具，都是她母親根據實用性與價格進行挑選，而不是美感，因而營造出一種花紋與顏色的對比性強烈、充滿衝突與狂亂的畫面。大家都身穿俗氣的應景毛衣、戴紙帽，互相拌嘴取笑。

愛麗絲的富爾姆宅邸使用的是高檔油漆「法羅與鮑爾」的標準色系，所有的家具都經過精心調和，加上最近的應景色彩也絕不突兀，一切都是開放空間，還某位燈光顧問花了數小時的時間，再加上麥克斯的大部分紅利獎金，確保無論是任何場合都可以營造出適切的燈光情境。超有品味，完全沒有靈魂。無可挑剔，但也毫無可戀之處。

吃完午餐之後，愛麗絲幫邦蒂又拆了一些她的禮物。愛麗絲發覺自己的行徑已經走火入魔，想必心理醫生一定會說這是她對於自身童年聖誕節的某種反應，那時候大部分的禮物都是手作品與二手貨。她還記得自己十歲的時候，一看到母親為她親自製作的可愛縫紉盒所流露的鄙視表情，裡面裝滿了縫針、如彩虹般的各色縫線、鈕扣，還有布料，但當時她想要的是CD唱盤。她怎麼會這麼不知好歹？

愛麗絲從那一刻回神過來，把一張邦蒂咀嚼禮物包裝紙的可愛照片上傳到IG，同時加上她常用的那些標籤。麥克斯突然不知從哪裡突然冒出來，搶走她的手機。

「妳為什麼就不能過真正的生活？不要一直拍照？」他咬牙切齒，把她的手機扔到角落，它宛若破壞球一樣，落在某個裝滿積木的盒子裡、弄翻了裡面的東西。

大家目瞪口呆說不出話來。

愛麗絲等待某人為她挺身而出，告訴麥克斯這太超過了，不能這樣對待自己的老婆。

「愛麗絲，親愛的，邦蒂該午睡的時間是什麼時候？」開口的是麥克斯的母親，問的是別的事，彷彿前面那幾分鐘根本沒事一樣。

「她……她沒有固定的午睡時間，」愛麗絲好想哭，只能盡量忍住。她的婆婆嘛嘴，滿是不悅。愛麗絲準備聆聽熟悉的作息重要性的長篇大論，還有麥克斯一直是完美寶寶，打從他出院回家的第一個晚上就乖乖睡到天亮。

「好，愛麗絲，妳和麥克斯帶著小可愛出去散散步吧？我來幫妳整理這裡好不好？呼吸一點新鮮空氣對你們健康有益。」

愛麗絲看出了這段話的真意：對於她操持家務的幽微批評，但偽裝成了善心，不過，她不打算爭辯，她迫不及待想要暫時脫離這一切，雖然她明明知道當她步出家門的那一刻，她的公婆就會立刻開始數落她的諸多不是。她不想繼續自取其辱，也沒有在玩具盒裡撈手機，直接抱起邦蒂、拿了自己的肩包，離開客廳，後頭跟著麥克斯，他看起來一點都不想和她在一起，就像她打算對他敬而遠之一樣。

當大門一關上，她立刻面向他。

「麥克斯，你怎麼敢在你父母面前那樣羞辱我？我們應該是隊友……」她說完之後等他道歉。

「好，愛麗絲，妳不太像是我的隊友。邦蒂不在妳身邊的時候，媽的妳一直在玩社群媒體。我也有需要，妳知不知道！」

「靠！麥克斯，你在跟一個嬰兒吃醋？你自己的小孩？真抱歉我沒花許多時間配合你……」其實她完全不覺得虧欠，「……不過，與你相比，邦蒂更需要我，也許你也可以試著幫一點忙。」

「愛麗絲，並非如此而已，」麥克斯的面容突然變得哀傷，而不是憤怒，「妳變了，我們變了，我只是想要搞清楚是怎麼一回事而已。」

「我們當然變了！我們現在當父母了！我必須使出全力把自己肚內的大西瓜從鑰匙孔推出來，我成了一個活動式不休眠牛奶吧，而且我已經好幾個禮拜不曾一次睡眠時間超過三個小時。我當然跟你當初娶的那個無憂無慮的公關界女孩有點不一樣。你到底期待什麼？」

「我不確定，」他語氣平和，「嗯，我記得在我們結婚的那一天，我看著你從紅毯另一頭走過來，我覺得自己是全世界最幸運的男人，我以為我們的生活受到了上天的眷顧。」

「麥克斯，我也有相同感覺。而且我們依然受到了上天的眷顧。現在一定很艱難，大家都發現剛生寶寶的那幾個月相當辛苦，不是嗎？」她等待麥克斯回應，帶是他卻不發一語。

「好，你回家去跟你爸媽聊天，」愛麗絲說道，「我不想再吵下去了，我太累了，等到邦蒂該洗澡的時候，我會趕回去。」

她覺得自己婚姻基礎本來就搖搖欲墜，現在，又少了一塊磚。

愛麗絲坐在空荒遊樂場的長椅，以腳來回推動邦蒂的荷蘭名牌嬰兒推車、哄女兒入睡。她看得出女兒在以牙齦啃拳頭的時候，眼皮變得越來越沉重，口水落在她的麋鹿印花包屁衣上面（標記廠商名稱是「迷你的我」）。

找不到手機的愛麗絲，覺得彷彿少了一塊肉，她一直在口袋裡摸來摸去，後來才想起放在家裡。她不想回去那間屋子，但沒辦法做出貼文或是寫評語之類的事，讓她焦躁不安。她需要轉移注意力，才不會一直想起自己與麥克斯的大吵大鬧。實在太令人沮喪了。進入社群媒體的世界之前，她的空閒時段都在幹什麼？她已經想不起來了。

愛麗絲打開包包，搞不好裡面會有她忘了拿出來的《紅秀》雜誌，她運氣不好。

不過，她倒是發現了幾天前在遊樂場裡面撿到、但已經完全忘記的那本綠色練習本。她也沒別的事可做，所以就拿出了那本小冊子，開始閱讀。

每個人對於自己的生活都在說謊。哇，一點都沒錯！「愛麗絲夢遊仙境」的數十萬追蹤者當然不會看到愛麗絲生活的悲慘真相，她不禁想到了自己貼出她與麥克斯凝望彼此、看著他們的寶寶的所有照片。這本小冊子到底是什麼？有人刻意留給她的嗎？

如果你反其道而行，開始分享真相，會發生什麼樣的事？真的嗎？真相通常並不美好，太不勵志了，它與IG的小方塊世界扞格不入。愛麗絲呈現的是真相的某一種版本，人們希望能夠在自己的動態頁面中看到的那一種。只要出現任何過於真實的內容，就會害她失去大批追蹤者。沒有人想要知道她的不完美婚姻與妊娠紋，或是邦蒂的結膜炎與乳痂。

愛麗絲閱讀了朱利安的故事，這個人的生活聽起來很精彩，但也好悲涼。她不知道今天他怎麼過？有沒有人陪他吃聖誕節午餐？是不是一直窩在「雀兒喜公寓」的家中？他是不是依然會為亡妻擺桌？

她開始看莫妮卡的故事。那家咖啡店她很熟，最近的貼文還下了好幾次的標籤。

大家都知道那種貼文——看看我的咖啡，奶泡有心形拉花，還有我這個裝有水果、優格，以及穀片的健康食碗。其實，她可以想像莫妮卡在咖啡店裡展現效率的忙碌畫面，她比自己大十歲，但仍然很漂亮，行事風格有點緊張不安。

然後，愛麗絲大驚，她這才發現前幾天晚上讓她看得心生癡迷的女子，那個跳舞姿態放縱、無憂無慮的女子，原來就是莫妮卡。她當時沒有兜起來，因為那女子的姿態與愛麗絲白天見到她時的那種模樣相比，根本是天壤之別。

她開始閱讀莫妮卡對寶寶的渴望。愛麗絲幽幽心想，千萬小心不要亂許願，就在這個時候，邦蒂開始亂動，彷彿準備要醞釀進入尖叫時段。她曾經那麼渴望有孩子嗎？她不記得自己出現過這種心情，但想必是有吧。

她一直好嫉妒莫妮卡的生活，而莫妮卡的想望卻是她自己最視為理所當然的一切，好特別啊。她覺得自己與從來不算正式相識的悲傷女子之間、有某種看不見但卻牢不可破的連結線。她低頭望著邦蒂，看著那可愛的豐頰與無限深邃的湛藍雙眸，她感受到一股讓自己誓言永不相忘的愛之潮浪。

哈瑟德。好，這是浪漫英雄的名字。她衷心盼望他是帥哥。明明被叫做哈瑟德，但是卻瘦骨嶙峋，而且還有超明顯喉結與青春痘，那就太可惜了。她開始想像他赤裸背部與胸肌、沿著康沃爾懸崖小徑騎馬的畫面。啊天哪，一定是荷爾蒙在作祟。

愛麗絲對於毒品是深惡痛絕，不過，閱讀哈瑟德故事的時候，她變得渾身不自在，她與酒精，其實與他和古柯鹼的關係沒什麼兩樣。她之所以喝酒，不只是在派對裡放鬆自己而已，她喝酒，是為了要能夠熬過這一整天。她把這個惱人念頭拋諸腦後，她本來就有權利在晚上小酌一杯（或是三杯），而且大家也都這樣。她的社群媒體充斥了「喝酒時刻」與「媽咪小幫手」的迷因圖。這讓她覺得自己還像是個大人，依然有自己的人生。那是她的「自我時光」——老實說——她覺得自己多少理直氣壯吧。

愛麗絲看到哈瑟德故事的結尾，這才驚覺他做了什麼事。我的天！這簡直就像是身處在丹妮爾．斯蒂爾的小說情節之中嘛！哈瑟德找到了莫妮卡的白馬王子，雷利，而且把他送到了英國救了她，不需要再當可憐老處女了。真的好浪漫！而且真的成功了！想必雷利就是她看到那個在莫妮卡咖啡店、無限深情款款凝視莫妮卡的男子吧？

愛麗絲迫不及待想要看下一個故事，她猜應該是雷利寫的。她可以看出這本小冊子接下來那三頁的潦草字跡是出於男人之手，不過，邦蒂洗澡的時間到了，她得要趕回家。也許她可以多花個幾分鐘、小小繞路一下，經過莫妮卡的咖啡店，透過窗戶迅速偷瞄一下就好，這樣一來，她就可以再拖久一點才會想起與麥克斯的那一場可怕爭吵。她覺得既然遇到聖誕節，鐵定是打烊無誤，不過，慢慢晃過去也沒差，再多走一點路，邦蒂也會開心。

愛麗絲左轉走出公園，進入富爾姆路，旁邊就是中國餐廳。就她有記憶以來，它就一直在那裡，但是她從來沒有進去過。她比較喜歡酪梨與蟹肉卷壽司，而不是雞肉炒麵。人行道冷冷清清，因為假日時節的富爾姆區居民似乎全都疏散到鄉下去了，所以，站在餐廳外頭的那兩個男人才會引發她的注意。這是不太可能湊在一起的組合，其中一個似乎是中國人，個子矮小，而且非常火爆，散發出一種與身材比例不符的怒氣，而另外一個是身材高大又精實的紅髮男，她確定自己一定在哪裡見過他。他似乎在哭，到底是怎麼回事？也許今天遇到麻煩的人並非只有她而已。這種念頭讓她精神一振，不禁害她覺得有些歉疚。

當愛麗絲走向咖啡店的時候，她驚覺心中產生一股非例行公事的興奮感，她已經好久沒有這種感覺了。過去這幾個月，只有接踵而來的雜務——餵食、擦拭、清潔、換尿布、煮菜、熨燙、清洗，然後繼續重複，永無止境。這是一種全新體驗，完全不知道接下來會發生什麼事。有一個小嬰兒的生活，實在太一成不變了。但愛麗絲隨即斥責自己怎麼會冒出這種念頭，她提醒自己是何其幸運。

她快要到達咖啡店，似乎燈光還亮著，但未必表示還在營業。許多在地商家似乎習慣二十四小時開著燈，這讓她很火大——「愛麗絲夢遊仙境」是對地球友善的帳號，早在環保成為時尚之前，她就已經不再使用拋棄式咖啡杯與塑膠袋。

她甚至還試過一陣子的重複使用型尿布，但效果不彰。

愛麗絲透過窗戶盯著裡面，好，獨坐在那張多人餐桌的那一個人，正是莫妮卡，她在哭，崩潰大哭，流淌鼻涕、滿臉花糊的慘哭，不是那種迎合拍照的裝哭。莫妮卡絕對是那種聰明睿智、不會在大眾場合哭泣的女子。也許，要是她們成為朋友的話，愛麗絲可以提醒她一下，這是善舉。

愛麗絲發覺自己的興奮之情一下全洩了氣，她多麼渴望相信真的有從此之後過著幸福快樂的生活這種事。到底是出了什麼事？為什麼幾天前的完美浪漫場景卻成了這樣的寂寞悲劇？

愛麗絲堅信女性要團結，女人必須要彼此照應。而且，「在一個你當什麼樣的人都不成問題的世界當中，選擇良善」也是她的生活信條，她還把這句話印在某件T恤上面。她不能明明看到有女性同儕那樣嚎啕大哭，就這麼一走了之。

而且，她也不覺得莫妮卡是陌生人，愛麗絲覺得自己認識她，至少知道一點點。老實說，至少多過她大部分的「好閨蜜」。

愛麗絲從包包裡取出那本小冊子，當作是自我介紹，她挺直身軀，擺出友善但關切的笑容，走了進去，小心翼翼跨過地板上的一坨可怕棕色穢物，那到底是什麼？

莫妮卡抬頭，臉上滿是睫毛膏的污痕。

「嗨，我是愛麗絲，」愛麗絲說道，「我發現了這本『真心話計畫』。妳還好嗎？需不需要幫忙？」

「我真希望自己從來沒看過它，當然也不想再看到那個臭東西，」莫妮卡吐出的每一個字宛若機關槍，害愛麗絲的身體真的為之一縮「我真的不想講難聽的話，不過，我想妳一定跟別人一樣，看了我根本不該寫下的那些故事之後、就誤以為認識我了。媽的我當然不認識妳，我也不想認識妳。所以，拜託，給我滾，讓我一個人靜一靜。」

愛麗絲乖乖照做了。

35

莫妮卡

莫妮卡直到十二月二十六日的傍晚，才從公寓下來。咖啡店就像是某個劇場的佈景，大家演到一半的時候就全閃了。為了布丁而擺設的桌子，玻璃杯裡還有一半的酒；以及聖誕樹，底下放了未拆的禮物；地上那一坨宛若巨大牛糞、正中央依然有一大截冬青漂漂亮亮冒出頭的東西，其實是無花果布丁。

莫妮卡裝了一整桶肥皂熱水，戴上塑膠手套，準備幹活。清潔總是讓她覺得很療癒，老實說，效果驚人。她的五星衛生評鑑，驕傲貼在咖啡店櫥窗向眾人展示，那是她最驕傲的成就之一。就連相關的字詞也有療癒效果。一掃而空，潔淨的紙，與那個男人斷得一乾二淨。

現在，經過一些時間冷靜之後，莫妮卡覺得哈瑟德與雷利不太可能故意設計她。

當雷利向她表明心跡的時候，她相信他真的喜歡她（她覺得那些熱吻並不是虛情假意），不過，她還是覺得自己飽受屈辱。她痛恨雷利一直騙她，也痛恨哈瑟德與雷利覺得她可憐。一想到他們在討論她、計畫要如何矯正她過往的悲慘生活，就讓她好生厭惡。而且，她覺得自己好蠢，她通常不會有這種感覺。拜託，她還因為經濟學優等成績拿過凱因斯獎啊。

她才剛剛開始相信好事終於會突然發生，她值得被雷利這樣的好人珍愛。原來，這一切都是設計的結果。她母親總是告訴她，要是有什麼事美好得太不真實，那麼應該就是假的，而雷利就是美好得太不真實的例子。

在過去這幾個禮拜當中，她覺得自己正在逐漸舒展，開始「順勢而為」，戒斷了她最可怕的計畫執念。她覺得開心多了，越來越無憂無慮，但看看現在她有多慘。

莫妮卡已經不知道該怎麼繼續想下去。

她知道自己現在不想見他們任何一個人，至少現在不要。她盼望一切回到她在自己咖啡店發現那本愚蠢小冊子之前、她寫下自己故事之前、她愚昧捲入某人的謀畫之前的狀態。那個世界淡而無味，但至少很安全，而且有公式可以依歸。

她突然驚覺下禮拜的美術課並沒有取消。她拿起手機，找到了自己當初為美術班所設的通訊軟體群組，打出以下的字句，「美術課暫停，靜候進一步通知。」

她不覺得自己需要道歉或解釋，有這個必要嗎？

莫妮卡走向「圖書館」。朱利安為她畫出的那幅美麗肖像躺在咖啡桌，正面朝上。截然不同的另一個莫妮卡揚起目光盯著她——那個人並不知道她的生活建立在謊言之上。

她把手伸到樹下，拿出那個標示「送給莫妮卡，愛妳的雷利加上三個吻」的禮物。她本打算不要拆開，直接把它扔掉，展現她的自尊，但她的好奇心最後畢竟還是勝出了。

她小心翼翼拆開了包裝紙。裡面是土耳其藍的美麗筆記本，她一看就知道是史密森這個牌子。她是不是有告訴雷利這是她一直鍾愛的品牌？這一定害他花了一大筆錢。正面有金色凸紋字樣，希望與夢想。她把它湊到鼻前，嗅聞真皮的氣味，然後，她打開筆記本，閱讀封面內頁的文字：莫妮卡，聖誕快樂！我知道妳超愛精美文具，我也知道妳超愛列清單，還有，我也知道妳的希望與夢想都應該要實現，因為妳值得。愛妳的雷利加上三個吻

這是完美的禮物。當她發現雷利字跡變得模糊的時候，她才感覺自己在哭，完美的封面留下了鹹味污漬，讓她哭得更慘。

她哭泣，是因為本來也許會發生的一切，曾經有那麼一時半刻，在她面前閃動的某個美好未來的幻象，她正準備開始相信它可能成真。她因為喪失了對自己的信心而哭泣，因為她以為自己如許堅強聰慧，但到頭來她卻是容易受騙的蠢蛋。但最重要的是，她在為那個自以為蛻變成功的女孩哭泣；那個衝動隨性追求樂趣、恣意而為、完全不擔心後果的女孩；那個在筆記本當中寫下秘密、任其隨風飄飛的女孩；那個大膽無懼、與陌生帥哥墜入愛河的女孩。

她不見了。

36

愛麗絲

現在是晚上十一點，愛麗絲坐在哺乳搖椅裡，在碧翠絲．波特彼得兔夜燈的微弱光暈之下，餵邦蒂吃奶。昨天與麥克斯大吵一架，依然讓她深受打擊，被莫妮卡大吼之後，更是雪上加霜，姐妹情誼就到此為止了。她從包包裡拿出那本小冊子，將光線調亮了一點，這樣一來閱讀不成問題，但也不至於亮到會弄醒邦蒂、再次吵鬧。她翻到了字跡從哈瑟德轉為雷利的那一頁，心中有一股微微的期待。像那樣的帥哥會有什麼秘密？

我叫雷利．史蒂文森。今年三十歲，是來自伯斯——澳洲那個伯斯——的園丁，蘇格蘭似乎也有一個叫伯斯的地方。先回答朱利安的問題，我知道我家鄉所有鄰居的姓名，他們也都認識我，打從我小時候開始就是如此。老實說，過了一陣子這樣的生活，有點令人覺得窒息，這也是我離開的其中一個理由。

天，他到底要怎麼面對倫敦這種地方？這是從某個極端跳到了另一個極端。愛麗絲稍微推了一下邦蒂，才能繼續翻頁。

我想，我要說的真心話就是，只因為我不像這裡的許多英國人惹了一堆麻煩，大家就認定我是某種只會傻笑的白癡，這一點讓我很生氣。嗯，我不是偏執，他們真的是這樣。

當然，快樂直爽是好事，不是某種性格缺陷吧？心思簡純並不等於天真無知，對嗎？

愛麗絲心想，哦天啊，這男孩真是可愛。

有時候，我觀察到莫妮卡或朱利安看我的眼神，彷彿把我當成了小孩，他們一定在想，「哦天啊，他好可愛對吧？」

哎呀，這本小冊子是不是有讀心術？

嗯，其實我根本不喜歡這本小冊子。它的確讓我交到了一些好友，但自從我發現它之後，我的生活就不再那麼真誠，再也不是了。我與莫妮卡的關係是建立在謊言之上，我還沒有告訴她這本小冊子就是我們之所以相遇的原因，我甚至不記得自己為什麼沒說出口。

生活在這座城市裡，沒有陽光植物與土壤，也讓我因而發生了改變。我覺得我必須返回自己的根源。我不懂什麼自我分析的事，我是那種「你看到什麼就是什麼」的男生，至少我以前是如此。

還有，你們知道嗎？這本冊子根本沒有揭露出別人的真實面。看了朱利安的故事，你們可能心中會浮現一個毫不顯眼的哀戚老人。不過，我認識的朱利安是我見過最有趣的人，他讓生活變得更加多采多姿，讓你想要見識新的地方，體驗全新的事物。

至於哈瑟德，要不是因為我認識他，我一定會以為他是個傲慢又自戀的渣男。但和我在泰國聊天的那男人其實個性沉靜溫和，而且還有點憂鬱氣質。

然後，是莫妮卡，自以為沒有人愛，其實她溫暖大方又善良，她讓大家聚在一起，滋潤他們，從那種角度看來，她是個天生的園丁，就和我一樣。而且她以後一定是個好媽媽。要是她能夠稍稍放鬆一點，我相信她絕對會找到自己想望的一切。

我打算要把真相告訴莫妮卡。我不確定之後會發生什麼樣的狀況。不過，至少我們的根會落在堅實的土壤之內，而不是沙地，這樣我們還有機會。

你現在打算怎麼辦？我希望這本小冊子可以帶給你更多的好運，別跟我一樣。

愛麗絲覺得好難過。從她之前與莫妮卡打照面的狀況看來，狀況並不如雷利本來的期盼。莫妮卡看起來完全不像是溫暖大方或是和善的人，她也沒有讓愛麗絲產生被滋潤的感覺，老實說，她有點惡毒。

可愛的雷利，沒有花園的園丁。
就在這個時候，她有了靈感。

37

朱利安

朱利安躲在自己的被窩裡，感覺好舒服。他隱約聽到遠方似乎傳來電鈴聲，但他根本無能為力，就算心有餘也力不足，他覺得自己距離一切都非常遙遠。

是瑪莉的聲音，「朱利安！該起床了！你不能窩在床上一整天！」

「別管我，」他回嘴，「我整個晚上都幾乎在畫畫。妳去看一下工作室——就會明白了，我幾乎快要大功告成。」

「我看到了，很棒，跟以前一樣，你一直很棒。不過，現在已經快要接近午餐時間了。」然後，因為她知道他的罩門，她繼續說道，「我要幫你做班尼迪克蛋。」

朱利安伸腿，想知道凱斯是不是躺在床尾，牠不在那裡。

他偷偷睜開一隻眼睛，瑪莉也不在那裡，她消失好久了，他再次閉眼。

他本想要繼續完全放空神遊，但卻有那麼一件事阻斷了他，將他顫顫巍巍拴在地面。他知道自己得做某件事，他有一種眾人在依賴他的感覺，他有責任。

他聽到了滋滋聲響，這一次他耳朵判斷無誤。他伸手拿起早已忘記是自身所有物的那支手機，螢幕上出現了一則簡訊：課程取消，等待後續通知。好，他一直緊抓不放的東西，現在可以鬆手了，也許他可以就一直窩在這裡，躲在被子中，最後被挖土機剷平，讓他們在這裡蓋一間企業娛樂中心。

螢幕出現了幾個字，電量不足。他放下手機，懶得充電，直接把床被蓋住了頭，大力嗅聞令人舒心的那股霉味。

38

哈瑟德

哈瑟德回到了老家，在過去那四天當中，待在牛津郡與父母同住。神奇的是，他們似乎沒什麼恨他的意思，看到他健健康康而且還相當開心，似乎是鬆了一口氣，不過，哈瑟德的母親看到他天天起來吃早餐，似乎相當驚訝，彷彿本來以為他會在半夜閃人去酗酒嗑藥，老實說，以前他的確會幹這種事。他不知道她需要多久的時間才能重拾對他的信任，也許永遠不會了。

哈瑟德本來想要在老家待久一點，不過他的父母得要主辦扶輪社的新年派對，他覺得要是自己一個人度過今晚會比較安全。他打算在午夜之前就寢，他滿懷感恩之情，就他記憶所及，這是他許久以來第一次在自己的床上開啟新的一年，沒有宿醉，身旁也沒有他記不得名字的人。

哈瑟德拿起手機看時間，這是基本款易付卡手機，從來不會響，因為沒有人知道這個號碼（除了他媽媽以外，她今天早上才曉得），他發現連鈴聲要怎麼設定都不知道。哈瑟德一直是很合群、喜歡與人互動、努力工作的人，所以他發現要適應這個沒有朋友與工作的世界很困難，他知道自己不能永遠躲避生活。

現在是下午四點三十分。他穿上外套，鎖好公寓的門，朝墓園走去。他很清楚，自己在聖誕節意外觸發的燃燒彈餘燼已經開始擴散，他將會發現莫妮卡、朱利安、雷利再次結為好友。要是他以前的社交圈現在已經成了他的禁地，他倒是很期盼能夠成為他們的一分子。

他經過莫妮卡咖啡店，裡面一片漆黑，大門貼有告示，休息至一月二日。

哈瑟德坐在海軍上將的墓石，一直忙著張望墓園南側是否有朱利安或莫妮卡朝這裡走來，所以當雷利從北向而來、距離他只剩下幾公尺的時候，他才注意到雷利的身影。也許雷利會想要他的電話號碼吧？他該怎麼開口詢問才不會顯得自己有點可悲或是猴急？

「嗯，所以沒有看到他們的人了？」雷利說道，「我等了一整個禮拜，就是為了星期五下午五點這一刻，希望他們會出現。」

「沒有，我在這裡待了十五分鐘，只有我和烏鴉。你和莫妮卡怎麼樣了？」哈瑟德雖然開口詢問，不過，從雷利低垂委頓的雙肩看來，他已經知道答案。

「她不回我電話，而且咖啡店一直沒開門。我也擔心朱利安，他電話根本不通。自從聖誕節過後，我天天按他家的電鈴，但就是沒有人回應。朱利安通常只會在早上十點到十二點的時段出門，而且他也沒說自己要出遠門。我們是不是應該要打電話報警？

「我們現在就過去，再試一次看看，」哈瑟德說道，「而且，我要是繼續坐在這位海軍上將的墓碑上面，屁股一定會凍壞。」

朱利安電鈴旁邊的姓名是傑索普夫婦，J&M，不過那個M已經消失了將近十五年之久。哈瑟德覺得這樣的悲戚令人好難承受，他發現這個全新的哈瑟德，已經變得相當感傷。雖然他們一直按電鈴按了五分鐘左右，依然沒有人應門。

哈瑟德說道，「好，我們去問莫妮卡，看看她是否知道他人在哪裡，要是不知道，我們就打電話報警。」

「她不肯和我講話，」雷利開口，「所以得讓你去試試看，但她也不是多喜歡你。」雷利的語氣似乎是很釋然，站在火線上的不是只有他而已。

哈瑟德問道，「她是不是住附近？」

雷利回道，「對，就在咖啡店樓上。」

「太好了，我們快去找她吧。」

這項共同任務在兩人之間營造出某種牽繫感，宛若執行特殊作戰行動的士兵，他們往咖啡店走去，沉浸在有志一同又果決的寂靜氣氛之中。雷利指向通往莫妮卡公寓的那道毛莨鮮黃漆色大門，他們按了電鈴，沒有人應答，他們猛敲咖啡店的大門，依然沒有人應答。哈瑟德往後退，到了人行道邊緣，一台正好經過的黑色計程車趕緊閃避，猛按喇叭，哈瑟德側頭仰望莫妮卡家的窗戶。

「老哥，你在只有一條路的小島住太久了！」雷利說道，「你一定是習慣挑戰死神，不然也不會抽一級毒品十年之久。」哈瑟德回他，「不過，我這麼辛苦熬過來，要是最後在富爾姆路被計程車撞死，就太諷刺了吧。好，樓上有亮光……」他開始大喊，「莫妮卡！我們要找妳好好一談！莫妮卡！莫妮卡，妳有沒有看到朱利安？我們需要妳幫忙！」

正當他打算要放棄的時候，有人打開了推拉窗，莫妮卡探頭出來。

她壓低聲音怒氣沖沖說道，「拜託，鄰居會怎麼想？」那種驚恐語氣簡直像是哈瑟德的媽媽一樣，「等一下，我馬上下來。」

過了幾分鐘之後，大門開了。莫妮卡隨便綁了個包子頭，用鉛筆斜插髮髻，而且她穿的是寬鬆大T恤與運動褲，哈瑟德萬萬沒想到她會有這種衣服。她沒有開口寒暄致意，直接把他們帶入咖啡店。

雷利說道，「莫妮卡，我一直想要找妳談一談……」

「雷利，喂，我們現在先處理手邊的問題吧，」哈瑟德插口，不然雷利等一下一定會很激動，讓整件事脫離正軌。「這個你可以等一下再講。要緊的是，我們得問妳：聖誕節過後的這幾天當中，妳有沒有聽到朱利安的消息？」

莫妮卡皺眉，「沒有。天，我覺得自己好糟糕，我一直耽溺在自己的世界裡，我根本沒有想到他，我到底是怎樣的朋友？我猜你們試過他家了，那他的手機呢？」

「打了好多次。」雷利回道，「我真希望我知道他的室內電話號碼，電話簿上面找不到。」

莫妮卡回道，「他家地址是富爾姆路三一七六號。」

「哇，」雷利讚嘆，「妳怎麼記得？」

「圖像式記憶。不然你覺得我怎麼當金融城律師？」莫妮卡沒有被雷利的稱讚沖昏頭，「我想富爾姆這一區的電話是三八五，所以他的電話號碼應該是○二○七，三八五，三一七六。」她對著手機輸入號碼，然後開啟擴音模式，鈴聲響啊響，最後回復成等待撥號狀態。

他們全神貫注盯著莫妮卡的手機，所以過了一會兒之後才發現有人在猛敲咖啡店大門。是巴茲，他帶著約翰．藍儂式的眼鏡，身穿黑色皮衣，表情焦躁不安。

莫妮卡開了門，讓他進來。

「嗨，大家好，我真的，真的需要找班吉好好談一談。你們知道他在哪裡嗎？」他出現微喘，「我想向他道歉，我有點失控。」

「現在有點晚了，」莫妮卡言簡意賅，「他回去蘇格蘭過除夕，這幾天他拚命想要跟你講話。巴茲，這位是哈瑟德。」她說話的時候根本沒看他，講出那名字的時候彷彿把它當成了利劍之詞。

「嗨……」巴茲打招呼，但幾乎沒瞄他一眼，「妳有沒有他的室內電話號碼？他手機關機，不然就是沒有訊號。」

「沒有，抱歉，這裡有一點狀況，」莫妮卡說道，「我們拚命想要找到朱利安，聖誕節過後就沒有任何人聽到他的消息了。」提到「聖誕節」的時候，出現一陣令人不安的短暫沉默，因為大家都回想起那一天的事。

「不太妙。我們去找奶奶。她通常每天早上都會去教他太極，她一定知道他發生了什麼事。」

他們四人又出發，朝百老匯市集走去，為了這起大事而暫時放下仇視。

貝蒂猛搖頭，「我在平常時間過去教太極，但是星期一、星期二、星期三、星期四、星期五都沒有回應。」她伸出手指扳算，「我以為他和家人在一起。」

「他在英國沒有任何親人，」莫妮卡說道，「我們直接過去，看看能不能進入屋內。」

他們五人走過百老匯市集，到達「雀兒喜公寓」。到了這裡，他們對於是否有人可以開花園大門不敢太樂觀，果然沒人。

「我們找鄰居……」吳老太太伸出食指，隨意亂戳朱利安那一格上上下下的所有電鈴，彷彿在對著整個交響樂團進行實驗指揮一樣。

「你們要知道，奶奶是在七〇年代離開了共產中國，」巴茲低聲對雷利與哈瑟德說道，「她跟我爸爸游泳過海灣、到達香港，最重要的家當全部綁在背上，就像烏龜一樣，你們千萬別想耍弄貝蒂．吳。」

終於，對講機傳出了某個尖細聲響，聽得出相當惱怒。

「如果你是要賣我擦碗巾，還是要跟我談永生，我沒興趣。」

吳老太太說道，「拜託讓我們進去，我們很擔心某個朋友，已經好幾天沒看到他了。」

他們真的聽到有人在呻吟，過了幾分鐘之後，某位與朱利安年紀相仿、髮型講究的白金色髮絲的女士，替他們開了花園大門。她的臉龐宛若蠟一樣平滑，她穿了套頭毛衣，還裹了愛馬仕的絲巾。她看起來像是那種當老公開車載著她去某處的時候、自己會坐在後座的女人。

她完全沒有開場自我介紹，劈頭問道，「你們找誰？」

「朱利安．傑索普。」開口的是莫妮卡，她並不會被任何人嚇到。

「哦，要是能找到他，算你們走運。我們在這裡住了將近六年之久，看到他的次數光是靠兩隻手就可以數得出來。」她在他們面前揮舞兩隻五爪手，「但認真想想，也許一隻手就夠了，他從來不出席住戶管理委員會的會議。」她瞇眼盯著他們，彷彿把朱利安缺席的事算在他們頭上一樣。「我就是主席，」她補充的這一點其實沒有必要，大家並不意外，「我想你們最好趕快進來，天哪，你們到底有多少人？」

他們走過她身邊，同時對她點頭道謝，眾人朝朱利安小屋門口走去。

「要是你們找到他的話，要轉告他派翠西亞．阿爾巴可有急事要見他！」她在他們背後大吼，「要是我沒有立刻見到他，我就要通知我那一群律師了！」

雷利大聲敲門，哈瑟德等待回應的時候，雙手一直在冒汗。雖然他根本不認識朱利安，但他卻覺得自己早已很熟悉這個人。

「朱利安！」吳老太太狂吼，對於身材如此嬌小的人來說，這樣的音量很驚人。莫妮卡與雷利透過前窗盯著裡面，幸好莫妮卡之前認真打掃，窗面已經不再是一片灰撲撲。

「其實我看不出有哪裡異常，但老實說，是有一點不一樣，」莫妮卡說道，「他又開始把屋子弄得亂七八糟。」她打開推拉窗，大約弄出了了三十公分左右的空隙，哈瑟德心想，他們現在需要的其實是個小朋友。

「我從窗戶鑽進去！」開口的是吳老太太，哈瑟德這才注意到她的身材就跟小朋友一樣。

「哎喲！我的腳啊！你！大塊頭！托住身體啊！」哈瑟德愣了幾秒鐘，才驚覺她是在呼喊他。

吳老太太雙手高舉過頭，哈瑟德抱著她的軀幹，而巴茲與雷利則緊抓她的大腿，她面部朝下，「右邊！前面！推進窗戶裡面！」吳老太太像個軍隊司令，對他們大吼大叫，他們把她塞進去了，像個包裹一樣送入信箱。吳老太太落地之後，停頓了兩、三分鐘才站起來。

「奶奶！開門啊！」過了幾分鐘之後，大家全進去了。

朱利安的小屋完全沒有散發被愛的氣息。窗簾緊閉，冷得要死，而且蜘蛛網又以復仇姿態回來了。對這地方的熟悉度遠超過任何人的雷利，開始在一樓四處探查。

「這裡沒人，我們去看一下他的臥室，在樓上。」他指向通往夾層的鐵製迴旋梯。莫妮卡一馬當先，雷利與吳老太太跟在後面。

哈瑟德聽到莫妮卡大吼，「朱利安！」顯然他們找到人了。哈瑟德屏住呼吸，擔心會看到最糟糕的結果。終於，莫妮卡又從樓上的臥室出來。

她說道，「他沒事，只是很冷，有些恍惚，」哈瑟德可以看到自己緩緩吐出的氣息化成了雲霧，「天知道他最後一次吃東西到底是什麼時候的事了。巴茲，麻煩你開暖氣好嗎？吳老太太，可不可以麻煩妳帶一些妳的神奇療癒湯品過來？朱利安堅持他不要去醫院，所以我要看看是否有醫生願意出診、檢查他的身體。雷利，要是還有商店開門的話，可不可以麻煩你找一下『天使喜悅』蛋糕粉？當然要挑奶油糖口味。」

哈瑟德很好奇，為什麼是當然？他很想舉手問她是否也有任務要給他，但覺得她可能又會朝他丟東西。他去找水壺了，他媽媽每每遇到危機時刻，就會堅信一杯好茶可以逢凶化吉。

39

莫妮卡

他看起來不像是莫妮卡認識的那個朱利安。他整個人瑟縮在床，宛若一個逗號，如此瘦弱乾枯，毯子裡幾乎就只有一坨隆凸肉身而已。床邊地板上放了三個吃光的焗豆罐頭，其中一個罐內還有叉子，旁邊是他的手機。她上次看到他穿的那一套格紋裙裝散疊在門口，彷彿之前穿那套衣服的人直接蒸發了，或者，自體燃燒，就像是《綠野仙蹤》裡的巫師一樣。

有那麼可怕的一瞬間，感覺像是拖了一個小時那麼久，莫妮卡本來以為他死掉了。他動也不動，當她碰觸他的手的時候，那皮膚感覺冰涼又濕黏。不過，當她呼喊他名字的時候，他的眼皮迅速翻動了幾下，發出了呻吟。

現在，他坐在扶手椅裡面，旁邊有壁爐的熊熊烈火。巴茲花了一些時間找鍋爐，後來才發現朱利安家裡沒有中央暖氣系統，只有幾個移動式的電暖爐，而且電源全部都是關閉狀態。現在，他裹了好幾條毛毯，手裡拿著馬克杯，正在啜飲貝蒂的雞蓉玉米湯。

附近外科醫院的某位家醫過來了，他的處方是要保暖，提供食物與流質，還為褥瘡開了一些抗生素。他悄聲碎碎念，「每一次都搞這一齣……」害朱利安已經相當脆弱的心靈承受了更多的壓力，所以，莫妮卡猜測出現類似這種情形應該也不是第一次了。不過，至少現在他的雙頰已經慢慢回復了一點血色，憔悴神情似乎也稍微舒緩了一點。

莫妮卡很確定，朱利安的厭世態度與聖誕節的爭吵有關，所以，在朱利安的面前，她會竭力表現出與雷利互動良好。而現在的雷利似乎也拚命在討她歡心。她出於好奇，順水推舟，想知道他到底會多麼努力，她告訴他，朱利安樓下的廁所需要好好清理一下，他就像隻聽話的小狗一樣，拿著水桶、漂白劑，還有刷子小跑過去。她當然不可能跟他恢復戀愛勾纏關係，但看在朱利安的份上，她覺得也許可以當朋友。

至於哈瑟德，她覺得自己永遠不會喜歡一個如此輕率玩弄他人生活的傢伙。他在這裡作什麼？到底是誰邀請他擠進我們這個小圈圈？她以前遇過這種類型的人，老早就習慣被大家誇獎，總是我行我素，甚至根本不會懷疑自己是否有權利被當成圈內人。

他的一切都讓她覺得很礙眼，打從那太過完美的好萊塢式笑容，一直到那愚蠢的嬉皮鬍以及昂貴私校風皮鞋。在她十六歲的時候，她母親剛過世沒多久，她雖然不情願，還是被她父親勸服去參加學校舞會，當時就是有個長相是年輕版哈瑟德的男孩吻了她，她開始心想，也許，只是個也許，狀況會開始漸漸好轉吧。結果，她發現他做出這個舉動只是因為接下了挑戰書，看你有沒有能耐把班上那個好學生搞到慾火焚身。事發之後，她好幾個月都沒有去上學。

還有，哈瑟德[14]是什麼鬼名字？不過，這倒是與他十分相配，他就是必須隨身攜帶危險警告標誌的那種人。

哈瑟德彷彿有心電感應，轉身面向她。

「嗨，莫妮卡，妳說服了朱利安在咖啡店上美術課嗎？」

「對。」她默記要儘快恢復美術課，就算不為別的，也該為朱利安著想。雖然莫妮卡回答態度輕慢，但哈瑟德緊追不放。

「我可以加入嗎？大學畢業之後，我就再也沒有碰過藝術了，很想要再嘗試看看。」

莫妮卡開始想像哈瑟德的大學時代畫面，擔任黑領帶人士與會的晚宴主持人，對著來自知名女私校的女孩達維娜、舔食她尖銳髖骨上的義式冰淇淋。

「我們空間應該是不夠大，」然後，她又事後才補上一句，態度粗魯，「抱歉了。」

很遺憾，朱利安雖然一把歲數了，但聽力好得跟蝙蝠一樣。

「老弟，當然有地方，我們只需要多拉一張椅子而已！」

哈瑟德拿出一隻出奇老舊的手機，在她面前揮舞，「要不要我的新手機號碼？」

她沒好氣回道，「我要那個幹什麼？」他是不是覺得每個女人都對他有興趣？

哈瑟德似乎有點被嚇到，「呃，這樣妳可以打電話告訴我美術課的事啊？」

「哦，我明白了，沒這個必要。只要出席就可以了，每個星期一，晚上七點鐘。」莫妮卡覺得自己可能有點太兇了，決定遞出只有一片超級迷你葉的橄欖枝，「哈瑟德，你在泰國做些什麼？」她努力讓自己的語氣多增添一點善意。

哈瑟德回他，「呃，我在戒毒。」

莫妮卡想要翻白眼，還是忍住了，她很清楚那是怎麼一回事。客人們留在她咖啡店、她總是假裝不會動手翻閱的那些八卦雜誌，一直都有名流的戒毒照。想必他一定待在什麼豪華水療中心，喝有機冰沙，每天按摩好幾次，所以可以在派對熱季到來之前減個幾公斤。她猜應該是由他爸媽創立的信託基金支付一切。

「你真好命，有這麼空閒時間不需要工作……」她在測試自己的理論是否成真。

「哦，其實我正在處於換工作的空檔。」這是貴公子不需要工作的暗語。她很清楚，哈瑟德這個人絕對不需要擔心能否拿到考試好成績，或是賣出足夠的馥列白咖啡支付房租，因為他只需要打電話給教父教母以及同窗好友，就可以幫他找到一份不會干擾他社交生活、假期，抑或是「戒毒」的時髦工作。

巴茲必須回去自家餐廳幫父母的忙，因為除夕大餐預約已經全部客滿。其他人不想離開朱利安，莫妮卡擔心要是又留他一個人的話，將會又立刻陷入冬眠狀態。貝蒂已經帶了一些蒸餃與春捲給大家吃，而雷利在朱利安的吩咐之下、從地窖拿出了香檳，準備慶祝新年到來。他出現的時候，面容蒼白又緊張不安，她還沒找到機會問他下面到底是什麼狀況。

⑭ 哈瑟德的意思為危險。

「吳老太太……」朱利安的聲音依然相當嘶啞。

「叫我貝蒂！」

「很抱歉，我多嘴講出巴茲與班吉的事，惹得妳不高興了。」

她大吼，「他叫畢鳴！」

朱利安語氣溫柔，「妳知道嗎，班吉真的是個好男孩，而且他讓畢鳴很快樂，最重要的不就是這個嗎？」莫妮卡盯著貝蒂，她眉頭皺得好厲害，雙眉全湊再一起，宛若巨大的灰色千足蟲。莫妮卡懷疑，朱利安是不是真心想找死。

貝蒂嘆氣，「當然，我希望他可以開開心心，我愛那小孩，他是我唯一的孫子。我相信這個班吉是好人，但他又不能當畢鳴的媳婦！他沒辦法為吳家傳宗接代，也無法在餐廳煮中國菜。」

朱利安回她，「嗯，其實不是如此，他們可以領養，現在許多男同志都這麼做。」

貝蒂似乎動念了，「從中國領養女嬰嗎？」

「而且，班吉是超級大廚，」莫妮卡敲邊鼓，「咖啡店裡大多數的烹煮都由他負責，他比我厲害多了。」

貝蒂交叉雙臂，「咳咳……」但莫妮卡覺得她已經感受到貝蒂態度有了一點軟化。

「畢鳴告訴我，他對你大吼大叫，」貝蒂對朱利安說道，「我告訴他，我覺得很丟人，他應該要對長者表示尊重才是。」

朱利安回他，「別擔心，吳老太太，他剛剛向我道歉了，但其實真的沒這個必要。」

聽到這段話，莫妮卡露出微笑，她不小心聽到巴茲道歉，也不是全程都那麼低聲下氣。他說對不起，把這間小屋講成了垃圾堆，自從莫妮卡整理過之後，看起來就清爽多了，這也給了她一個靈感。

「朱利安，」莫妮卡說道，「我們何不再來一次春季大掃除迎接新年呢？如果你願意的話，我可以下禮拜過來。」

哈瑟德開口，「嘿，莫妮卡，妳清掃的時候，要不要把我的地方也打掃一下？」

好：最後一根稻草。

「哈瑟德，為什麼？因為你懶得要死不想要自己清理嗎？還是你覺得打掃是女人家的事，而你充滿了男子氣概，不該做那樣的事？」

「莫妮卡！別繃得那麼緊！我只是在開玩笑而已！」哈瑟德真的是嚇到了，「妳知道嗎，有時候妳要放輕鬆，開心一點，今天畢竟是除夕啊。」

莫妮卡怒氣沖沖盯著他，他也不客氣回瞪。她依然討厭他，不過，至少他會回嗆她。身為律師，對手太快休戰會讓她深惡痛絕。

「距離午夜只剩下五分鐘了，」雷利大喊，「大家準備喝杯香檳了吧？」

「我有薄荷茶，」哈瑟德回道，「茶是新的香檳，現在大家都在喝。」

莫妮卡問道，「哈瑟德，你已經開始執行新年新計畫了嗎？」她超愛執行新計畫，所以一年之中的各個時候都看得到有她的新計畫起點，為什麼要把它們侷限在一月呢？

「差不多是那樣。」

莫妮卡本想問哈瑟德是否查看了薄荷茶的有效日期，但還是沒開口。反正也不會害他喪命，這倒是可惜了。

然後，富爾姆與雀兒喜的天空大亮，煙火爆響在附近的建物區發出回音。莫妮卡面向朱利安工作室的落地窗，充滿了一片狂野色彩。

全新的一年到來了。

40

雷利

接下來的那一個星期五，雷利看到朱利安走向了海軍上將的墳墓，不禁讓雷利鬆了一口氣。在莫妮卡的指示之下，打從除夕過後，他就天天去朱利安的小屋——表面上是要繼續幫忙整理雜物，但同時也要確定他起床了，記得保暖與進食。就算是沒有恢復到先前的自我，但至少看起來也在逐漸復元中。今天傍晚，他看起來格外雀躍。

「雷利！看到你過來真是開心！你猜怎麼著？」

雷利問道，「什麼？」

「莫妮卡已經訂好了美術班校外教學的歐洲之星火車票，我花了一整個下午再安排我們的美術館行程！」

「太好了！」打從雷利十幾歲的時候看了妮可．基曼演的《紅磨坊》之後，他就一直渴望探訪巴黎。他靜靜守候一旁，等待朱利安發現他帶了什麼過來。

朱利安盯著那根不斷搖晃的尾巴，「雷利，你這位朋友是？」

「我倒是希望牠可以變成你的朋友。建築工人在隔壁空屋發現牠住在裡面，我們猜牠的主人應該是最近剛過世的老太太。他們已經把自己的三明治送給牠吃了，還加碼葛雷格斯的臘腸麵包，但牠需要一個真正的家。」

朱利安問道，「那是？」

雷利回道，「是一隻狗。」

「我不是要問這個。我要問的是哪一個品種的狗？」

雷利回道，「誰知道呢。我想牠祖先應該有不少是出於自由戀愛而交配。我覺得牠有點算是雜種狗，主要血統是㹴犬吧。」

朱利安說道，「絕對不知道是什麼時候有混到傑克羅素㹴犬。」他與狗兒對望，默默觀察彼此的相似之處，濕潤的雙眼、灰色鬍鬚、關節炎發作的關節，以及對世間的無奈感。

朱利安問道，「牠叫什麼名字？」

「不知道，工人們叫牠沃伊切赫。」

「不會吧……」

「他們是波蘭人啊。」

「我應該叫牠凱斯，」朱利安說道，「凱斯這名字跟狗兒是絕配。」

雷利問道，「所以你是要收養牠囉？」

「我想是吧。我們可以當一對可憐的怪老頭，嘿凱斯你說是不是？」

雷利說道，「醜話要講在前頭——他可能有點神經質……」

「好，那就一言為定了，這是我們的另一個共通點，」朱利安說道，「我有客人來的時候，正好可以罵牠當我的擋箭牌。你覺得牠會喜歡巴黎嗎？」他低頭望著他的新寵物，沒等到雷利回應，繼續說下去，「還有，一天想要包含現代藝術與文藝復興，是不是太貪心了？不過，雷利你說該怎麼選擇才好？瑪莉老是告訴我，縮減選項一直不是我的強項。」

雷利聳肩，這問題已經稍稍脫離了他的信心範圍。他說道，「記得要留足夠的時間讓我們登上艾菲爾鐵塔！」

「親愛的小朋友，這是文化涵養之旅，不是要探訪所有敲觀光客竹槓的地方。不過，我想要是我們得挑一個這種老掉牙景點，那麼就去艾菲爾鐵塔好了。」

有名女子朝他們走來，讓雷利開始分神，她推著一台嬰兒車，活力四射，彷彿把它當成了健身房工具一樣。她絕對就是大家所說的那種「潮媽」。時髦，絕對是含著銀湯匙出生。她大約是二十多歲，還有在倫敦髮廊花大錢弄出來的完美挑染髮色，不過，澳洲太陽可以免費贈送這種效果。她看起來像是一頭毛髮光潔的巴洛米諾金黃色小馬，正準備要去參加某場騎術比賽。她緊抓水瓶（可重複使用）的那隻手，美甲弄得很漂亮。伯斯的媽媽們不是那種風格，她們通常有一頭亂七八糟的頭髮，身穿皺巴巴無袖連身裙搭配夾腳拖。雷利等她走過去，但是她卻停下腳步。

「嗨，」她向他們打招呼，「想必你是朱利安，而你一定是雷利囉？」

他一臉疑惑，「是啊。」

「我就知道，而且你的澳洲口音立刻就洩了底！我是愛麗絲！」她主動伸手，他們握手致意，「這是邦蒂，」她朝嬰兒車揮揮手，她盯著現在坐在海軍上將墓石、窩在朱利安身旁的狗兒，「這位是？」

朱利安與雷利異口同聲，絲毫不差，「凱斯……」

雷利問道，「妳怎麼知道我們大家的名字？」難道她是什麼跟蹤狂？

她回道，「我在遊樂場發現了那本『真心話計畫』。」

雷利花了太多時間苦思那本愚蠢小冊子所造成的傷害，完全沒有想到他把它放在自己公寓與咖啡店之間的某塊小綠地之後、將會發生什麼事，那是他經常獨坐釐清思緒的地方。

「哇我的天哪！」朱利安驚呼，「我的小冊子依然在不斷流傳！您好。想必看完之後覺得很著迷吧。」

雷利稍微翻了一下白眼，朱利安一看到美女就成了傻子。

「天，這外套好漂亮，這一定是凡賽斯囉？八〇年代是嗎？」

雷利對於朱利安的穿衣品味已經相當免疫了，所以他看到朱利安大衣裡的那件圖樣繁複的真絲外套，根本連眉毛也沒挑一下，但那件衣服卻讓愛麗絲興奮感連連大爆發。

「哦，終於！」朱利安說道，「又是一位時尚達人，我原本已經放棄希望了，周邊全是這些老土。沒錯，被妳說中了。偉大的吉安尼，他離開真是世界的一大損失，我到現在都還沒有辦法釋懷。」

老土？雷利怒了。沒有人注意到他今天穿的是在eBay網站撈到的限定版耐吉球鞋？他望著朱利安以絲質手帕不斷擦眼，真的是在對他的觀眾在演戲，愛麗絲一定可以看穿他的把戲吧？

愛麗絲問道，「可否麻煩你脫一下自己的外套？讓我可以拍張照片？」她是認真的嗎？朱利安在今年最冷的一日、自己差點死於低溫症的時刻，朱利安似乎很樂意脫掉外套，他甚至還對著鏡頭搔首弄姿。

「牛仔靴嗎？」他準備要回覆她的另一個時尚蠢問題，「來自國王路的『精確鞋底』，很棒的名字吧？當然，現在應該已經歇業了，鐵定是被什麼連鎖三明治或類似的可怕店面所取代。」他陷入懷舊愁思，「妳說是不是很有趣？這不禁讓我想起與好友大衛・貝利共處的那些時光。」

雷利覺得愛麗絲應該會昏過去吧？他覺得很奇怪，朱利安過著隱士生活十五年之久，這些「好友」到底是在哪裡？

雷利開口問道，「我留你們兩個在這裡好了？」他說出口的時候才發覺自己的語氣像是個嫉妒的小孩，愛麗絲轉身面向他。

「其實，雷利，我想要找的人是你，我真的想見你一面，就像我好愛你朋友朱利安一樣。」現在朱利安真的在傻笑，雷利心想，莫妮卡絕對不會放浪到這麼明目張膽調情，「我有一個計畫要交給你，」她交給他一張紙，「明天十點到這裡來找我好嗎？朱利安，你也可以過來，保證你愛得不得了！雷利，萬一你不得不退出的話，上面有我的電話號碼，但我知道你不會的！不會吧？是不是？現在，我得帶邦蒂去『猴子音樂』教室上課了，掰囉！」

掰囉？？？

「天，她真是仙女，你說是不是？」朱利安讚道，「我已經迫不及待想要知道究竟是什麼了。你會過去吧？我們真的要把她介紹給莫妮卡，她一定會非常喜歡愛麗絲。」

雷利心想，莫妮卡比愛麗絲好一百倍。他很想要放棄這場神秘之約。但他看得出來，朱利安絕對不會放手。

41

愛麗絲

愛麗絲對於這場與朱利安、雷利的面會超級興奮。自從邦蒂呱呱墜地之後，她的生活常常一成不變，全都塞滿了以寶寶為中心的各種活動——寶寶游泳、寶寶按摩、寶寶瑜伽，以及與其他媽媽討論成長指標、睡眠習慣、長牙，以及斷奶。愛麗絲感受到自我已經慢慢消失，已經到了她只是個附屬品的程度——如果不是邦蒂的母親，就是麥克斯的妻子，只有上網的時候除外。在網路世界，她依然還是「愛麗絲夢遊仙境」。

她看到朱利安與雷利走過來。更適合雷利步伐的地點是在海濱漫步，而不是在倫敦人行道前行。他充滿活力與陽光氣息，不該被禁錮在城市裡。或者，她之所以會這麼想，純粹是因為她看過他的故事。了解一個人的程度，超過了正常範圍，感覺好奇妙。而朱利安超級吸睛，他宛若天堂鳥，永遠不可能把他關在囚籠裡。

她開口，「朱利安！你今天的打扮比昨天更搶眼！」

「可愛美女，妳也是，妳人真好。」朱利安真的執起她的手，親吻了一下，她以為這種情節只會出現在電影裡。「這是史恩．康納萊在電影《第七號情報員》裡面所穿的那件尼赫魯印度風真絲外套，搭配鱷魚皮雕花皮鞋相當出色，妳說是不是？」雷利問道，「史恩也是你的好友嗎？」

愛麗絲覺得雷利的語氣有點不爽。

「沒有，不是，只不過是點頭之交而已，我是在某場慈善拍賣會買下了這件衣服。」

愛麗絲問道，「拜託，拜託讓我拍一些照片好嗎？」朱利安似乎很樂，斜靠某根路燈，看起來很優雅，他甚至還從裡面那件外套的口袋取出雷朋太陽眼鏡，把它戴好。打了領結的凱斯坐在他身邊，看起來也同樣時髦帥氣。

「我實在很不想打斷這場時裝秀，」雷利開口，「但可否告訴我為什麼我們要來這地方？」

「嗯，」愛麗絲回道，「你可能不知道，但我是網紅。」

朱利安與雷利異口同聲，「什麼？」

「我有十萬名追蹤者。」朱利安東張西望，彷彿覺得會看到一群人尾隨她而來，她特地澄清，「是在IG帳號啦。」看來這工作很艱難，她是不是得從網路發明開始解釋？「雷利，你一定有玩IG吧？」

「沒耶。IG就是一堆瘦巴巴的人在日落時做瑜伽的無聊照片，不是嗎？」

「嗯，老實說，是有一些，但其實遠遠不止於此，」愛麗絲努力不生氣，「比方說，這間房子……」她伸手朝他們前面的大型維多利亞式排屋揮了一下，「……是原屋主過世之後、贈送給當地的慈善單位，他們把這裡變成了在進行戒酒戒毒婦女的免費托兒所。女性經常拒絕尋求幫助，因為她們擔心自己的孩子會遭到安置。而這間住所可以幫助她們在解決自身問題的時候，依然保有監護權。而這裡的志工會確保小孩得到妥善照顧——飲食、衣裝、梳洗，最重要的是，陪伴玩耍，這地方的名稱是『媽咪小幫手』。」

「好棒啊，」雷利問道，「所以妳在這裡工作嗎？」

「嗯，其實不算，」愛麗絲回道，「他們正在籌辦一些募款活動，我在『愛麗絲夢遊仙境』進行宣傳。」看到他們一臉茫然，她趕緊補充，「那是我的IG帳號。你們看，我的其中一篇貼為可以帶來數千英鎊的捐款，所以那完全不是在黃昏時做下犬式之類的事。」她發覺自己的語氣有點慍怒。

「我們為什麼要來這裡？」雷利問了第二次，「是需要有人幫忙義賣蛋糕嗎？」

「哈！不是。我們有許多附近的媽媽可以負責那種工作。其實，我完全不需要朱利安——他來這裡只是要讓這裡變得漂漂亮亮。雷利，我需要的是你，過來，我讓你看一下。」雷利非常喜歡被需要的那種感覺，而朱利安則是非常喜歡打扮得漂漂亮亮的那種感覺。愛麗絲按下電鈴，某位胸部宛若汽車保險桿的穩重女士開了門。愛麗絲開口，「麗茲，這兩位是雷利與朱利安。」

「哦好，快請進！我在等你們呢。這裡亂七八糟吵吵鬧鬧，還有臭氣！都不要理會就是了，我正在忙著換尿布。」對朱利安而言，這樣的資訊已經讓他受不了，他臉色略微發青，而且不想與對方握手，「哦對不起，」麗茲說道，「抱歉不能帶狗進來哦。」

朱利安說道，「凱斯不是狗……」麗茲瞪了他一眼，那種目光足以讓一整間的吵鬧小小孩瞬間閉嘴。「牠是我的守護者，」他繼續說道，完全不為所動，「這樣吧，我會一直抱著牠，絕對不會讓牠四腳落地。」他沒等對方回應，直接把凱斯夾在胳肢窩下方、走了進去。愛麗絲不知道凱斯經過麗茲面前時放屁，是不是刻意精算過時間，如果是這樣，她覺得也沒什麼好意外的，那隻狗的內心比外表邪惡多了。

走道牆面掛滿了小孩的畫作，隔壁房間正在播放《王老先生有塊地》，同時夾雜了刺耳的歌聲、碰撞，以及嚎哭。有一股培樂多黏土的特殊氣味，混雜了廣告顏料、清潔用品，還有刺鼻的尿布味。

「直接過來吧……」愛麗絲帶引他們進入後面的廚房，「這就是請你來的原因。」她伸手指向通往花園的法式落地窗，那座花園根本是一座叢林。草坪有三十公分高，而且花壇長滿了巨大的野草，很難辨識到底有沒有真正的灌木或是花朵。爬籐玫瑰瘋狂蔓生，形成了一堵宛若保護睡美人的荊棘牆。

雷利驚呼，「哇……」這就是愛麗絲預期的反應，「妳知道嗎，我是園丁。」「哇哈哈，你記得我看過那本小冊子吧。我知道你是園丁，所以你才會在這裡，」愛麗絲回他，「我們現在根本不能讓小孩到外面玩——這是健康與安全的夢魘。」

「妳應該要找莫妮卡聊這個才是，」雷利說道，「健康與安全，嗯，是她的專長。」

「雷利說的沒錯，」朱利安的語氣彷彿在比賽，到底是誰最了解臭脾氣的莫妮卡，「要是莫妮卡參加《智多星》，這鐵定是她的專長項目。」

天，怎麼會有人的專長是健康與安全規範？愛麗絲決定乖乖閉嘴就好，他們兩個顯然都很喜歡莫妮卡。

「我們多數的孩子都沒有居家戶外空間，要是我們可以把這裡變成一座有模有樣的花園，也許弄個遊戲小屋與沙坑，你們覺得怎麼樣？」

「我迫不及待想要動工了！」雷利摩拳擦掌，彷彿已經在挖花壇一樣。

「抱歉我們無法付薪水給你，」她說道，「而且還得要等一陣子，因為我們還沒有籌到太多資金購買園藝設備與職務。要是我們運氣不錯，附近的園藝中心也許可以送一些給我們。」

「這個我就可以幫忙了！」朱利安顯然覺得自己有點被冷落了，「雷利，我很樂意把我們eBay計畫裡我的那一份全部捐出來，作為花園的預算！」他看起來頗為得意，宛若在某場生日派對發送硬糖的好心叔叔一樣。

「你不能這樣！」雷利反對，「你是退休老人！需要現金！」

「老弟，別傻了，我又不靠英國退休金過日子，以前早就賺了一大筆錢。我的投資讓我過日子是綽綽有餘，能捐款是我的榮幸。」他對他們露出燦爛笑容，他們也熱情回笑。

前面傳出響亮歌聲，「王老先生有塊地！」

雷利跟著應和，「咿呀咿啊呦……」

42

朱利安

這已經是朱利安第七次檢查口袋了。他不需要車票，因為莫妮卡負責保管所有人的票，他懷疑她其實是完全不信任大家。歐元——沒問題，護照——沒問題，行程表——沒問題，旅遊指南——沒問題。就在兩個禮拜之前，雷利問他是否準備了有效護照，他這才驚覺自己已經十五年不曾離開英國（其實幾乎根本沒離開富爾姆），手邊的護照早已過期，莫妮卡幫他迅速申辦了新護照。

他本來以為他堅持也要幫凱斯辦護照的時候，莫妮卡可能會生氣，他必須小小玩弄一下最後通牒，要嘛他們一起去，不然就兩個都不去。他知道這樣是有點誇張，但凱斯已經上了年紀，而每個人在有生之年都至少應該要探訪一次巴黎。

反正，在他認識的人當中最有效率的莫妮卡，就是把它搞定了。要是在他連今天是星期幾都幾乎搞不清楚，甚至連應該要待在哪裡都不知道的六〇年代，能夠有莫妮卡在身邊就好了，瑪莉會怎麼看待莫妮卡呢？

他們一夥人在咖啡店會合，雷利說服「媽咪小幫手」的小巴司機載他們過去搭歐洲之星。朱利安自從受邀為黛安娜王妃畫像之後、還從來沒有這麼興奮過。一想到這一點，他其實不是很確定自己是否真的曾經受邀為黛安娜王妃畫像。他從來沒有畫過她的肖像，所以也許從來不曾有人開口找他。有時候，他會分不清楚虛實。要是你講某個故事講到一定次數之後，就會成為事實——或是距離事實也相去不遠。

朱利安在咖啡店前的幾公尺停下腳步，等待聚在那裡的那群人注意到他與凱斯之後、他們再慢慢走完最後一段路。果然一如他的預期，大家打招呼的時候爆出了一連串叫喊。

雷利驚呼，「朱利安！凱斯！為英國搖旗吶喊，我看得出來！」

莫妮卡上下打量他們，「為什麼我還會嚇一跳呢？我自己也不知道……」朱利安穿的是「性手槍」的T恤，上面印有《天佑女王》，搭配馬汀大夫鞋，還有一件薇薇安・衛斯伍德的米字旗飛行夾克，而凱斯則穿了一件同款米字旗肚兜，充滿了模特兒走秀的自信與漠然，有關節炎髖部的模特兒。

莫妮卡說服了兩名短期員工看店，所以她與班吉就可以同時參加這趟旅行。蘇菲與卡洛琳都是職業婦女，沒有辦法請假，所以朱利安邀請哈瑟德與愛麗絲填補空缺。巴茲沒辦法來，因為他家餐廳人手不足，但他堅持奶奶一定得去，因為吳老太太從來沒有去過巴黎。

當他們魚貫進入小巴的時候，莫妮卡正在算人頭，朱利安心想（而且這並非他第一次這麼覺得），她一定會是個很好的小學老師。

「我五個，還有我，那就是六個人加一隻狗。我們還漏了誰？朱利安，是你的朋友，對不對？」

「沒錯，看，她來了！」他看到愛麗絲朝他們走來，她肩上揹了一個大包包，他立刻認出是安雅希德瑪芝的設計品，「莫妮卡，這位是愛麗絲，妳一定會很愛她。」

莫妮卡與愛麗絲面對面的姿態，宛若相斥的兩塊磁鐵，顯然雙方都有火氣。朱利安完全搞不懂是怎麼一回事。

莫妮卡說道，「哦，對，我們已經見過面了。」

「的確，要是我沒記錯的話，妳對我說過，媽的現在滾出我的咖啡店我是愛麗絲，這是邦蒂。」愛麗絲伸手，莫妮卡與她握手致意。

「抱歉，」莫妮卡說道，「我那天狀況不好，可以當作沒那回事嗎？」

「沒問題……」朱利安發現愛麗絲神色的迅速變化，一開始是驚訝，然後是短暫抗拒，最後定格在溫暖燦笑，露出多年昂貴牙齒矯正的成果。

「好，大家上車！小心頭！」莫妮卡的這句話對哈瑟德來說有點太晚了，身高超過一百九十公分的哈瑟德，想要鑽進小巴車門的時候，撞到了額頭。要不是朱利安了解莫妮卡的個性，他一定會以為她在竊笑。「千萬別忘了繫安全帶！安全第一！」

「我們就像是《天龍特攻隊》，但我猜他們才不會扣安全帶，」朱利安說道，「我先說了，我要演怪頭，」然後，他看到眾人的茫然神情，「哦天哪，你們都太年輕了，根本想不起來《天龍特攻隊》啊？」

「嗯，朱利安，又不是每個人都在青銅時代出生，」雷利回道，「這就像是在念書的情景一樣，記得大家都拿包包搶佔後面的座位嗎？」

「我一直喜歡坐前面，」坐在司機旁的莫妮卡開口，她正襟危坐，以雙手緊抓擱在膝上的旅行包。

「為了這趟旅行，我特地從餐廳帶了幸運餅乾！」吳老太太從她的包包裡撈出了一堆有單獨塑膠包裝的圓餅乾、分給了大家。哈瑟德這個人顯然是無法抵擋衝動，馬上撕開了包裝袋，將餅乾掰成兩半，取出裡面的那張小字條。

坐在他旁邊的朱利安問道，「上面寫了什麼？」

「哦天哪！上面寫的是，救救我！我被關在餅乾工廠！」哈瑟德回他，「沒啦，說真的，上面寫的是，你將會孤單死去，一身邋遢。實在很難令人開心吧，是不是？」

「至少有一件事是絕對不會發生在我身上，」朱利安說道，「我可能會孤單死去，但絕對不會穿得邋遢。」

「絕對不會穿得邋遢，也許吧；但絕對是過分講究。」坐在朱利安後面的雷利開腔，朱利安伸手要扁他的頭，但雷利卻巧妙閃過，反而打到了坐在他隔壁的愛麗絲。

朱利安大喊，「可愛的美女，真抱歉！」坐在嬰兒座的邦蒂開始大哭。

愛麗絲唱起兒歌，努力安撫她，「公車的輪子轉啊轉……」

「巴士載了老先生，」班吉偷偷對莫妮卡低聲唱出自己改編的歌詞，「身穿衛斯伍德的衣服……」

朱利安大喊，「我聽到了！」班吉沒想到他的聽力這麼好。

「猜猜我的幸運餅乾寫什麼？」班吉立刻轉換話題，「你即將啟程！哇，真準！」

朱利安發現吳老太太露出派丁頓熊等級的嚴厲目光，瞪了一下她孫子的男友，不過，任何狀況都無法毀了今天，接下來一定會精彩萬分。

43

哈瑟德

朱利安從餐車回來了，他把凱斯夾在胳肢窩底下蜿蜒前行，身體不斷撞到兩側座椅，哈瑟德面色抽搐，眼前浮現朱利安被擔架抬出火車外面、髖骨骨折的畫面。

「果然不出所料，列車上的酒單真恐怖，幸好我提前做好準備……」他從包包裡拿出了一瓶香檳，哈瑟德不知道還有多久就會聽到莫妮卡的抗議聲。

過沒多久之後，果然不出所料，「朱利安，現在是早餐時間……」

「不過，親愛的美女，我們在度假！反正，每個人也只能分到一小杯而已。大家都想喝吧？吳老太太？還有妳？愛麗絲？」

哈瑟德在想，不知朱利安是否知道他有多想直接搶下那瓶香檳、乾個過癮，根本不需要動用什麼酒杯。他瞄到好幾名同車乘客斜眼望著他們，想必他們看起來像是不太可能發生的組合，朱利安與班吉、愛麗絲差距了五十歲以上——其實，要是把邦蒂算進去的話，年齡差是七十九歲。吳老太太比朱利安老嗎？還是比較年輕？沒有人敢問。

朱利安拿著香檳與素描本、開開心心坐下來。他正在畫坐在對面座位的凱斯，牠在眺望肯特田野的綿羊，以前可能從來沒有看過這東西。有位列車長過來了，看起來充滿威儀，露出不以為然的神色。

「抱歉，不能讓狗入座，牠必須要待在地上。」

朱利安回道，「牠不是狗。」

列車長問道，「那不然牠是什麼？」

「牠是我的繆思。」

列車長回他，「繆思也不能入座。」

「不過，在你的規範手冊裡，到底是哪裡有寫繆思不能入座？」

「朱利安！」莫妮卡說道，「遵從人家的吩咐就是了。凱斯，下來！」凱斯立刻跳下來，雖然朱利安不知道不能給莫妮卡惹麻煩，但牠倒是很清楚這一點。

莫妮卡繼續破解某本數獨謎題，只要她遇到瓶頸（其實不太會），她就會拿起鉛筆的尾端敲太陽穴，彷彿魔術師努力要從帽子裡變出小兔子一樣。邦蒂的小臉壓住火車窗戶，不斷以拳頭拍打玻璃，而愛麗絲則忙著以她的哀鳳手機狂拍照片。雷利在看網路衝浪影片，準備了一大包M&M巧克力與大家分享。貝蒂面前的那整張桌子散落了一堆毛線，她正在打毛衣。

當朱利安詢問哈瑟德要不要參加他們巴黎之行的時候，他開心死了。他希望風格迥異的這群人也許可以接納他、取代他原本的朋友圈。

他的今日興奮之情有點被潑了冷水，原因就是莫妮卡，她一直沒有給他好臉色。居然有女人對他完全無視，讓哈瑟德很不習慣，這樣很不公平，因為他當初在帕岸島花了好幾個禮拜的時間要幫助她，他甚至還寄了明信片給她！連他自己的父母都沒有收到明信片，他媽媽已經講了好幾次了，真是不知感恩。他要再試一次。

「莫妮卡？」

她一臉狐疑，從她的數獨本上方緊盯著他。

「真謝謝妳今天邀請我過來，真的非常感謝。」

「你要感謝朱利安，不是我，這是他的主意。」他覺得這種態度有點兇巴巴，想要接近莫妮卡，簡直就像是想要擁抱豪豬一樣。

哈瑟德以前根本不會理會他人想法，不過，自從他戒癮成功之後，他發現自己很期盼有人會告訴他做得很棒，他這個人並不糟糕，偶爾就夠了。不過，他知道這個人不可能會是莫妮卡。

他打起精神，讓《捍衛戰士》的湯姆．克魯斯上身，呆頭鵝，我們準備再次上陣。

「妳知道嗎，我真的很欣賞妳……」他說出這句話的時候，才發現自己的確非常誠懇。通常他欣賞女人幾乎都是完全基於肉慾，所以這種百分百健康心態的欣賞是截然不同的體驗，莫妮卡抬頭。哈！終於讓她注意到我了，鎖定以及載入。

她有點懷疑，「哦，是這樣嗎？」鎖定目標。

「哦，妳看看，風格迥異但卻超酷的這些人，都是拜妳所賜聚在一起。」

「那是朱利安小冊子的成果。」莫妮卡雖然反駁了他，但她現在看起來沒那麼劍拔弩張了。

「是這樣沒錯，那冊子是起點，」哈瑟德回道，「不過，都是妳，還有妳的咖啡店，把一切兜了起來。」

莫妮卡真的露出了微笑。不是刻意對著他啊什麼的，但的確是朝他這方向沒錯。擊中！回到基地，我們保存實力改日再戰。

哈瑟德的注意力轉向愛麗絲，她與莫妮卡是截然不同的類型[15]，但他發覺這種表達方式完全不恰當，因為愛麗絲根本不像鍋子，也不像任何一種魚。也許是條上相的光滑海豚吧，但海豚是哺乳類動物不是魚。與莫妮卡相比，她友善多了，態度也更為輕鬆自在。哈瑟德之前發現她就是「愛麗絲夢遊仙境」的網紅！他的某名前女友超迷她，要是愛麗絲對她的哪一則IG貼文按了讚，她一定會尖叫。這一點讓哈瑟德很惱火，但他私底下對於愛麗絲能夠累積這麼多死忠支持者的功力大感佩服。他拿出自己的手機，所幸他終於換掉了那台老舊的諾基亞，他偷偷打開了愛麗絲的IG帳號。

果然，如哈瑟德猜想的一樣，有一大堆愛麗絲身著體面服飾，站在體面地點、與體面人士同框的照片。不過，還有讓他完全意想不到的照片，另外還有兩張是朱利安！其中一張的拍攝地點顯然是在墓園，而另一張則是他斜靠倫敦街燈，凱斯在他的腳邊。如果說真有什麼不同的話，那就是在IG裡的他比真實生活裡的他更叛逆、更令人稱奇讚嘆。

「愛麗絲，」他忘了要裝酷，「妳把朱利安貼在妳的IG帳號！」

「看起來超帥的吧？」她回道，「他現在有多少個讚？」

哈瑟德回道，「最新的那一張有上萬個讚。」

「狗狗有加分，」愛麗絲說道，「在IG世界，狗狗永遠不嫌多。」

「而且有好多評語。大家都想要知道該怎麼追蹤他，我們得幫他弄個網頁……」哈瑟德說道，「朱利安，向你借一下手機好嗎？」

他坐到愛麗絲旁邊，兩人開始低頭處理朱利安的手機。

哈瑟德問道，「該幫他取什麼名字是好？」

「精彩八十歲？」

「我只有七十九歲！我出生在英國宣布加入二次世界大戰的那一天，所以根本沒有人注意到我，自此之後，我就一直在為我應得的關注拚戰！」坐在他們前兩排的朱利安大吼大叫，引起好幾名同車旅客放下報紙，死盯著他們。

「如果你七十九歲了，就不能使用只有這種說法，修辭完全矛盾，」愛麗絲說道，「反正也很接近八十歲了。好，我們上傳我拍的那兩張照片，然後標記他那些衣服的設計師，再加上時事部落客的名稱標籤。然後，我會讓我的追蹤者知道要怎麼找到他，他馬上就會變成大紅人了。」

望著愛麗絲處理社群媒體的過程，實在令人嘆服。她蹙眉、手指飛快舞動了十幾分鐘，然後，她放下朱利安的手機，那姿態顯現出一種圓滿達成任務的快感，她說道，「這樣應該就沒問

⓯ 作者使用的片語是different kettle of fish。

題了。」

「我不清楚你們在搞什麼花樣，但希望不要違法才好，」朱利安說道，「自從我在一九八七年跟瓊・考琳絲共度的那一晚之後，我就沒有被逮捕過了。」

朱利安想要吊大家胃口，但根本沒有人想要問他到底是怎麼一回事。

44

莫妮卡

排隊排了這麼久，艾菲爾鐵塔頂樓的景觀果然值得，但是莫妮卡累壞了。不只是因為搭乘地鐵在巴黎四處交錯移動，而且還要拚命一直數人頭，盡量讓大家聚在一起。她一度想要撐傘，這樣一來大家就可以在群眾之中看到她，輕輕鬆鬆跟在她後頭，但哈瑟德卻因此取笑她，所以她把傘摺好，放回包包裡。要是有任何人走丟的話，都是他的錯。她眼前已經浮現出一幅清晰到不行的畫面，她必須告訴巴茲，他們搞丟了他的奶奶，最後一次有人看到她的時候，她在羅浮宮金字塔附近吃幸運餅乾。

凱斯成了額外的麻煩。所有的博物館都有狗兒禁止進入的規定，而朱利安想要說服龐畢度藝術中心的主管單位，凱斯是導盲犬。他們強調如果朱利安是盲人，那麼就不需要費事看藝術展覽了，這種說法不無道理。最後，朱利安在禮品店買了一個寫有「我爸媽去巴黎只買了這個醜袋子給我」字樣的超大帆布袋，把凱斯塞進去、偷偷摸摸過了安檢，這一招害莫妮卡焦慮不已。朱利安堅持要玩火，當他駐足在那些他鍾愛畫作面前的時候，他會對著袋內低聲講話，「凱斯！你一定要看一下這個，畢生之作的經典。」

朱利安對於所有藝術品的評語精彩絕倫，但根據她的推測，未必完全精確。他似乎不喜歡承認自己不知道問題的答案，所以他採取的策略反而是瞎編（她把他的說法與她的旅遊書進行交叉比對之後才發現真相）。她不確定是否有別人注意到這件事，但過沒多久之後應該就會有感覺了，因為他越來越有自信，而且每一個故事都比之前的更加天花亂墜，越來越離譜。

在淡白冬陽的照耀下，巴黎盈亮閃動，讓莫妮卡想起自己一開始在規劃旅程的時候、與雷利在河邊散步的綺麗幻想，再次斥責自己怎麼會如此愚蠢，生活的樣貌根本不是如此。

莫妮卡望著哈瑟德與愛麗絲為朱利安拍照，他宛若骨骼處處長滿結瘤的白髮版凱特．摩絲，斜靠護欄，俯瞰巴黎。有一小群人圍觀，彷彿想要知道他們是不是什麼名人。貝蒂為這幕奇景更添神來一筆，她在打太極的時候，有隻鴿子停在她的某隻手上頭（她超大包包裡的眾多物件之一是鳥飼料）。難道她不擔心哪隻鳥可能會在她身上撒尿？光是想到那畫面就讓莫妮卡覺得一陣噁心。

她努力想辦法喜歡有完美臉蛋與身材，還有漂亮的小寶寶的愛麗絲。哈瑟德與愛麗絲讓她回想起學校裡的那些很酷的小孩，融入群體之中不費吹灰之力，而且言行服裝總是很得體——就算他們出糗，也不會引來訕笑，而且會在無意之間引領風潮。而她總是低頭裝忙，她以後要去念劍橋，為自己的人生做出有意義的事。偶爾（真的非常少見）她會被這種人邀請共坐吃午餐，總是會讓她竊喜不已。

通常，要是莫妮卡覺得自己矮人一截的時候，她會裝出與眾人一致的表情，確保自己盡量表現出幸福成功的姿態。不過，現在她卻沒辦法這麼做，都是因為那本可惡的筆記本，哈瑟德與愛麗絲都知道她對於自己的生活有多麼不滿。當她盯著他們彎身處理朱利安的手機、幫他上傳照片的時候，她心想，嗯，至少她沒有那麼膚淺，對於社群媒體陌生人的認可充滿執戀。

莫妮卡的母親絕對不會認同愛麗絲的行為。莫妮卡記得自己與母親一起前往婦女庇護所幫助家暴受害者的所有情景。莫妮卡，永遠要確保自己經濟獨立，永遠不要讓妳自己，或是妳自己的小孩依賴男人滿足生活基本需求。妳永遠不知道會發生什麼事。妳需要具有養活自己的能力。愛麗絲IG的那些東西顯然不是一份正常職業，只是一種虛榮的投射罷了。

「愛麗絲，我好喜歡妳的洋裝。」她主動對愛麗絲喊話，因為她要努力示好，而對她那種人不就是該說出那種話嗎？

「啊，莫妮卡，謝謝，」愛麗絲露出有酒窩的完美甜笑，「超便宜，千萬不要告訴別人。」

莫妮卡心想，我到底要跟誰說啊？

她發覺有人牽他的手，是雷利。她狠狠甩開，然後又對自己的態度感到很自責。

「莫妮卡，謝謝妳今天所舉辦的活動，真是太棒了。」這段話不禁讓莫妮卡對於兩人之間本來可能會發生的故事感到悲傷，她真希望可以重建彼此之間輕鬆簡單又開心的關係，但是她沒有辦法。這就像是努力去除地毯污漬一樣，你可以拚命洗刷、運用蒸汽，但被潑濺的地方一定會留下淡淡的輪廓。反正，就算她願意回頭，又有什麼意義呢？雷利馬上就要出發暢遊歐洲，然後回到澳洲，那根本不是通勤能夠到達的距離。不行，她要堅守自己豎立在情感周邊的高牆，這種做法明智多了。

「天，妳看看那三個人對他們愚蠢IG的癡迷程度，」雷利說道，「他們明明在全世界最棒的某棟尖塔頂端，俯瞰最棒的城市，而他們卻只注意朱利安的衣服。」

就在那一刻，莫妮卡幾乎已經完全原諒他了。不過，他一直使用太棒了這個詞彙，讓她很抓狂。

莫妮卡花了許多時間才把大家趕回到地面層，因為除了她之外，似乎沒有人擔心他們回到倫敦的列車馬上就要出發了。她站在大家的後面，拚命要催趕他們穿過旋轉式閘門出口，宛若農夫要把綿羊趕入欄圈一樣。貝蒂站在最前面，拿著大包包的她很難穿過狹窄出口。莫妮卡看到一個迷人的年輕帥哥示意可以把包包給她，這樣就可以幫助她出閘門。幾秒鐘之後，他抓著貝蒂的東西，以極速拔腿狂奔離開鐵塔區，看來這傢伙一點也不迷人。

貝蒂開始用中文大吼大叫，莫妮卡雖然完全聽不懂，但基本的意思她猜得出來，一定是在飆罵髒話。班吉宛若從英雄動作片冒出來的人物，推開群眾，靠著單手越過旋轉式閘門，狂追歹徒。

觀光客們聚在一起，以各種不同語言鼓譟叫好，彷彿成了在觀看歐冠決賽的群眾。班吉追到歹徒，抓住對方的手腕。眾人發出狂熱歡呼。吳老太太甚至還對空揮拳叫好。然後，那男人脫掉了外套，依然死抓吳老太太的包包，再次逃跑，現在班吉手裡只剩下對方的衣服。群眾發出哀號與咒罵——幾乎都讓人聽不懂。

班吉又追過去，這一次使出令人讚嘆的擒抱招數、把目標壓制在地。

雷利大叫，「得分！」當班吉坐在歹徒身上、將對方雙手反扣在後的那一刻，群眾為之瘋狂。貝蒂的包包攤在地面，裡頭的東西全滾了出來，有幸運餅乾、鳥飼料，以及一大坨毛線，莫妮卡立刻打電話報警。

貝蒂朝那男人的小腿踢了一下，動作漂亮。

她開口，「這位先生，千萬別想要弄我。」

莫妮卡心想，他一定很後悔遇到了吳老太太，她現在只盼望貝蒂不要發現凱斯正側腿對著她的織品撒尿。

45

雷利

與出發時相比，回程的火車之旅就顯得低調多了。因為歷經了那場有活動有文化還有令人激動的戲劇場景的綜合洗禮，大家都精疲力竭。

當貝蒂站起來、走到班吉旁的空位坐下來的時候，雷利很有興趣，緊盯不放。班吉嚇一大跳，而且還滿害怕的，遠比他剛才抓小偷的時候更加驚恐。雷利假裝聚精會神看自己的旅遊書，其實卻豎起耳朵、想要聽貝蒂究竟會講什麼。

她說道，「好，莫妮卡告訴我，你很會煮菜。」

班吉回道，「嗯，吳老太太，我喜歡煮菜，但是根本比不上妳的高超廚藝。」雷利覺得這樣的回答恰如其分，展現足夠的服從與巴結。他還發現貝蒂並沒有對他大吼大叫，喊出「叫我貝蒂！」

「下個禮拜，你來餐廳，我教你煮餛飩湯。」這句話絕對是命令，而不是提議，

「我媽教我的食譜，是她媽媽教會了她，沒有寫下來，都在這裡。」她拍了一下自己的腦袋，那手指的決意程度宛若啄木鳥的尖喙堅持要從樹幹裡把蟲戳出來一樣。貝蒂沒有等對方回

答，自顧自站起來、回到自己的座位，留下面容有些驚愕的班吉。雷利心中湧起滿滿的暖意，也許這座「愛的城市」已經施展出它的魔法，他喜歡幸福結局。

愛麗絲坐在朱利安旁邊，點開他剛弄好的IG頁面。

「哦天哪！朱利安！現在追蹤你的人數已經破三千了！」朱利安一臉茫然。

「那數字還可以嗎？」他問道，「他們是怎麼找到我的？」

「不只是還可以，在短短十二個小時之內，根本就是了不起，你馬上就要大紅大紫了。我把你的一些照片貼在我自己的帳號，鼓勵我的追蹤者也追蹤你，然後他們蜂擁而至。你看看這些留言！他們好愛你！等等，你有私人訊息，你看。」愛麗絲伸出手指、在朱利安的手機點了幾下，瞇眼盯著螢幕。

「我真的不敢相信！」她發出尖叫，害邦蒂開始大哭，某些乘客投以不以為然的表情。「是薇薇安·衛斯伍德寫的信，真正的那一個。」雷利很好奇，誰是薇薇安·衛斯伍德啊？她為什麼可以讓人這麼興奮？還有，所以是還有假的薇薇安·衛斯伍德嗎？他真希望愛麗絲講話不要再這麼大呼小叫，害他好頭痛。雷利從來沒想到有人會害他覺得疲倦又厭煩，不過愛麗絲似乎就辦到了。

「她說很開心你還穿她設計的衣服——你看，我之前有標記她——她還說要是你下次去她的總部，可以試穿最新款式。」

「哦，可愛的小薇薇，她一直就是這種風格，」朱利安說道，「但我應該是買不起她的衣服了，我已經十多年沒賣出任何一張畫。」

「不過，朱利安，這就是IG世界超棒的地方，要是你有夠多的追蹤者，他們就會免費送你所有的衣服。你不會誤以為我真的買了這些東西吧？」她伸手指向自己的衣服與包包。

「哇，」朱利安說道，「那妳最好要教教我。對於手機這種事我不是很在行，我的手指頭太胖了，動作一點都不靈活，就像是得靠一串香蕉打字一樣。」

「不用擔心，我會買一個尖頭小物給你用，」愛麗絲回道，「你一定會愛上IG，太美了，就像是藝術一樣，只是更具有現代感，與你超合拍。要是畢卡索現在還活著，一定會對IG喜歡到不行。」聽到這段話，不禁讓朱利安的眼球微凸。

朱利安想辦法在巴黎北站又買了一些香檳，他是這麼解釋的——這樣一來他們就可以在回程中慶祝班吉的英勇表現。他已經在自己面前的桌面擺了好幾個塑膠杯，小心翼翼斟滿了酒。雷利突然想起來，只有他與愛麗絲在小冊子裡看過哈瑟德的故事。雷利望向獨坐的哈瑟德，他的頭斜靠在列車窗玻璃，看起來像是睡著了，不過，看到他的十指緊握成拳、已經到了指關節泛白的那種程度，就會知道他是在裝睡。雷利走過去，坐在他旁邊的座位。

「哈瑟德，你知道嗎，你超棒，你才是這裡真正的超級英雄。」

哈瑟德轉頭看著他，「老弟，謝了……」他的語氣充滿了真誠感謝，但相當疲憊。

「你還在找工作嗎？愛麗絲找我弄園藝，我想要找幫手，不知道你有沒有空？」

「當然，樂意之至。老實說，我一直有點迷惘，我不想回到金融城，但也不確定我能否勝任其他工作，我要是有太多空閒時間並非好事，」哈瑟德說道，「我甚至發現自己開始狂看電視節目《鄰居》與《倒數計時》。一朝成癮，終生成癮。而且我真的要好好賺錢了，最後一筆獎金幾乎全部花光，要是我不趕快找到工作，就得要賣掉自己的公寓了。」

「關於那一點，我恐怕幫不上忙，這是為當地慈善團體工作，」雷利問道，「這樣你還有興趣嗎？」

「當然啊！」哈瑟德滿腔熱血，「關於我的經濟狀況，可以之後再想辦法，相信一定會有驚喜。對了，別擔心莫妮卡。我跟你打賭，她最後一定會回心轉意。」

雷利很清楚，要是如果他們是女生的話，遇到這種時候一定會互相擁抱，但他們並不是，所以他輕輕捏了一下哈瑟德的手臂之後、走回自己的座位。

邦蒂的脾氣已經超過一整天的承受極限，現在的她面紅耳赤，大吼大叫，讓人幾乎認不出那就是「邦蒂寶寶」帳號裡的嬰兒。愛麗絲抱著她、在通道來回走動，因為唯一可以安撫她的似乎就是不斷的移動。雷利不知道這會不會讓莫妮卡完全打消生養下一代的念頭，他自己一直熱愛大家庭，但這種狀況絕對會讓他慎重考慮。

過了幾分鐘之後，雷利走過車廂，到了廁所門口，按下了開門的按鈕。廁所門瞬間滑開，他看到了邦蒂，躺在水槽裡，全身赤裸，兩條大腿在空中搖晃，而且到處都是大便。洗手台、鏡子，就連牆壁也遭殃。滿手都是濕紙巾的愛麗絲瞠目結舌，「抱歉，我以為我鎖門了。」他趕緊按下按鈕關門，發出了一聲宛若脖子被絞勒的「啊啊呃」聲響，一切就此消失，但那畫面依然烙印在他的視網膜。當門關上的那一刻，他低聲說了一些話，而且聽到了愛麗絲的模糊聲音。

「雷利，其實我這裡需要有人幫忙！」

「沒問題，」他說道，「我立刻去找莫妮卡！」想必愛麗絲就是這意思吧？不是嗎？

46

莫妮卡

雷利從廁所回來，看起來顯然是快要吐了。

莫妮卡問道，「雷利，你還好嗎？」

「呃，我很好，不過我覺得愛麗絲需要有人幫忙。」他立刻溜進座位，沒有回頭。莫妮卡朝雷利剛剛回來的方向走過去，憂心忡忡。他們今天已經快要圓滿達陣，希望不要在這一刻毀了。

廁所門鎖住，莫妮卡敲門。

「愛麗絲，妳在裡面嗎？我是莫妮卡，需不需要我幫忙？」

愛麗絲回道，「莫妮卡！等我一下！」

過了一、兩分鐘之後，門開了，愛麗絲把邦蒂塞給了她。「可不可以幫我顧一下邦蒂？讓我把這裡清乾淨？我剛剛一直把她放在尿布台上面，但只要火車遇到彎道，我就擔心她會彈飛落地。我一分鐘之內就可以出來，非常謝謝！」

廁所門再次關上。由於現在只有莫妮卡自己一個人，她直接傾身向前，貼住邦蒂的柔軟髮絲、嗅聞寶寶氣味。她聞到了嬌生、剛洗好棉質布料，以及剛出生人類無可名狀的香氣，讓莫妮卡聯想到自己缺乏的一切。廁所門開了，愛麗絲走了出來。

當她們回去座位的時候，莫妮卡說道，「愛麗絲，她真的好可愛。」她本來以為愛麗絲會說出「我知道啊」或是「真的啊是不是？」這種直截了當的答案，或者是佯裝自謙「凌晨三點鐘的時候，她就不可愛了！」不過，愛麗絲卻停下腳步，一臉專注凝望莫妮卡。

「莫妮卡，妳知道嗎，寶寶並不代表自此之後就過著幸福美滿的生活。而且，有時候婚姻是全世界最孤寂的地方，我懂。」

「愛麗絲，我想妳說的沒錯……」莫妮卡不知道幕後是不是有什麼故事，「其實，單身有一堆好處。」這是莫妮卡第一次覺得這說法可能是真的。

「我記得！」愛麗絲說道，「想吃什麼就吃什麼，愛哪個時候吃東西都不成問題，可以完全掌握電視遙控器，不需要告訴任何人妳要去哪裡或是跟誰在一起，邋遢穿著瑜伽褲和拖鞋。還有規律的性愛——哈哈，美好往日時光！」她暫時陷入沉默，若有所思。

「莫妮卡，前幾天我在IG上看到了一段話，母親是動詞，而不是名詞。我想這意味著不需要當一個真正的母親，也可以有諸多方式履行母職。妳看看妳自己，還有妳的咖啡店，妳滋養了許多人，而且每天都是如此。」

這樣說可能是有點優越感，但莫妮卡真的不太敢相信，這種改變人生態度的思維，居然會從她今天一開始如此嗤之以鼻的女子的口中說出來，地點就在火車廁所外面，而且來源還是某個相當甜美風格的IG迷因圖。

莫妮卡抱著邦蒂在廊道來回走動、幫助她安靜下來，過了好幾回之後，她把寶寶還給愛麗絲，然後又坐在雷利的身邊。

想必朱利安的香檳讓雷利起了酒膽，因為他露出了那種要說出大事的表情，莫妮卡準備好了。

「莫妮卡，我真的很抱歉，沒有告訴你那本筆記本的事。我絕對沒有要瞞著妳的意思，純粹只是因為我們初見面的那晚，有那麼多人在我們身邊，我沒辦法立刻告訴妳，然後，我就錯失了機會。太遲了，我不知道該怎麼彌補，妳很可能不相信我的話，但我本來就打算在聖誕節之後告訴妳真相。」他凝望她的表情如此真摯，她真的相信他了，雖然這樣的說法沒辦法完全修補一切，但確實讓她心情舒坦多了。她握住他的手，又把頭靠在他的肩上。

47

愛麗絲

愛麗絲直接走到冰箱前面，為自己倒了一大杯夏布利。她知道自己在回程的時候、喝下了超量的香檳（她希望沒有人注意到），不過依然還沒有破臨界點。她坐在黑色花崗石流理台上面，踢掉鞋子，讓它們落在光潔的水泥地板。她的極簡風格廚房有完美的線條與邊角，就像麥可斯喜歡掛在嘴邊的話一樣，「讓人眼睛一亮」，但並沒有任何的暖意。有時候，你就是不想讓某個空間表態，或是說出關於你自己的任何部分，你只是想讓它閉嘴，乖乖當一個正常空間就好。今天過得真開心。如果少了不斷阻止邦蒂尖叫、餵她吃東西的同時又努力不要裸露太多胸部嚇到朱利安，還有，在狹小火車廁所裡更換尿布的那些情節，那就會是完美的一天。

她永遠不會忘記雷利打斷她換尿布時的那種臉孔，與人類天性的接觸就此劃下句點。即便在他關門、已經快要吐出來的時候，他還是以一種快要窒息的聲音問道，「愛麗絲，妳還好嗎？」噁心感與良好禮貌在爭戰搶位，這男生真可愛。還有班吉，上次她聖誕夜看到他在中國餐廳外啜泣，現在英勇救回吳老太太的包包，這又是怎麼一回事？這跟網飛影集一樣好看。她聽到前門傳來碰響，麥克斯下班回來了，一如往常晚歸。

「嗨親愛的！邦蒂還醒著嗎？現在是九點半，晚餐要吃什麼？我餓死了。」愛麗絲盯著冰箱裡面，唯一非酒精類的食材是半顆檸檬、一包奶油、某些看起來不是很新鮮的沙拉、四分之一的法式鹹派，麥克斯很堅持，真正的男人不吃這種東西。

「親愛的，對不起，」她努力裝出抱歉模樣，「我完全沒有準備。記得嗎？我今天都待在巴黎，才剛回來而已。」

「天，妳真好命是吧，在巴黎閒晃吃午餐，而我每個小時都在為了邦蒂的尿布錢苦命工作，看來我得要點『戶戶送』了。」

愛麗絲盯著那條未拆封的奶油，想到了磚頭的形狀與大小，開始思索要用什麼樣的速度丟出去才會讓對方感到痛，但又不至於造成永久性傷害，她決定要假裝不小心把他的亮白色卡文・克萊內褲與紅襪子一起混洗。先前她與莫妮卡納度有關單身優點的對話再次出現，開始奚落她。

邦蒂可能是因為接觸太久打開的冰箱門寒氣，又在大吼大叫。愛麗絲抱起她，不發一語經過麥克斯身邊，到了樓上的哺乳間。

她在餵邦蒂的時候，一手撐住女兒毛茸茸的柔軟後腦勺，另一首忙著滑IG。

露西・約爾曼斯，擁有六萬追蹤者的時尚雜誌《Porter》的編輯，報導了朱利安的巴黎照片。現在他自己的追蹤者已經超過了兩萬人。她心裡想，朱利安，你現在根本不是隱形人了，這也讓她想起了那本小冊子。她把手伸到搖椅側面下方，

也就是上次放置小冊子的位置，將邦蒂放在她的小床裡，所幸她現在有點睏了，愛麗絲從包

包裡拿出了筆，開始寫字。

愛麗絲喜歡去「媽媽小幫手」。在她自小成長的那個國宅區，有好幾個媽媽有毒癮或是酒癮的問題，而愛麗絲的母親擴大了她的晚餐廚娘守備範圍，把附近那些營養不良的小孩全納入一起餵食。她與多名鄰居輪流照顧他們，除了確保他們有適當飲食之外，還會將自己小孩穿不下的衣服、用不到的玩具送給他們，以及提供安靜的地方寫作業，或是充當有同情心的傾聽之人。那種非正式的照護體系在不相往來的倫敦似乎不存在，所以「媽媽小幫手」彌補了這樣的空缺。

這時候愛麗絲才知道她媽媽有多麼了不起，一個人把四個小孩拉拔長大，還找了一份可以讓他們一家人經濟無虞的工作，在他們下課之後還能夠準備食物、看他們的功課。愛麗絲記得以前在學校遇到媽媽幫她打菜的時候，她總是佯裝不認識自己的媽媽，愛麗絲就和大家一樣，以輕蔑態度喊她坎貝爾太太，想必一定讓母親很受傷，愛麗絲一想到這個不禁全身顫慄。

通常，在一天即將結束的時刻，「媽媽小幫手」的那些媽媽們總是匆匆進來接小孩，然後火速離開。當然，以前沒有任何人表示過對園藝有興趣。不過，今天有一群媽媽們站在廚房窗戶那裡，盯著外頭的雷利、哈瑟德，以及布雷特，也就是雷利的澳洲室友，他們三人忙著處理巨大的薊花與恣意亂長的爬藤玫瑰。想必是艱難工作，因為雖然天氣很冷，但每個人都脫下了T恤。

「他們可以來我家整理花園，我隨時歡迎……」從周邊發出的咯咯笑聲看來，剛才一定有誰講出了淫穢的回應，但愛麗絲沒聽到。

愛麗絲幫那些男生把園藝垃圾袋放入小巴裡，載往附近垃圾場。她看到一個典型的「潮媽」從一旁經過，突然停下了腳步。

「你們是園丁嗎？」那女子的聲音有點像是寄宿女校女學生，也像是色情片女演員，她開口的對象是哈瑟德，顯然是把他視為老闆。

「呃，我想是吧……」哈瑟德從來沒想過自己可以當園丁。

「這是我的名片，如果你想要來整理我家的花園、給我一個報價的話，那就打電話給我。」

哈瑟德收下了名片，若有所思盯著它。愛麗絲心想，他看起來像是個有謀畫的男人。

到了當天稍晚的時候，愛麗絲才發現那本小冊子不見了。她十分確定自己收在包包裡，因為她好擔心麥克斯——或是其他人——看到了她不希望公諸於世的那些文字。在盛怒的時刻，她坦白說出了不想承認的心事，就連對自己坦白也不願意。不論朱利安對於真心話有什麼看法，但她絕對不會與別人分享那種秘密。早上的時候，她本來想要在麥克斯書房裡把它全部撕碎，但撕毀其他人的故事似乎很不恰當，所以，她把它丟入包包裡，等到有空的時候再把她寫下的那些頁面小心翼翼撕下來、不要毀了別人的部分，最後，再把小冊子還給朱利安。

現在，它卻不見了。

48

朱利安

朱利安已經勸服愛麗絲加入他的美術課。這個禮拜，他們要畫的是凱斯。牠不是很理想的繪畫主題，因為牠不可能長時間維持靜止不動，不過，這是可以躲避莫妮卡咖啡店荒謬禁狗令的唯一方法。「莫妮卡，牠不是狗，」他當初是這麼說的，「牠是模特兒。」

「跟以前一樣，把手機統統放進這個帽子裡，謝謝！」大家把帽子不斷傳下去，愛麗絲面露驚恐，她沒有任何猶豫把邦蒂交給了卡洛琳與蘇菲，但對於自己的手機卻死抓不放，宛若小小孩在護衛自己最愛的娃娃一樣。

「我保證我絕對不會碰它，童子軍信譽保證，我發誓，不然就不得好死。」她說道，「我只會把它放在桌子邊角，萬一有重要訊息跳出來的時候，我馬上就可以看到。」

「對啦，萬一妳錯過了什麼個性包包上市的攸關生死消息，那該如何是好？」這段話引來愛麗絲怒目相視，她最後還是心不甘情不願把自己的手機交給了朱利安。

愛麗絲說道，「你知道時尚產業對英國經濟有五百億英鎊的貢獻嗎？它並非只是空洞的垃圾。」

哈瑟德一臉竊笑，「真的嗎？數字完全正確？」

愛麗絲老實招認，「哦，老實說，我不記得詳細數字，但反正我知道很龐大就是了。」

卡洛琳與蘇菲（朱利安不確定誰是誰，但覺得這一點其實不重要）輪流把邦蒂抱在大腿上、讓她蹦蹦跳跳，一直驚呼她好可愛。

其中一個問另外一個，「難道妳不嫌煩啊？」

另一個回答，「課程結束之後我可以把她送回去，這樣就不成問題。我可不想再過晚上失眠的日子……」

「……或是換尿布，還有龜裂的乳頭，呃……」第一個說完之後，她們兩人發出了鬼祟大笑。

朱利安希望她們不會激怒可愛的愛麗絲，只要是看過她IG貼文的人都知道，顯然她是天生母愛充滿的媽媽，而且與可愛邦蒂共處的時時刻刻都很開心。

「好，同學們，我有事要宣佈，」朱利安努力裝出主持人的聲調，不想讓別人知道他有多麼興奮。擺出不稀罕的姿態比較酷。「今天會有一位《晚旗報》的記者加入我們的行列，他們要介紹我以及我的IG追蹤盛況。千萬不要理會他們，他們對你們沒有興趣，只想要拍我而已，你們就是純粹的背景畫面。」

哈瑟德對愛麗絲說道，「啊天哪，我們創造了一個怪獸！」他的音量並沒有壓得很低，所以朱利安聽到了，「我們到底在想什麼啊？」朱利安校長魂上身，惡狠狠瞪著他們兩個。

今天，朱利安走的是昂貴私校風格，這是向某位偉大設計師——拉夫．勞倫——的致敬之舉。他是否見過本人？他確定一定有。當攝影師團隊到達、開始在他身邊忙得團團轉的時候，朱利安才驚覺四個月之前他把「真心話計畫」留在這裡之後，還有，在這兩個禮拜當中，自從他開始「震撼IG世界」（各位要知道這是《旗報》的用語，不是他自己講的話），他的生活產生了多大的變化。

這一切對朱利安來說並非新鮮事。兜轉一圈之後、回到了他的應屬之地——「身處在聚光燈之中」——讓他產生了無比疏離的感覺，這十五年來的隱形人生活，彷彿像是發生在別人身上一樣。他有一種相當不舒服的感覺，只有在他人凝視的時候，他才真正存在，而不再有人注意他的時候，他的存在感就消失了。這是不是讓他顯得相當膚淺？就算是這樣，很重要嗎？那些想要採訪他，寄發派對、預展、時裝秀邀請函給他的那些人，顯然並不這麼認為。他們覺得他超厲害，的確如此，難道不是嗎？

要是瑪莉現在還能夠見到他的話，她會有什麼感想？看到他又找回了過往的自我，她是否會開心？如果叫他老實說，他覺得應該是不會。他的眼前已經浮現她翻白眼的模樣，狠狠訓斥他有關實際與真誠的意義，還有什麼只是虛名。當初就是他想起她某次教訓他的內容，讓他產生了那本小冊子書名的靈感，也就是改變了一切的筆記本。

他依照攝影師的要求，坐在某張桌子的邊緣，雙腿交疊，隨意往後一靠。他目光飄向遠方，宛若在深思超越凡人境界、更具有智識與藝術的事物，這是他的招牌表情之一。他擔心自己可能忘了要怎麼擺姿勢，但結果這其實就像是騎單車一樣。他到底有沒有騎過單車？應該有吧？當然，一定充滿了時尚感。

「朱利安？」雷利開口，「我知道我們在這裡就只是背景畫面而已……」他的語氣有點不爽，「……不過可否幫我指點一下方向？」

哈瑟德說道，「雷利，恐怕朱利安自己都失去方向了。」朱利安與全班一起哈哈大笑，被別人看到可以自嘲，這一點很重要。他的朋友們從來不需要在公眾注目下過生活，他們不明瞭那種壓力。

美術班學生與攝影師準備要離開的時候，廚房裡的班吉對著大家呼喊，「留下來吃晚餐的人可以有餛飩湯，還有蝦餃，都是我的玉手親自製作。」開口的這個男人有一雙長滿雀斑的大手，而且指甲啃得亂七八糟，從來沒有人會稱之為玉手。

吳老太太補充說道，「別擔心，吃那些東西很安全，他是我的徒弟。」

49

哈瑟德

哈瑟德喜歡在「媽咪小幫手」」工作。他與那些媽媽暢聊她們的成癮物──海洛因、快克古柯鹼、冰毒──他也就更加了解她們與他相似程度居然這麼高。他們交換了如何面對癮頭發作的秘技，而且還爭相說出「黑暗歲月」最駭人聽聞的故事。

「夥伴們幹得好！芬恩、札克、昆妮，收東西囉！」哈瑟德對著今天的「幫手群」在吆喝，他們的年齡是四到八歲，這群小傢伙一直跟在他旁邊，等待他下達指令。在這裡挖洞，在那裡埋下種子，收集每個地方的落葉。他把垃圾袋交給他們、讓他們將花壇拔除的野草放進去。六隻眼睛盯著他，彷彿他是值得仰望與效法的對象。雖然他因此自信大增，卻也讓他好害怕，他不能害他們失望，大人們早已害他們很失望了。

「芬恩，小朋友，過來這裡！」哈瑟德蹲下來，與跑過來的小男生成了同一個高度，他的髒污雙頰紅通通，「千萬不要告訴昆妮我偷偷洩密，不過，你回家之前要檢查一下口袋是不是有蛞蝓。」

哈瑟德甚至還動用他不斷縮水的存款、大手筆買下兩個小型手推車，以及一些為小手設計的抹泥板。他從來沒有花這麼多時間與小孩相處，別人要暫時把小孩塞給他人，或是請人幫忙照顧一下小孩，開口求援的對象當然都不會是他，不過，他發現自己超喜歡和小孩玩，這一點讓他覺得好神奇。他忘記了如何珍惜每天的快感時刻，比方說，辛苦挖土數小時之後來杯柳橙汁，或是建造毛毛蟲農場與蝸牛跑步競賽的樂趣。

一天的園藝工作結束之後，哈瑟德累得半死，但那是一種舒暢的累，一種真正的累。數小時的辛苦體力工作之後，他肌肉痠痛，而且他的身體渴望的是一場長時間的單純睡眠。這與以往的疲倦截然不同——靠著各種化學物質保持清醒、連續開趴三十六小時不睡覺之後的那種充滿毒性、焦躁，以及累垮的感覺。

他喜歡親近自然的感覺，這是讓他產生了真確感的第一份工作。他正在創造些什麼，讓它滋長，越來越好，他在做善事。不過，他不能繼續無償工作下去，不然他就得流落街頭了。當初他把在金融城賺來的錢幾乎都拿去餵鼻子吸毒，要是沒這樣該有多好，不過，至少他在還有鼻隔膜的時候就辭職了。他以前金融城的某個同事在開會的時候擤鼻子，結果居然有一半的鼻子掉入掌心。他沒有理會客戶的驚嚇神色，繼續做簡報，哈瑟德當時覺得這傢伙真是屌到不行。

他拿出上週在路上被某名女子攔下之後、塞給他的那張名片。哈瑟德其實知道他與那些澳洲工作夥伴們在「媽咪小幫手」引發的騷動，他知道這並非只是因為他們受到女性歡迎的身材，而且還有那些澳洲男孩充滿陽光、生氣勃勃、坦白的天性，他們的腔調令人聯想到海灘、遼闊空曠的平原、還有無尾熊，對於身居倫敦的那種複雜倦怠感，的確是令人喜愛的解毒良藥。

哈瑟德一整個下午都在追問雷利與布雷特有關倫敦澳洲人社群的事。原來，因為大英國協的關係，倫敦處處都有澳洲男孩，他們以打工度假簽證入境旅遊。他們可以在英國合法工作，至多兩年——前提是他們找得到工作的話。

哈瑟德心想，要是他與雷利可以在「媽咪小幫手」花園裡訓練一些澳洲男孩，然後，他們可以接下富爾姆、普特尼，以及雀兒喜的有償園藝工作呢？他知道倫敦已經有許多家園藝公司，但是他的有獨特賣點，某個存在的理由，他會把它稱之為「澳洲仔園丁」。

當然，他需要宣傳。他真正需要的是可以觸達數千名女性，最好是這附近有錢人的某名高手，而且，他眼前就有一個這樣的人——愛麗絲。只要她在IG上發個一、兩則貼文，展現他與雷利和布雷特在花園辛勤工作的模樣，給出他們的聯絡方式，那麼他確信他們馬上就會被訊息所淹沒。想必愛麗絲一定會讚賞這種因果論——他們之前幫忙她（而且會持續下去），現在她可以回報一下，

會欣賞這種因果報應感——他們幫助了她（並且將繼續這樣做下去），現在她可以幫助他們回來，善有善報。

也許朱利安可以為他們設計一份傳單，讓他們貼在附近住戶的信箱。不過，自從朱利安被吸回時尚世界的黑洞之後，現在似乎已經再也沒有時間留給他們了。他們當初是哪裡鬼迷心竅為他搞出了IG專頁？

他一直在思考這個創意的點子，越想越興奮，他可以和莫妮卡一樣！如果換作莫妮卡，她會

怎麼做？他努力想要變成一個更深思熟慮、更理智、更獨立的人，在這樣的過程中，這句話已經成了他的新箴言，前方的路還相當漫長。

哈瑟德打開自己公寓的大門，他的雙腳拚命在門墊上踩個不停，以免在亮晶晶的玄關留下泥印。這一棟坐落在美麗的花園之中、有玻璃帷幕外牆與有二十四小時的警衛服務的現代公寓，發出尖叫，我們要「成功的金融城交易員」，而不是什麼「園丁」。某天晚上，他把自己的園藝工具放在入口大廳幾個小時而已，等到他回來的時候，發現有人貼了字條：工人，不要把工具留在這裡！改快拿走！不然就會被沒收！

他瞄了一下宛若鴿舍的住戶信箱牆面。他自己的那一個除了常見的傳單與帳單之外，還有一封她母親會稱之為「硬邦邦」的信件（每次一聽到這樣的形容詞，總會讓他與他父親一陣竊笑，而她總是假裝不知道為什麼）：高品質信封，裡面有一張重磅數卡片，是邀請函。

哈瑟德一邊上樓，一邊拆信，美麗凹版字體的內容如下：

黛芬妮・寇爾桑德與麗塔・莫里斯敬邀

請您一起歡慶她們的婚禮

時間是二〇一九年二月二十三日星期六上午十一點

漢布樂敦的諸聖堂

隨後移至古蹟教區牧師住所

煩請回覆是否出席

在左上角，以墨水筆標記了哈瑟德．佛特先生與同行賓客。

所以，黛芬妮與麗塔修成正果，真是太好了。他不知道羅德列克面對這種消息該如何沉澱心情，希望他不會因為父親在墳裡嚇醒而備感壓力。她們也沒有浪費任何時間，距離二月二十三號只剩下三個禮拜，他覺得到了那樣的年紀，不要蹉跎光陰是明智之舉。

哈瑟德陷入天人交戰。他一方面超想要與小島老友共同歡慶，但就另一方面來說，他從來沒有參加派對的時候滴酒不沾，更何況是婚禮，他們的傳統就是要喝個一整天。不過，截至目前為止，他已經戒斷了四個月，當然很安全吧？他可以信任自己，在他那群舊朋友之中，不太可能會有人參加黛芬妮與麗塔的婚禮。

他又盯著角落的那一行字，與同行賓客。他到底能找誰？不論是哪一個前女友，一定會早在你講出乾杯之前、就害你破戒。不過，他覺得一個人參加也並不好，

他需要有人全程盯著他要乖乖守規矩。

哈瑟德坐在自己的奶白色真皮沙發，脫掉鞋子，蠕動腳趾，不禁開始皺鼻，汗水淋漓的雙腳氣味，錯不了。他在回家途中隨手買了一份《晚旗報》，這樣就可以好好看一下那篇有關朱利安的報導，他拿起報紙，頁面正中央有一張朱利安的照片，凝望遠方，宛若在沉思一樣，完全不像

是他所認識的朱利安。訪談內容甚為誇張，涵蓋的範圍包括了朱利安當初是在十六歲的時候，於「牧羊人市場」失去童貞，對象是一名妓女，而這是他父親送給他的生日禮物，然後又在七十九歲的時候成了社群媒體明星。裡面還有朱利安與拉夫·勞倫多年偉大情誼的長篇故事——文中透露了一段秘辛——兩人在多爾賽特附近的綠野、酒吧、板球場完成了一趟公路旅行之後，拉夫·勞倫根據朱利安的古怪英國風設計出了一整套的系列。每一天，你都會發現朱利安的新故事。

50 雷利

當雷利到達海軍上將墳墓的時候，只有莫妮卡在那裡。

「大家在哪裡？」他問她，「我知道哈瑟德在佛樂德街的園藝工作正準備要收尾，但我以為其他人會過來。」

莫妮卡盯著手錶。

「已經五點二十分了，也許不會有人來了。真奇怪，我從來不知道朱利安會錯過週五聚會，只有除夕那天除外。他說就連他幾乎足不出戶的日子，也是每個禮拜都會過來報到，我希望他平安無事。」

雷利拿出手機，看了一下朱利安的IG帳號，「別擔心，他好得很，妳自己看。」

「我靠，你知道他身邊的人是凱特·摩絲？旁邊還有好幾個志得意滿的時尚圈大神，他們一起在『蘇活農莊』俱樂部喝莫希托雞尾酒。也許，他是有提過他要出城一趟吧……」莫妮卡的語氣有點像是不爽的小孩。但朱利安畢竟是成人，他想要去找別人、與名流廝混過週末，也不需要經過他們的允許。「對了，說到朱利安，我發現三月四號正好有美術課，那是瑪莉過世的十五週年忌日。我想朱利安可能會覺得有點難受吧，所以我在想，也許我們可以為他辦一場出其不意的紀念派對，你覺得怎麼樣？」

「我覺得妳是我見過思維最周密的人之一，」雷利說道，他從來就不是那種壓抑或是玩遊戲的人，「而且也是最聰明的人之一。妳怎麼能記得那些日期？我連我自己的生日都差點記不得。」

莫妮卡臉紅了，這讓她看起來沒那麼嚇人，而且超級可愛。現在既然兩人之間已經沒有任何秘密，雷利覺得輕鬆多了，更像是原本的自己。所以，他傾身向前，吻了她。

她回吻他，有點猶豫，但只有剛開始的時候是這樣而已。

「我一直覺得在墓園裡接吻怪怪的，你不覺得嗎？」她雖然這麼問，但其實臉上掛著微笑。

「我覺得從種種跡象看來，這位海軍上將多年來一定見識過更讓人害羞的畫面，」雷利慢慢接近她，伸臂摟住她，「難道妳不覺得朱利安和瑪莉一定……嗯……」他擠眉弄眼，充滿了暗示性，「過去這些年來的某個時候吧，也許是淫亂的六〇年代？」

「不可能！」莫妮卡回道，「瑪莉絕對不會做出那種事！絕對不會在墓園這種場合！」

「莫妮卡，妳又不認識她。她是助產士，又不是聖人。也許她也有狂放的那一面，一定是這樣才會嫁給朱利安，妳說是吧？」

他傾身靠向莫妮卡，肌肉記憶把兩人的身體重新融合、成為熟悉的拼圖貼線。他想要再次吻她，但是她卻推開了他，力道溫柔而堅定。

「雷利，我已經不生氣了，」她說道，「我真的很開心我們可以當朋友。不過，說真的，這樣有什麼意義？你不久之後就要離開了，所以我們重新開始真的沒有意義，不是嗎？」

「莫妮卡，為什麼一切都必須要有意義？為什麼一切都需要是計畫的一部分？有些時候，最好的方式就是讓事物自然而然發展，就像是野花一樣。」他對於自己說出這樣的比喻頗為自豪，充滿了詩意。

為了要舉出實際例證，雷利指向一叢純白色的雪花蓮，它們穿透二月的冰凍土壤，爭相向上挺進。

「雷利，的確很美，」她說道，「但是我不希望捲入一段自然而然告終的關係而再次受傷，生活不像園藝那麼簡單。」

「但生活不就像是園藝嗎？」現在的雷利越來越氣惱，對他來說，事實再明顯不過了。他喜歡她，她喜歡他，所以問題在哪裡？「為什麼不能就順其自然？依照自己的本能行事？要是妳不願意在六月道別，那麼你可以隨時跟我來。」當他說出這句話的時候，才發現這提議真的很棒。他們可以成為完美的旅伴（他希望也是性伴侶），他負責找樂子，由她負責文藝活動。

「雷利，我不能跟你走，」她說道，「我在這裡有責任。我有自己的事業，員工，朋友，親人。朱利安呢？看看我們上次留他一個人幾天之後出了什麼事——差點因為失溫症死掉。」

「莫妮卡，很簡單，」雷利真心覺得如此，畢竟，他自己就把整個人生留在地球的另一端，幾乎沒有回頭顧盼，「妳可以找人幫妳顧店幾個月，妳的朋友與家人一定會很想念妳，但對於妳即將展開的冒險也會感到開心，至於朱利安——他最近似乎結交了數十萬名的新『朋友』，我覺得我們不須為他操心。」

莫妮卡想要反駁，但是卻被他打斷，「妳最後一次看到富爾姆與雀兒喜以外的世界是什麼時候的事？最後一次隨便跳上火車、只是想看看最後會開到哪裡是什麼時候的事？妳哪時候為了享受吃到驚喜食物的樂趣，而在菜單上挑了一道名字聽起來詭異的菜？妳有沒有純粹因為想要而上床？而不是把它當成什麼人生計畫的一部分？」

莫妮卡沉默了，也許他看透了她。

他問道，「莫妮卡，可否考慮一下？」

「嗯，好，我會的，我保證。」

他們一起走向墓園出口。莫妮卡在左邊的某個墳墓頷首，低聲說了一些話。想必是親戚吧，他看了一下墓碑上的文字。

他問她，「誰是艾米琳．潘克斯特？」

她瞪了他一眼，莫妮卡的某種專屬表情，他不喜歡的那一種，不過，她什麼都沒說。

跟莫妮卡在一起的時候就是這樣，他並不知道自己在接受測驗，而最後的結果是不及格。

51

莫妮卡

莫妮卡一直在想，想破了頭。她對於雷利規畫的未來相當憧憬，但不知自己能否成為女主角。現在才準備要依照另一套截然不同的規則過生活，是不是太遲了？或者，其實她將過著完全沒有規則的生活？

她從來沒有利用「空檔年」遊歷歐洲，她一直很想去劍橋，有好多城市想要造訪。然後，她有雷利——這是她交往過、甚至是遇過的男人當中最帥的一個。而且他好體貼又陽光開朗，與雷利無論去哪裡都像是戴了玫瑰色澤的鏡片——

所有的一切看起來都美好多了。

他從來沒聽過艾米琳．潘克斯特，這一點真的很重要嗎？

她當時不想繼續講下去，解釋艾米琳是英國爭取婦女參政權分子之中最有名的那一個，萬一雷利連婦女參政權分子也都不知道，顯然就會有點殺風景了。

她提醒自己，不過，他是澳洲人，也許女性運動史在澳洲不重要，他們當初在一九〇二年就給了女性投票權。

她看到了哈瑟德，他坐在「圖書館」那裡的大圓桌，紙張散落整個桌面。

她開口問她，「哈瑟德，你又在這裡工作了？」

「哦，嗨，莫妮卡！對啊，希望妳別介意我佔用這麼多的空間。我發現在家工作有點寂寞，頗想念辦公室的喧鬧聲。反正，這裡的咖啡比較好喝。」

「歡迎。不過你可以在這裡待久一點，我還得忙著清理和算帳。」

莫妮卡側頭，想知道哈瑟德在忙什麼。

「我可以把我最近的計畫給妳看一下嗎？」他問她，「很想要聽聽妳的意見。」

莫妮卡拉了張椅子，她超愛給意見。

「妳看，我為了『澳洲仔園丁』設計了這些傳單，雀兒喜與富爾姆家家戶戶的信箱幾乎都發了，這花了我們好幾天的時間。」

「哈瑟德，很棒啊，」她是衷心覺得厲害，「回應很熱烈吧？」

「是啊，對，而且愛麗絲把我們的一些工作照貼在IG，引起了很大的關注。」

莫妮卡覺得引發關注的應該是工人，而不是他們的工務，然後，她在心底嚴厲斥責自己，男女雙方都會出現性物化這種狀況。

「目前接到的案子，讓我、雷利，還有雷利幫我訓練的五個澳洲男孩至少忙兩個月不成問題。好，所以要是我們表現得不錯，應該可以讓大家口耳相傳，計畫的壽命應該不僅於此。」

「還有，是否計算預計有多少的收入與支出？」莫妮卡問道，「有沒有設定的淨利率？」

哈瑟德回道，「對，當然。要不要看看我的營運計畫？」她真的看了。莫妮卡最鍾愛事物之一就是妥善的營運計畫。而雖然她一向吹毛求疵，但哈瑟德寫得真的不錯，當然，她還是講出了一些需要微調與改善之處。

「千萬不要忘了，要是營業額超過八萬五千英鎊的話，必須要申請增值稅稅號，」莫妮卡說道，「還有，你向『公司註冊處』登記了嗎？」

他問道，「沒有，很困難嗎？」

「一點都不難。不要擔心，我會教你。」莫妮卡發覺自己其實開始喜歡哈瑟德這個人了，難道之前錯看他了嗎？通常她不太會誤判才是。

「嘿，莫妮卡，我必須告訴妳，我絕對沒想到自己會和大美女有這種對話，嗯，都是在討論公事，完全沒有打情罵俏。」

大美女？莫妮卡覺得自己應該要擺出她的女性主義者高傲姿態，但她懶得這樣了，喜歡聽到這些話，是不是讓她顯得超級膚淺？

「說到社交活動，」哈瑟德這麼說是有點怪，因為他們現在這樣根本不算。他們在討論Excel軟體的頁面，莫妮卡向他解釋了上色分類的諸多好處。「上個禮拜，我收到了一張婚禮邀請函。這是偉大的愛情故事——我在泰國認識的麗塔與黛芬妮，兩個人都是六十多歲，而且就我所知，她們才剛剛接觸女同志的世界。」

「啊，好動人，生活的全新起點。雷利也會去嗎？」莫妮卡不知道雷利會不會邀請她。

「沒有，他在帕岸島只待了兩、三天，所以其實跟她們一點都不熟。呃，雖然我猜妳沒有意願，但還是想問一下要不要跟我去？」這番話完全出乎她意料之外，嚇得她完全講不出話。

為什麼找她？

「是這樣的，」他彷彿有讀心術，繼續說道，「我覺得我欠妳一份恩情。不只是因為做生意的建議，也是因為妳，讓我當初在帕岸島的時候可以轉移目標。」

莫妮卡覺得那股熟悉的怒氣正在開始累積。她已經開始忘記哈瑟德在他的健康水療中心做按摩、帶引式冥想課程的無聊空檔，把她當成了一場小遊戲。現在，她想起來了。莫妮卡很愛精彩婚禮沒錯，但她忍不住推想，要是她花太多時間與哈瑟德相處在一起，很可能會對他們相當脆弱的新友誼帶來莫大壓力。

「這樣吧，」哈瑟德在她婉拒之前立刻開口，「妳玩雙陸棋嗎？我們可以玩一場來決定。要是我贏的話，妳陪我去參加婚禮，要是妳贏的話，就不需要了，當然如果妳想去就另當別論。」

「好，」莫妮卡說道，「就這麼說定了。」從來沒有人贏過她雙陸棋，這樣一來，她暫時可以拖延一下，不需要立刻做出決定。

莫妮卡的咖啡店有一個櫃子，放置的是給客人的桌遊用品，有各式各樣的棋具與西洋棋、益智問答、拼字遊戲，當然，也有雙陸棋，還有小朋友喜愛的某些經典遊戲。

「我一直想要教雷利玩雙陸棋，」當他們在擺放棋子的時候，莫妮卡說道，「但他偏愛大富翁。」

莫妮卡先手擲骰，六與一，這是她最愛的開局，只有一種合理的走法——佔住自己的板點，她使出了這一招。

哈瑟德開口，聲音幾乎聽不見，「原來妳這麼走，真是幸好……」

「為什麼會這麼說？」她問道，「這一招不錯啊。我覺得，這是擲出六與一的唯一走法。」

「我知道，」他回道，「這只是讓我想到了上次玩棋時的場景。對手是某個在泰國的瑞典人，不是很厲害。

他們繼續玩，全神貫注不講話，實力旗鼓相當，意志同樣堅定。他們現在到了最後直接對決階段，當莫妮卡擲出了不一樣的點數的時候，她立刻看到機會，能夠把哈瑟德的某顆棋子送到隔檔，這是關鍵的一步，他鐵定無法翻身。

莫妮卡還沒有仔細想清楚就出手，動了另一顆棋子。

「哈，」哈瑟德說道，「莫妮卡！妳錯失了把我一刀斃命的機會。」

「啊，不會吧，我怎麼這麼蠢！」莫妮卡伸出手掌拍額，哈瑟德丟出了兩個六。

看來她是注定得去那場婚禮了……

52

愛麗絲

愛麗絲剛剛為邦蒂換上一件粉紅色與白色的美麗手工刺繡洋裝，廠商是「古著風格寶寶」，準備要進行白天的拍攝工作，就在這時候，她大便了，噴勢太猛，甚至滲出了尿布邊縫之外，整個背部都是，幾乎波及頸部。

愛麗絲差點哭出來。她決定反正還是繼續拍照。她可以調整邦蒂的角度，這樣一來，芥末色的便便污痕就看不到了，不會有人知道。不過，邦蒂開始抗議，自己坐在髒尿布裡面，宛若報喪女妖在嚎哭，又來了。

愛麗絲精疲力竭，她在大半夜有整整三個小時沒睡。每一次，當她又開始打盹的時候，邦蒂會給她足夠的時間緩緩進入深眠狀態——然後，彷彿她知道一切一樣——她會大吼大叫要求更多的服務，宛若薩伏伊飯店的某個要求更多服務的不爽客人一樣。

她為邦蒂換了尿布，把她抱起來，準備帶她下樓去廚房，也許咖啡因可以幫點忙吧？

每當愛麗絲帶寶寶下樓的時候，都會出現相同的幻象。眼前浮現自己絆倒、從佈滿水草的階梯摔下去。在第一號版本的畫面之中，她把邦蒂緊擁懷中，摔落梯底，自己意外喪命；而在第二號版本的畫面裡，她摔下去的時候放開了邦蒂，然後，眼睜睜看著邦蒂的頭撞到牆壁，自己摔落癱在地上，動也不動。

其他的母親是否一天到晚都在想像自己不小心殺死寶寶的各種方式？在餵奶的時候自己睡著了，害小孩噎死？疲勞駕駛撞上路燈，將裝有嬰兒座椅的後座撞成了六角手風琴？沒發現他們把兩分硬幣吞進去，不小心把他們摔在地上，整張臉發青？

她還不夠成熟，責任感不足，沒辦法照顧另外一個人。他們怎麼能夠就讓她這麼帶著活生生的寶寶走出醫院，卻不給她任何的指導手冊？怎麼會荒唐不負責任到這種地步？當然，網路上可以看到無數指引，但全都彼此矛盾。

愛麗絲的事業本來一直相當成功。她以前是某間大型公關公司的業務總監，懷孕六個月的時候轉換跑道，成為全職媽媽與網紅。她安排會議、對數百人做簡報、籌劃全球行銷活動不成問題，然而，現在應付一個小嬰兒卻讓她狼狽不已。

而且她好無聊。永無止境在餵寶寶、換尿布、把碗盤放入洗碗機，晾曬衣物，清潔表面、講故事、推鞦韆，讓她鬱鬱寡歡。但是她沒有辦法告訴任何人。擁有令人羨妒、心生嚮往的完美「愛麗絲夢遊仙境」，雖然明明深愛女兒，犧牲自己的性命也毫不足惜，但怎麼能夠坦白說出其實她並不是多喜歡「寶寶邦蒂」？她很確定邦蒂也不是很喜歡這個媽媽。而且，誰能怪她有這種念頭呢？

愛麗絲把原本擱在扶手椅的一疊雜誌放到廚房角落，挪出空間讓邦蒂坐下，她趕緊趁空去煮水，走到冰箱前拿牛奶。

她聽到一陣淒慘尖叫。邦蒂不知怎麼回事自己從扶手椅摔出來，頭朝下，跌落在堅硬的磁磚地板。愛麗絲衝過去把她抱起來，檢查是否有任何明顯傷勢。所幸她的頭撞到了某本《親子》雜誌，承載了摔下的力道。至少，這種親子雜誌還是有用處。

邦蒂怒氣沖沖盯著她，沒有任何言語，但表達的力道卻更為強烈：*妳真是沒有用的媽媽，可以換一個嗎？我不想要找這種白癡照顧我。*

電鈴響了。愛麗絲宛若機器人一樣走到大門口，現在的她，是之前名叫愛麗絲的那名女子的化身，邦蒂依然坐在廚房地板大吼大叫，她也就暫時不管了。她默默盯著自己的訪客，不知道對方的來意。她是不是忘記安排什麼了？是麗茲。

「媽咪小幫手」的某位志工。

「快過來，小可憐，給我抱一下，」她說道，「我完全明瞭你的感受，所以我來幫妳照顧邦蒂。」她還沒有機會去想麗茲到底是怎麼知道的，整張臉已經被宛若枕頭的巨大胸部壓得無法透氣。

這是愛麗絲把邦蒂帶回家之後、第一次嚎啕大哭不止，最後，麗茲的印花上衣已經全被她的淚水給浸濕了。

53

麗茲

麗茲喜歡自己在「媽咪小幫手」的兼職工作，雖然薪資只能支付日常支出，她也甘之如飴。她去年就六十五歲了，法定退休年齡，但坐在家中只讓她覺得變得癡肥，動作緩慢，而她的老公傑克要把她給逼瘋了，所以，她待在這裡的兩天，是她一整個禮拜最喜愛的時刻。

麗茲這一生都在照顧小孩——起初，她是六個兄弟姐妹中的老大，然後，是保母，接下來成為自己五個小孩的媽媽，而到了最近，她的產科護士名聲在雀兒喜或金斯頓豪奢上流階層新手媽媽圈開始流傳，「麗茲超棒！根本是天賜的禮物！」她們會發出這樣的讚嘆，「真的是誠實可靠！」彷彿重點就只有妳也知道她不是我們這種等級的人，但應該可以相信她不會順手牽羊。

她剛剛把所有的小朋友交還給形形色色的照護者，也包括了小艾莎，老是流鼻涕，指甲髒兮兮的那一個，她媽媽跟往常一樣，總是會遲到半小時以上。現在註冊的一共有三個艾莎，著實令人困惑，都怪《冰雪奇緣》那部電影惹的禍。

麗茲走到玄關、準備取下放掛在鉤鉤的外套，發現正下方的地板有一本淡綠色的練習本，很像是她小孩以前練習加法的那一種本子。她拿起來，封面寫的是算數計畫[16]。她塞入手提包，想必明天一定會有人詢問。

麗茲過了好幾天之後才再次想起那本數學練習簿。她問了好幾個媽媽，是否有小孩掉了小冊子，而且她一直把它帶在身邊，等待有人來認領，但就是沒有。所以，既然現在她有理直氣壯的喝茶休息時間，她就把它拿出來，準備看個仔細。原來，封面寫的根本不是算數，她當初沒有戴老花眼鏡，看錯了，其實是真心話計畫。這究竟是什麼意思？她迅速翻閱，她本來以為裡面會看到加總數字，但出現的卻是好幾個人的不同筆跡。

麗茲心中湧起一股興奮快意，她一直就是喜歡探人隱私的人，這就是當保母或是產科護士的某一項超級優點——偷瞄大家的內褲收納櫃，就可以知道對方各式各樣的故事，你一定以為大家藏東西的地方會有點創意吧，其實不然。而這本冊子似乎蘊含了秘密，也許，就像是日記吧。她從來沒有靠這些收集的資訊做出任何事，對於自己的誠信，她一向很自豪。她純粹就是覺得觀察別人有趣而已。她往後一靠，開始閱讀。

對於你周邊的人，你了解多少？他們對你了解的程度又是如何？難道你真的知道鄰居叫什麼名字嗎？哈！其實麗茲認識每一個鄰居，她知道他們的名字，小孩的名字，還有他們貓咪的名

[16] arithmetic與authentic字型類似。

字。她還知道誰沒有乖乖分類資源回收垃圾，很清楚誰最常和另一半吵架，知道誰在外頭偷吃，誰沉溺在樂透。她對於大家的了解，已經超過了別人的預期範圍。她有自知之明，她是出了名的愛窺人隱私，但至少「守望相助組織」很歡迎她。

朱利安・傑索普。

有時候，她一聽到某個名字，四周的牆面就會開始不見，宛若劇場在更換佈景一樣，然後，她會直接回到某一段時光，現在，她進入了一九七〇年代，與她的朋友曼蒂站在國王路。當時的兩人常常膩在一起，贏得了「麗茲曼蒂雙人組」的稱號。她們當時十五歲，特別喜歡穿迷你裙，頭髮後梳，眼睛四周塗滿墨黑色眼線。

她們站在漂亮的「瑪莉・匡特」工作室前面、透過櫥窗往裡面張望，就在這時候，有一群人朝她們走來，大約是二、三十歲左右，全都是神顏級帥哥美女。其中三名男子穿的是最新潮的喇叭褲，女孩則是穿迷你裙，長度還比她們的短了十公分左右，她搭配的是毛皮外套，而且赤腳，在大庭廣眾之下！她一頭亂糟糟的長捲髮垂到腰際，彷彿剛起床一樣。麗茲很清楚，要是她靠的距離夠近，一定會聞到性愛的氣味。倒不是說當時的麗茲已經知道了那是什麼樣的味道，但她發揮了想像力，應該有點像是沙丁魚罐頭吧。其中一名男子的肩膀上，還坐了一頭真正的鸚鵡。

麗茲知道自己全程瞠目結舌。

曼蒂問道，「天，麗茲，妳知道那人是誰嗎？」然後，她沒等待對方說話，只顧自己說下去，「那是大衛・貝利，他是攝影家；還有朱利安・傑索普，他是藝術家。是不是很帥？妳有沒有看到朱利安對我眨眼？真的？我發誓他剛剛對我眨眼。」

麗茲之前從來沒聽過朱利安這個人（當然，她沒有讓曼蒂知道這件事，她不想給曼蒂找到自己比她酷的理由），不過，在接下來的那些年當中，她看過這名字好幾次，通常是八卦新聞欄位。不過，她已經幾十年沒聽過這個人了。如果真的想起這個人，她應該會以為他死了，某種帶有些許魅力色彩的悲劇，比方說嗑藥過量或是什麼性病。然而，他還在，就住在附近，在某本小冊子裡寫了一些東西，然後有人正好傳給了她。

莫妮卡，麗茲也認識——麗茲覺得自己口袋麥克麥克的時候，曾在她的咖啡店裡喝茶吃蛋糕一、兩次。她喜歡莫妮卡，雖然看得出很忙，但總是會停下來小聊一下。要是她沒記錯的話，她們討論過當地的圖書館，能夠有莫妮卡這樣的人，是這個社區的福氣。

她非常清楚莫妮卡的問題是什麼，當代年輕女子就是太龜毛了。在她那個年代，他們了解安頓下來的必要性。找到了某個年輕人，差不多是合適年紀，通常是彼此父母相識，而且住在附近，然後就結婚了。他可能會再開車的時候挖鼻孔，或是拿太多的家用去泡酒吧，或者，不知道要怎麼找到陰蒂，但妳知道自己也並不完美，而且，有個還不錯的老公勝過沒有老公。現代新科技的問題就是大家擁有太多選擇，根本無法做出決定。她們一直尋尋覓覓，最後發現自己的卵子[17]已經變得熟硬了。莫妮卡不該繼續蹉跎下去，要趕快加油。

[17] 同英文的雞蛋。

討厭，她的休息時間結束，她迫不及待想要繼續看下去，但也只好等了。

傑克問道，「麗茲，妳在看什麼？」他正忙著以食指剔出塞在某顆後臼齒的雞肉屑，所以聲音有點模糊不清，難怪多年來她都沒有吻過他的嘴了。最近她的習慣是經過他身邊的時候、在他的頭頂輕啄一下，那裡有一大塊宛若直升機起降場的禿斑。

她刻意講得含糊，「只是工作的某本書罷了。」她正在看哈瑟德的故事，她也認識他，富爾姆區應該不可能同時有兩個名叫哈瑟德的年輕人，就算是這樣好了，也應該正好就是那個剛從泰國回來、在「媽咪小幫手」花園工作的那一個，雖然他有留鬍子，但卻是個大帥哥。麗茲通常不喜歡跟鬍子男打交道，嗯，他們除了下巴之外，到底是還得隱藏什麼秘密？

她並不會以那段吸毒過往去判斷他。她知道這些東西會悄悄突襲上身。她自己也歷經過那種階段，超愛自製雪利酒，更別說刮刮樂了，而且傑克一天抽二十根黑約翰香菸，超浪費錢，完全無視包裝上的那些黑化肺部可怕照片。

雷利看起來是個體貼男孩，可憐的困惑小男生。她也認識他，他是與哈瑟德一起工作的可愛澳洲男孩之一。她好想知道哈瑟德是否依然對酒毒敬謝不敏，朱利安是否開了美術課，還有雷利解決了與莫妮卡的難題嗎？這個比《東區人》影集好看多了。

現在只剩下一個故事了，接下來是誰？她打算留到明天的休息時間再繼續讀下去。

麗茲安坐在工作人員休息室、享受完美的午茶休息時段：PG Tips的茶，加上「道奇」餅乾，BBC廣播二台正在播放《史蒂夫．萊特下午時光》節目，而且還有一本隱含他人秘密的小冊子。就像她小孩說的一樣，夫復何求？她窩在自己最愛的扶手椅裡面，調整為舒服姿勢，開始看下去。

我是愛麗絲．坎貝爾，你可能知道我是誰，我就是網路世界裡的「愛麗絲夢遊仙境」。

太好了！麗茲全壘打，小冊子裡的人她全都認識。而且，她還很清楚這本冊子怎麼會出現在這裡。愛麗絲是那位幫助他們募款的金髮美女。她記得很清楚，某個小小孩亞契曾經在玄關那裡玩愛麗絲放在外套下方的肩包，想必是他抽出了這個本子、把它扔在地上。

每當愛麗絲出現在「媽咪小幫手」的時候，總是讓麗茲有點擔心，愛麗絲可能會讓其他媽媽相形見絀。她的衣裝總是完美無瑕，顯然喜歡主控一切，與他們幫忙的其他媽媽截然不同，因為她們通常都手忙腳亂，一直在辛苦過日子。不過，麗茲很好奇愛麗絲堆砌了多少的假象，有時候，愛麗絲那一口經過完整調校、充滿壓抑的腔調會稍微洩底，透露出某種更生動親切的痕跡，她繼續讀下去。

不過，其要是你有追蹤我，你其實完全不認識真正的我，因為我的真實生活與你所有到的完美形象的距離越來越遠。我的生活越混亂，我就越想要看到社群媒體的按讚數，說服我自己一切無恙。

我曾經是愛麗絲，公關界的成功女孩。

現在我是麥克斯的太太，或者是邦蒂的媽媽，不然就是「愛麗絲夢遊仙境」帳號的部落客，我覺得每個人都擁有我的一部分，但只有我自己除外。

我真的好累。我已經對失眠夜晚、餵乳、換尿布，還有清洗感到厭煩，對於要花費數小時的時間紀錄那些我期盼卻不可能的生活、一直在回覆那些自以為認識我的陌生人寄來的訊息，我感到好厭煩。

我沒想到自己會這麼愛我的寶寶，不過，我每一天都讓她失望了。她應該要找到一個會對於母女共享生活時時充滿感恩的母親，而不是一個總是拚命想要逃跑，躲入比真實世界更美麗、更容易駕馭的虛擬世界。

我真希望能夠向某人傾吐我的感受，有時候，當我坐在「猴子音樂」教室的小圈圈裡面，只想揮拳搥爛那個愚蠢的粉紅色手鼓。就在昨天，我待在「水寶寶」的時候，我有一股幾乎控制不了的衝動想要沉入水底，吸入一大口的水。不過，我要怎麼坦白說出「愛麗絲夢遊仙境」這個帳號只是一場騙局？

還有，如果我不是她，那我又是誰？

啊，愛麗絲，早在產後憂鬱症正式成為「某種問題」之前，麗茲家族與社交圈裡的那些女性就已經知道了這些徵兆。想當初麗茲生下第一個寶寶的時候，所有的祖父母、阿姨、舅舅、教父教母，以及朋友都會圍繞在新手媽媽的旁邊，他們會義務當保母，幫忙做家事，這樣可以減輕生產對生理、情緒，以及荷爾蒙所造成的衝擊。

而愛麗絲卻覺得必須要自己完成一切，拚命想要製造出一切完美的假象。

麗茲一看完，立刻開始在通訊錄找尋愛麗絲的地址，可憐愛麗絲現在需要的是一位專業人士。

54

哈瑟德

哈瑟德為了婚禮那一天、特地向「媽咪小幫手」借了小巴。他發現莫妮卡從來沒學過開車，她一直住在倫敦，有一堆公眾交通工具選項，而無論從哪一個火車站下車前往那座村落，都還有好幾英里的距離，所以他就只好擔任司機的角色。有位媽媽在車後貼了一張搞笑的大型告示「駕駛危險」[18]，一點也不好笑。

他把車停在莫妮卡咖啡店外頭的雙黃線，按喇叭。

莫妮卡問道，「哈瑟德，你是不是開了『危險』警示燈？」這種梗他以前也沒聽過。看到她的打扮，他發出悠長狼嚎聲。

「莫妮卡，妳像是一朵毛茛花！超辣的毛茛花！」身穿淺黃色直筒連身裙、搭配同色寬邊帽的她一上車，就引來他大讚，「我記得妳以前只穿黑色、白色，或是海軍藍色的衣服。」

「哦，有時候我也會想要努力改變一下……」他覺得她看起來相當開心，「你看看你自己，一身瀟灑晨禮服，要是我沒弄錯的話，你還修剪了那坨鬍子。」當她說出「鬍子」的時候，充滿了暗示諷刺意味。「嗯。我為這趟旅行準備了外帶咖啡你的是大杯拿鐵，全脂牛奶，我知道我一定沒弄錯。」她指了指握在手中的牛皮紙袋。

「完全正確，謝謝，」她記得他點咖啡的習慣，讓他出奇開心。「還有，我買了朗特里水果口香糖，自己來，千萬別客氣——我買的是家庭號，形狀像是迷你水果的那一種，一直是我的最愛。」

他們上了M3高速公路，心情逐漸放鬆，開始閒聊。

他問道，「是不是很興奮？」

「其實沒有，我覺得婚禮很令人沮喪。婚姻——就只是一張紙罷了，而且離婚數據也很嚇人。老實說，就是浪費時間與金錢而已。」

他大感意外，「真的嗎？」

「不是，當然不是！你也看過了我的故事，不是嗎？我超愛幸福結局與老派的甜蜜婚禮。」然後，莫妮卡突然冒出一段話，「哈瑟德，很抱歉，當初你過來的時候，我給你臉色看。我當時覺得很難堪，我覺得你只是那種有信託基金家底的懶惰小孩，喜歡多管閒事，覺得自己高人一等。」

「哦，難怪妳討厭我，」哈瑟德說道，「其實，我一直是靠自己賺錢，我父母是中產階級，但卻花了所有的儲蓄把我送入某間上流私校，我在那裡被嘲笑得體無完膚，因為我是全校唯一家

⓲ 哈瑟德名字意思為危險。

裡地址居然出現號碼、而不是有專屬宅邸名稱的學生，而且，我只能搭經濟艙，從來就不是商務艙。」

莫妮卡問道，「好，所以你在從事園藝之前是做什麼工作？」

「我在金融城工作，買賣股票。我覺得我現在會選擇這一行，是因為我對於自己老是得當全辦公室裡最沒錢的人感到很厭煩了。我猜你沒有看到我在小冊子寫的內容吧？雷利沒有告訴你？」

「沒有，雷利對那種事相當謹慎，他留給你自己告訴我。好，如果你不介意我提問的話，你到底寫了什麼？畢竟你看過了我的故事。」

「呃，我寫的是我受夠了金融城，要花點時間釐清思緒，找尋更有價值更有成就感的工作之類的事……」他說的絕對是實情，但當然不是全部的真話，兩人之間橫亙著一道巨大難題，已經沉重到壓垮了變速桿。不過，他萬萬不想與莫妮卡討論他的成癮問題，她這麼優雅光潔，講這些事真是齷齪。莫妮卡讓他覺得自己像是一個更好的人，他不希望提醒自己其實他並不是。他懷疑她連大麻都沒吸過，她這樣很好。

「看看現在的你！我發誓這本小冊子真的有魔法。看看朱利安，現在有了數百名新朋友，而你又有了成功的新事業，你能夠在這麼短的時間就創業，我好佩服你，好厲害。」

哈瑟德滿臉得意笑容，他不是那種習慣自我感覺良好、或是接受別人讚揚的人。

「嗯，我一直想把事情做好，總該成功一次吧，就像妳一樣，妳是非常優秀的生意人——充滿創意、努力，而且是個很棒的老闆。此外，妳還很有原則。」他這樣說是不是太誇張了？哈瑟德老是覺得自己在莫妮卡面前有點太力求表現了，他也不確定為什麼會這樣，這完全不是他的風格。

莫妮卡問道，「這話是什麼意思？」

哈瑟德反問她，「好，比方說，要是有客人真的，真的讓你很生氣，妳會在他們的食物裡吐口水嗎？」莫妮卡聽到之後，露出驚恐神色。

「當然不會！超級不衛生，而且，很可能是違法行為。如果不違法，當然應該要立法禁止。」

「要是妳在廚房裡不小心讓食物落地，但正面朝上，妳會把它放回盤子裡？還是直接丟掉？」

「落地的食物不能放回盤子裡！你要想想那些細菌啊……」

「妳看，妳有原則啊。」

她反問，「難道你沒有嗎？」

「哦有啊，我當然有，但是我的標準很低，幾乎趨近於零。」

「哈瑟德……」莫妮卡怒視儀表板，「你快要超速了。」

「哦哦，抱歉，」他敷衍踩了一下油門，「我對於規矩有一點小意見，你要是對我宣佈什麼規矩，我就會想要違規，我從來不遵守速限——不論是開車或其他面向都一樣。」

「我們真的是完全相反，對吧，」莫妮卡說道，「我喜歡良好規範，我說我自己。」

「黃車！」哈瑟德超越了某台鮮豔的標誌二〇五，莫妮卡盯著他，一臉困惑。

他問道，「難道你們家沒有玩過『黃車』遊戲？」

「呃，沒有，怎麼玩？」

哈瑟德解釋，「只要看到一台黃車，就大喊『黃車』……」

莫妮卡問道，「要怎麼算贏？」

「沒有人會是真正的贏家，」他說道，「因為這遊戲不會結束，只會不斷持續下去。」

莫妮卡問道，「這樣對智識不會有什麼啟發吧？」

「那你們家開車出去旅行的時候，妳又是玩什麼遊戲？」

「我有一本筆記本，專門把我們超過的車輛車牌寫下來。」

哈瑟德問道，「為什麼？」

「誰知道會不會又看到同一台。」

「真的有嗎？」

「沒有。」

「哦，我看我還是繼續玩黃車遊戲好了，謝謝妳。好，所以『真心話計畫』也在妳身上施展了魔法？」

「是啊，」她答道，「就某種程度來說，它救了我的事業。開設美術班之後，引來了許多其他的每週式夜晚活動，然後愛麗絲與朱利安一直在IG宣傳咖啡店，帶來了許多新客人，我搞不好還得加請一位咖啡師。在我發現這本小冊子之前，我覺得銀行馬上要抽我銀根，我將會失去這間店以及我存了半生的積蓄。」

「太神奇了，」然後，他的語氣變得比較猶豫，「那本小冊子也解決了妳的愛情生活問題嗎？妳現在和雷利還好嗎？」他希望不要被她當成愛窺探隱私的人。

「哦，我們就隨性行事，順其自然，看看最後怎麼樣……」

「妳千萬別誤會，」哈瑟德說道，「但我從來沒想到妳會說出這些話。」

「我知道，沒想到吧？」她露出燦笑，「我正在努力學習放輕鬆，但老實說，有點難度。」

「不過雷利再過幾個月就要離開了吧？」哈瑟德說道，「六月初對嗎？」

「對，但他要我和他一起走。」

「妳會跟他離開嗎？」

她回道，「現在我真的不知道，這是我不知該如何自處的極特殊狀況……」

哈瑟德說道，「對雷利來說一定很容易。」

「為什麼這麼說？」

「就是以一種無憂無慮的方式遊走過生活，覺得一切都好簡單，全是二度空間思考模式……」哈瑟德大喊，「黃車！」

「我想你沒惡意，但你把他講得跟個白癡一樣。」他的確沒那個意思，當然沒有。

莫妮卡脫掉高跟鞋，將一雙小腳擱在儀表板的副座位置，光是那個隨性的動作，就可以讓哈瑟德看出她發生了多大的改變。

她彷彿有讀心術一樣，「自從我認識雷利之後，我變了很多……」

「嗯，不要改變太多，好嗎？」莫妮卡的反應是不發一語。

他們繼續前行了一個小時，路面越來越狹窄，車流也變得疏落，水泥建築慢慢消失，取而代之的是自然景色。

莫妮卡說道，「嘿，根據谷歌地圖，我們已經到達了目的地！」他們現在駛入了那種會讓好萊塢勘景小組興奮不已的完美村莊，蜂蜜色教會石牆傳出了喜悅鐘聲，「我不知道教會已經可以辦同志婚禮。」

「並沒有，但她們昨天已經在市政廳正式結婚，這是一場祝福大會。我覺得這就像是一場傳統婚禮，只是措辭稍有不同。」

他們把車停妥之後，跟著盛裝打扮的那群人前往教會入口。

55

莫妮卡

莫妮卡在宴會門口的廁所稍作停留，確保自己的睫毛膏沒有滴落臉頰。剛剛看到教會裡有兩個新娘，都穿著及地白紗，讓她有些激動落淚，她只要看到婚禮就會出現這種反應，就算是不認識的人也一樣。當然，主要是為了新人的歡喜之淚，但她也有尷尬的自知之明，那樣的淚水已有一點嫉妒與悔恨的成分。

哈瑟德在外頭等她出來，然後兩人一起走向了大帳棚。入口有白色玫瑰妝點，而兩側各有服務生拿著裝滿香檳的大銀盤，莫妮卡與哈瑟德各拿了一杯。

莫妮卡說道，「我記得雷利說過你在泰國的時候戒酒了……」或者這是愛麗絲告訴她的事？反正她確定不知道是誰告訴過她。

「哦是啊，沒錯，」哈瑟德回道，「我以前是喝得很兇，但我現在不是酒鬼啊什麼的了，我可以在特殊場合小酌個一、兩杯，就像現在一樣。最近，我對節制這主題很有興趣。」

「很好……」莫妮卡覺得保持自制是一種被大家低估的藝術形式，她現在越來越喜歡哈瑟德了，「你沒忘了要開車載我們兩個回去吧？」

「當然沒忘，」哈瑟德說道，「但我們還會待好幾個小時之後才要離開，要是不喝就沒禮貌吧？妳說是不是？」他對她舉杯，自己喝了一大口，「妳覺得晚餐會是什麼？雞肉還是魚肉？」

「就這群賓客特質看來，我猜是魚肉，水煮魚肉。」

莫妮卡真的很開心，哈瑟德對於其他客人不斷發表搞笑評語，但明明除了羅德列克與兩位新娘之外——他根本不認識任何人。他們交換了自己參加過的婚禮故事，超級浪漫與百分百災難的都有。

能夠和一個並非在交往中的對象來一場約會，心情真的輕鬆多了。在之前參加過的每一次婚禮當中，她發現自己會快速往前播放與現在男友未來的幻想情景。

她會在心裡盤算自己的婚禮會有多麼與眾不同，哪些親戚可能會是上相（但不能太上相）的伴娘，還有對方可能會挑誰當伴郎。在婚禮進行的時候，她還會不時斜眼偷瞄對方，想要確定他是不是激動不已，與她有相同的念頭。

而跟哈瑟德在一起，就是——好有趣，她真慶幸自己還是來了。

他們坐同一桌吃晚餐，但那是中間擺放了巨大花飾的大圓桌，所以莫妮卡沒辦法和哈瑟德說話，只有當她拉長脖子、湊到花朵旁邊的時候才能看到他。桌面正中央有晚餐的菜單，果然是水煮魚，她好愛證實自己判斷無誤的那種感覺。她與他四目相接，指了一下菜單，對他眨眼。

這一餐感覺永遠吃不完，因為每一道菜都夾雜了閒聊。莫妮卡努力與她身旁的那兩名男子講話，但過沒多久之後閒聊的話題就全講光了。他們已經聊過了是怎麼認識這對幸福愛侶，這場儀式多麼動人，還有倫敦房價貴得嚇死人，然後，就卡在這裡了。

她越來越擔心哈瑟德，因為她非常確定他從某名服務生那裡拿了杯白酒，然後又是紅酒，而且，似乎還頻頻斟滿。她想要與他對上眼，刻意瞪他，提醒他要開車回家的事，但他似乎在刻意迴避她的目光。他身旁的那兩個女孩一直仰頭狂笑，其中一個似乎還把手放在他大腿上面，顯然他樂不可支，但那並非樂不可支，而是不負責任又自私。

晚宴終於快要結束，大家開始起身四處走動，莫妮卡走過去，找了張哈瑟德附近的空椅坐下來，她緊抓自己的氣泡水杯，彷彿要堅持什麼一樣。

「哈瑟德，」她壓低聲音，「你得要開車載我們回去，千萬不要喝醉。」

「啊莫妮卡，不要這麼掃興，這是婚禮，妳也應該要喝醉，這就是婚禮的真義。妳要放鬆，享受一下人生……」他又喝光了另一杯紅酒，「莫妮卡，這位是……」他朝坐在身邊的金髮女子方向揮了幾下，那女子顯然有動豐唇手術，而且並沒有聽從優雅風格專家的建議，大腿或乳溝，露一個就夠了。

她幫他接口，「安娜貝爾。」莫妮卡打招呼，「嗨。」這麼簡單的字，她怎麼會拖這麼久才說出口？安娜貝爾只用指尖向莫妮卡揮了幾下，彷彿莫妮卡不值得她使用整隻手一樣。「哈瑟德？我的包包裡有一些白粉，想不想吸一下？」她根本懶得在莫妮卡面前掩藏，或是把她納入一起討論。她是不是覺得莫妮卡太拘謹，根本不沾毒品？哦，是這樣沒錯，但這不是重點。

「美女，好提議，」哈瑟德把椅子往後推，起身，重心很不穩，「我當然要，而且，我更有機會讓我好好看一下妳的翹屁股。」

「哈瑟德！」莫妮卡大叫，「你真是混蛋[19]，不要這麼白癡！」

「哦靠拜託一下好嗎，莫妮卡，不要再這麼無趣了，妳幹麼不去縫紉用品店解壓一下？妳不是我媽，也不是我老婆，根本連女友也不是，靠真是幸好。」他離開了，跟在安娜貝爾的巨臀後面，穿過人群，宛若追隨童話魔笛手的老鼠。安娜貝爾回頭看了莫妮卡一眼，甩頭，發出粗啞笑聲，掀唇露齦，讓人看到了她過大的牙齒。

莫妮卡覺得自己彷彿被打了一巴掌。那個人到底是誰？顯然不是她自以為認識的哈瑟德。然後，她想起來了，他可能不是她最近認識的那個哈瑟德，但她以前見過這樣的他，在路上撞到她之後、還罵她蠢蛋賤女人的那個他。而且他怎麼有膽提起她對縫紉用品店著迷的事？她完全忘了自己在小冊子裡面寫了那段話，這行為好卑劣。她不想再待在這裡了，她只想要回家。莫妮卡從包包裡取出手機，在大帳棚的某個安靜角落打電話給雷利。

拜託要接電話，雷利，拜託一定要接電話。

雷利的語氣跟平常一樣興高采烈，「莫妮卡！你們玩得開心嗎？」

「其實沒有，沒有，至少我沒有。其實，顯然哈瑟德已經玩過頭了。他已經喝得醉醺醺，而且也沒有要停下來的意思。我不知道該怎麼回去，哈瑟德醉了，沒辦法開車，而我又不會開，我不能把小巴留在這裡，他們明天早上需要開這台車去郊遊。我現在該怎麼辦？」莫妮卡痛恨開口求助，尤其痛恨自己像是一個陷入絕境的少女，這完全違背了她的女性主義原則，她母親現在一定在墳裡氣得醒過來。要是她能夠離開這間討厭的大帳棚，她一定要報名去學開車。

「莫妮卡，別擔心，我馬上搭火車過去，我可以送妳回家，把小巴開回來，只要把地址給我就是了，我會從火車站搭計程車過去。我可能需要兩個小時，但婚禮還會持續一段時間吧？」

「雷利，要是沒有你我真的不知道該怎麼辦，謝謝你。我不知道哈瑟德是怎麼了，我從來沒看過他這樣。」

雷利說道，「我想這就是成癮的問題，一旦栽進去，沒有辦法戒斷。其實他表現也真的很不錯了，將近五個月，完全沒有碰酒。」莫妮卡腹部一陣翻攪，她真的好白癡。

「雷利，我不知道。他告訴我，他可以控制得住，我當初應該要阻止他才是。」

「莫妮卡，這不是妳的錯，我認為他刻意誤導妳，可能也是為了要誤導他自己。如果說要怪誰，那就是我的責任，我應該要提醒妳注意他才是。話說回來，至少他沒有繼續吸毒。」莫妮卡不發一語，這似乎也不重要了。「好，我越快離開，就能越早到達那裡，撐住啊。」說完之後，他掛了電話。

有時候，最寂寞的時刻就是待在滿滿都是人的空間裡。莫妮卡覺得自己像是個小孩，鼻子貼

---

⑲ 屁股亦有混蛋之意。

在窗玻璃，凝望非我族類的一群人在狂歡。哈瑟德在舞池中央跳舞，姿態搶眼，女人就像是朱利安可怕蒼蠅紙的那些飛蠅，緊黏他不放。就在這時候，她發覺有人輕輕拍她的肩頭。

「可否邀妳跳下一支舞？」開口的是羅德列克，黛芬妮的兒子，哈瑟德在教會裡的時候曾經介紹兩人認識。

莫妮卡一直覺得，有人鼓起勇氣邀舞卻拒絕對方是不禮貌的行為，所以她默默點點頭，任由羅德列克把她帶到舞池裡，他完全不理會現代舞蹈的習慣動作，以五〇年代搖滾樂的笨拙熱情版本舞姿帶引她旋轉，這為他製造了將濕黏之手放在她背部、肩膀，或是屁股的諸多機會，她覺得自己就像是體操團體表演裡的遜咖一樣。

哈瑟德顯然覺得她的處境很好笑，從人群的另一頭對她比出誇張的豎起大拇指手勢。羅德烈克傾身向前，在她耳畔低語，他的氣息又熱又黏，混雜了威士忌與草莓蛋白霜蛋糕的氣味。

「好，所以妳跟哈瑟德是一對嗎？」

莫妮卡回道，「天，不是。」羅德列克使出一股宛若見到綠燈的明顯力道，抓她屁股的手勢變得更加誇張。

雷利小心翼翼穿過疏落人群，在那堆步履搖晃不定的人當中，他是唯一穩健前行的闖入者。莫妮卡坐在某張大圓桌邊，只有她一個人，宛若是某個船骸的孤單倖存者，而哈瑟德宛若在桌間繞場的鯊魚，看到沒喝完的酒杯就拿起來一飲而盡。

「雷利！」莫妮卡朝他大叫，引起附近的人轉頭，盯著這位新到的客人。雷利微笑，宛若穿破暴風雨雲的陽光。

莫妮卡說道，「我看到你真的開心死了……」

56

哈瑟德

這感覺就像是回家一樣，哈瑟德已經忘了自己有多麼喜愛這種感覺。打從第一口香檳入嘴之後，他就發覺下巴放鬆了，雙肩也跟著軟化，所有的不快都就此瓦解。這幾個月以來，他以銳利清晰度與高解析度處理每一種情緒，現在酒精以某種朦朧濾鏡覆蓋了一切，讓它們變得更柔軟、更和善，而且更容易駕馭，軟綿無力的羽絨被，緊緊裹住了他。

等到他喝光了第一杯之後，他已經不記得在這麼長的一段時間當中，為什麼要抗拒這種感覺。酒精明明是他的知己好友，為什麼要把它當成仇敵？

他之前在車上，一發現莫妮卡並不知道他的成癮問題有多麼嚴重，這樣的念頭就立刻萌生：也許，今天就好，因為今天是特殊場合，我可以喝一杯，一杯就好，上限是兩杯。畢竟都好幾個月了，我變得更好，更清楚狀況，我會有自覺，不會跟以前一樣，我已經洗心革面。

在婚禮儀式進行的整個過程當中，這些思緒在他腦中不斷盤旋。所以，當他們一走進大帳棚，站在那裡的服務生捧了放滿了香檳杯的銀盤，他就拿了一杯，就和大家一樣。他告訴莫妮卡，他不是「酒鬼」，而且相當自持，當他大聲說出來的時候，他自己也信以為真。畢竟酒鬼都睡在公園長椅上頭，渾身散發尿臊味。他完全不是那樣的人，對吧？他喝多了，超過自己的預期，但真的沒關係，只是今天而已。等到明天，他又可以恢復正常。他母親愛講的那句諺語是什麼？反正都得送上斷頭台，與其偷小羊，不如偷大羊。不過，她指的只是多拿一塊巴藤伯格蛋糕而已。

就那種觀點看來，古柯鹼似乎成了天賜良機，吸了幾管之後，讓他天旋地轉，而且還湧入一股自信與天下無敵感。他是超級英雄，他還發現自己完全沒有喪失任何魅力，他興奮難耐。在他之前參加的婚禮當中、至少都有兩名賓客跟他上過床，只有這場例外，也許他應該要校正回來才是。

哈瑟德注意到某個熟悉的身影。他眨眼，搓揉雙眼，心想一定是幻象，雷利怎麼可能會出現在這裡。畢竟他先前把莫妮卡當成了他媽，哈瑟德自顧自竊笑。不過，那真的是雷利。媽的他為什麼會出現在這裡？搗亂哈瑟德的計畫？

他說道，「老哥，哈瑟德，該回家了。」

「雷利，不要跟我『稱兄道弟』。媽的你在這裡幹什麼？」

「我是騎兵，準備要載你們回家。」

「哦，媽的你就回去騎你的臭馬，騎到天涯海角隨便你，我和我的新朋友們正玩得很開心。」他朝他想不起名字的女子揮揮手，還有另一個。

「好，我要帶莫妮卡回家，小巴也要開走。而且，派對就要結束了，所以，除非你想要和你的新朋友們一起過夜，不然我的建議是你還是跟我們一起走。要不要就隨便你了，老哥。」雷利的語氣似乎有些不高興，他從來不曾發怒，但莫妮卡似乎總是在不高興。而且她站在雷利旁邊的姿態，宛若牧師娘一樣，盯著他的那種眼神簡直像是把他當成了偷走聖餐酒的唱詩班男孩，看到這種不以為然的目光，真的是讓他受夠了。

哈瑟德馬上盤算了一下，或者，應該說他讓腦袋歷經了幾個小時的摧折之後、以殘餘思考能力所能發揮的最快速度。要是他待在這裡，就只能期盼金髮妹會帶他一起走。但他現在的麻煩除了想不起她的名字之外（阿曼達？亞拉貝拉？還是艾蜜莉亞？），他還知道她最大的魅力就是她包包裡的毒品，他非常確定，現在，已經全沒了。雖然他覺得痛苦，但最好還是聽從雷利指示。所以，身為嗑白粉超級英雄的他，努力擺出乖順姿態，乖乖跟在他的假好心朋友後頭。

上路了一個小時之後，他吸的最後一管古柯鹼，也就是兩個小時前的那一次，效果開始逐漸開始消退，讓他變得焦慮不安。現在他無法維持身體上半部與下半部的微妙平衡，喝下的酒精開始害他頭昏眼花，昏昏欲睡，但他經驗老到，這幾個小時之內都不可能睡著。

他躺在迷你巴士後頭的三人座，盯著催狂魔節節進逼。他也記得這種感覺。有起就有落，每一道燦光都有陰影，每一種力量都有反作用力，現在是他得要付出代價的時刻了。

他發覺有人丟了件衣服在他身上，是莫妮卡——她丟的是毯子？還是外套？

「莫妮卡，我覺得我愛妳……」他很清楚自己對她一直很壞，他是個不配有任何朋友的大壞蛋。

她回他，「對啦，哈瑟德，你唯一愛的人就是你自己而已。」這當然是大錯特錯，他這輩子唯一沒辦法愛的人就是自己。他花了好幾個月的時間，以一磚一瓦的方式重建自尊，再次學習如何自重，而就在一天之內全然崩塌。

「真抱歉，」他說道，「我以為我喝一杯就夠了。」而這就是癥結，他一直以為他來一杯就夠了。畢竟，其他人似乎都可以自制，但他一直沒辦法，對於哈瑟德來說，不是百分百，就是完全沒有。不只是酒精與毒品，一切都是如此。要是他發現了什麼——任何東西都一樣——得他所愛，那麼他永遠會想要更多。這就是讓他之所以是成功交易員、受大家喜愛的朋友，以及可怕毒蟲的主因。

他聽得到莫妮卡與雷利在前面聊天的聲音。他還記得自己以前也會那樣聊天，談天氣、交通、共同朋友的近況，不過，現在的他卻不知道要如何開口才好。在這麼多討厭的思緒之中，有個討厭的念頭硬是冒了出來。他的鑰匙呢？他摸了所有的口袋，確定什麼都沒有。

「莫妮卡，」他努力保持發音清晰，「我找不到我的鑰匙，一定是掉在安慰劑（placebo）了。」

莫妮卡糾正他，「是涼亭（gazebo）。」

他回她，「妳不要老是當鄉下人（peasant）。」

她回道，「是學究（pedant）……」

他聽到她的嘆息聲。那是他母親在他小時候忘記寫作業或是褲子出現裂縫的時候會發出的聲響。

「哈瑟德，別擔心，你可以睡我家沙發，至少我這樣可以盯著你。」大家安靜了好一會兒，只聽得到雨刷的規律刮擦聲響，還有駛過柏油路面的微弱胎噪。

哈瑟德聽到坐在巴士前座的莫妮卡在講話，「黃車！」

雷利問道，「什麼？」

她回道，「沒事。」

哈瑟德很想要微笑，但是臉頰卻黏住了自己貼躺的座椅塑膠皮。

57

莫妮卡

在莫妮卡睜開雙眼之前，她已經知道狀況不一樣了。她的公寓通常充滿了咖啡、祖・馬龍的香水、檸檬清潔劑的氣味，偶爾會摻雜雷利散發的濕臭酒氣。現在，有哈瑟德。

她下床，在睡衣外頭加了一件寬鬆的運動衫——她懶得打扮——然後，把頭髮綁成了一個亂七八糟的髮髻。她進入浴室，以水潑臉，彎身，加了一點睫毛膏與唇蜜。當然，這不是為了要討好哈瑟德，只是為了要確保他不要再拿任何理由酸她。

莫妮卡打開通往客廳的門，姿態相當小心翼翼。她踮腳，不想吵醒他。他沒在那裡，留給他的沙發已經空蕩蕩，而多餘的床被已經折得整整齊齊。而她留在地板上、以防他（再次）嘔吐的那條擦碗巾，也已經放回她的小廚房。他早已拉開窗簾，打開窗戶通風，完全沒有留下任何字條。

莫妮卡不想見哈瑟德，尤其是歷經昨天一連串事件之後的這種早晨時刻，不過——就算是這樣，他這樣溜走還是有點粗魯。對這個人還能有什麼不一樣的期待？

她背後的大門開了，害她嚇了一跳。一大束淡黃色玫瑰先冒進來，後頭跟著哈瑟德，「希望妳別介意，我借用了妳家的鑰匙……」然後，他以顫抖的手把它放在桌面。

莫妮卡看過哈瑟德的諸多樣貌——罵她賤女人的沒禮貌混蛋、在聖誕節返鄉的自以為是的英雄、辛勤工作意志堅強的園丁與生意人，還有昨天那個不負責任又粗魯的蠢蛋——不過，在這一切的樣貌之下，哈瑟德對自己充滿自信，他不論身在何處，他所佔據的空間，永遠超過了那一百九十公分高的體格所需要的範圍。

這個哈瑟德不一樣，乍看之下很憔悴，疲憊，無精打采，陰沉，他依然穿著皺巴巴的晨禮服，不過，相當驚惶失措，他看起來猶疑不定。昨晚的自信與浮誇言詞全部消退，讓他整個人變得委頓，黯淡，眼眸之後的光成了一片模糊。

「謝謝……」她接下玫瑰，放入廚房水槽，加水，維持花朵鮮度，這需要立刻處理，而哈瑟德一屁股坐在沙發上。

「莫妮卡，我不知道該說什麼才好，」他開口，「昨天我對妳的態度實在很過分，罪無可逭。我真的非常，非常抱歉。那個男人不是我。至少，我覺得雖然是我的一部分，但一直是我想要深鎖的那一部分。我討厭自己喝醉後變成的那個男人，而我的確喜歡自己在過去那幾個月的模樣，現在，我摧毀了一切。」

他雙手支頭，被汗水浸濕的纏結髮絲，向前垂落。

「你很糟糕，」莫妮卡說道，「糟糕到不行。」但她驚覺這是她有史以來第一次看到真正的哈瑟德。不完美、欠缺安全感的脆弱男孩，原來一直隱身在那囂張外表之下。繼續對他生氣並不公平，顯然他自我掩飾得很好。她嘆氣，昨晚回家路程時在腦中演練過的那番訓詞，就先收起來了。

「嘿，我們就從今天再次從頭開始吧？你在這裡等我，我下樓為我們煮一點咖啡，然後我安排一下由班吉來顧店。」

莫妮卡與哈瑟德各據沙發兩端，共蓋一條大被子，同吃一桶爆米花，一直不斷在看網飛的影片。當哈瑟德伸手拿爆米花的時候，莫妮卡注意到他的指甲，已經被啃爛見肉，周邊的皮膚紅腫發炎。這不禁讓她聯想到母親死後，她的雙手因為頻頻清洗而發炎龜裂流血的畫面，歷歷在目，她不確定自己是打算要幫助哈瑟德？還是要自我治療？但她必須說出那段往事。

「嗯，其實我了解強迫症，明明知道自己不該做、但就是忍不住動手的那種無可遏抑的衝動……」她凝視前方，而不是直接望向哈瑟德。他不發一語，但她知道他在聽，所以她繼續說下去，

「我媽媽在我十六歲的時候過世，就在聖誕節之前，我要參加會考的那一年。她希望死在家裡，所以我們把客廳改為病房。由於化療已經完全破壞了她的免疫系統，所以麥克米蘭醫院的護士叫我要隨時消毒她的房間。這是我唯一可以控制的事，我沒有辦法阻止我母親的生命逐漸凋零，但我可以殺死這些蟲子。所以我一直清理，每隔一小時就洗好幾次手。就連她過世之後；當我雙手皮膚開始剝落；同學在我背後低聲議論、然後在我面前叫我瘋子的時候；我也還是沒辦法改變這習慣。所以，我真的知道是怎麼一回事。」

哈瑟德說道，「莫妮卡，真的很遺憾，在那個年紀失去母親真的是太可怕了。」

「哈瑟德，我並不是失去她，我痛恨那種說法。好想我們去了商店，就把她忘在那裡一樣，而且她也絕對不是安然離世或是往生，她的死一點也不寧和或平靜，它刺痛醜陋發出惡臭，而且幹他媽的一點都不公平。」這些字句刮傷了她的喉嚨。

哈瑟德握住她的手，放開，然後把它放在自己的掌心裡。「妳爸爸呢？他沒有辦法幫妳嗎？」

「他也很痛苦。他是作家。你看過那些名叫『龍利亞』奇幻世界的童書嗎？」

她的眼角瞄到哈瑟德點點頭，「嗯，那些都是他寫的。所以，他會躲進自己的書房，埋首在那個善良一定會戰勝邪惡、比較公平的世界。第一年的聖誕節，我們兩個像是遇到船舶失事的水手，拚命想要浮在水面，但是緊抓的卻是不同的殘骸。」

哈瑟德溫柔問道，「莫妮卡，妳是怎麼復元的？」

「我狀況持續惡化，後來才慢慢好轉。我輟學了一陣子，甚至還曾經足不出戶。反正，我就是一直看書，當然也拚命清潔。爸爸拿了一大筆版稅支付龐大治療費用，等到我高考結束之後，我就好多了。我對於衛生領域還是有點過分狂熱，不過，除此之外，我一切正常！」她整段話的語氣帶有一絲譏諷。

哈瑟德說道，「我覺得妳是我認識最理性的人了，原來只是表象啊？」

「哦，我在昨天之前，也以為你是我認識最清醒的人。」莫妮卡對他露出了燦笑。

某個新影集自動載入，兩人都轉頭盯著螢幕。

哈瑟德抓了一把爆米花，把一顆玉米粒丟到客廳的另一頭，莫妮卡不知道它掉到哪裡去了，然後，他又玩了一次，一共三次。

「哈瑟德！」莫妮卡語氣尖銳，「你到底以為你在幹什麼？」

「這是厭惡療法，」他又彈了一顆到客廳的另一頭，「妳嘗試一下，先看完一集，完全不要去想那個爆米花的事。」

莫妮卡辦得到，她當然辦得到。反正這些影集又沒多長吧？她坐了十五分鐘，感覺像是幾個小時那麼久，她努力將那些塞在隙縫、躲在她家具下方的劣種玉米粒拋諸腦後。

她受夠了，她起身去拿掃把。

等到他們找到並挖出每一顆玉米粒、再次坐定的時候，哈瑟德開口，「莫妮卡，妳表現真的很好……」

她回道，「哈瑟德，你不知道這對我來說有多麼痛苦。」

「這妳就錯了。」他回道，「我完全了解那有多麼痛苦，每當我走路經過某間酒吧的時候，我就會有相同的感覺。妳知道嗎，我們每一個人都想要以某種方式逃避生活——我是靠藥物，朱利安是靠當隱士，而愛麗絲是靠社群媒體。但是妳並沒有，妳比我們大家都勇敢多了。妳正面對決生活，努力對抗控制它，只不過，有時候超過了一點點。」

「我們都需要稍微向雷利看齊，是不是？」莫妮卡說道，「所以他才這麼適合我。」

哈瑟德回道，「嗯……」

他們安靜坐在那裡好一會兒。本來之前是各據兩端，現在是躺在中間，頭靠著頭，兩人的腿擱在沙發的兩側扶手。

「莫妮卡，妳知道嗎，當初妳就應該要把這段故事寫進來，」哈瑟德說道，「面對母親之死，從另外一端活過來，那才是妳的真心話，完全不是婚姻啊寶寶什麼的。」

她知道他說的沒錯。

「純粹好奇一問，」哈瑟德說道，「妳櫥櫃裡的所有罐頭都是正面朝外嗎？」

「當然，」她反問，「不然你是要怎麼看標籤。」

他伸手過去，小心翼翼拔開黏在她髮絲上的某顆玉米粒，放到了咖啡桌。在那麼一瞬間，她本來以為他要吻她，當然沒有。

「哈瑟德？」他轉頭，盯著她的目光十分專注。

「可以把那一塊爆米花丟到垃圾桶嗎？」

58

雷利

英國啊，雷利心想，就跟他們的天氣十分相像，變化莫測，複雜。看起來似乎是個好天氣，然後不知哪裡突然冒出暴風雨，而且還會有如雨的冰雹從天而降，在人行道與汽車引擎蓋不斷彈跳。無論多麼仔細檢視雲團形狀與天氣預報，永遠沒辦法確定接下來到底會如何。

自從那場慘烈婚禮之後，哈瑟德就變了一個人。雷利很清楚，他沒有繼續喝酒或吸毒。他後悔莫及，似乎已經得到了慘痛教訓，但整個人已經消沉。

但莫妮卡卻變得比較開朗。他們兩人經常混在一起，在她家沙發度過了許多激情時刻，不過，她像是一朵多刺玫瑰——美麗、脆弱、充滿了希望，但要是靠得太近，她也是會刺人。

雖然他在那裡過夜了兩次，但依然還是沒有上床。這一點對雷利來說很困惑。對他而言，性，是生活的某種單純愉悅——就像是衝浪、剛烤好的麵包，或是在日出時的暢快健行。他不知道有什麼好矜持的，他們之間現在已經沒有隱藏任何秘密了。然而，莫妮卡似乎卻慎重其事，小心翼翼到不行，彷彿把它當成了未爆彈一樣。

她還是沒有告訴他是否要跟他一起去旅行。不過，這並不會影響他的計畫，他不需要計畫。

他只需要整理好自己的背包、到達車站，接下來就看著辦吧。不過，他真心想要了解，這樣一來，當他想像自己站在羅馬競技場台階的時候，他要知道是否該想像莫妮卡也在他身邊，或者只有他獨自一人。

雷利在草本植物區的邊界拔了一根小小的雜草，其實，打從他開始幹活之前，這裡已經非常完美無瑕。龐索比女士是那種希望一切完美的女子，不要有雜草、體毛、先生，他懷疑她也不想要有任何生活情趣。她為他與布雷特泡了茶──那種散發淡淡花香氣的做作茶，他比較喜歡一般的茶，那種可以讓人知道究竟是什麼東西的茶。

當龐索比女士把雷利的馬克杯交給他的時候，她刻意碰了一下他的手臂，而且盯著他雙眼的時間也未免太久了一點。

「雷利，要是你需要什麼的話，告訴我就是了，」她說道，「什麼都不成問題。」這段話像是出於一九七〇年代的難看色情電影。這些雀兒喜家庭主婦們是怎麼一回事？是覺得無聊嗎？還是純粹在尋找比自己上的正規皮拉提斯課更好玩的健身方式？抑或是冒險帶來的興奮感讓她們動心？也許他只是想多了，龐索比女士只給他一塊有機巧克力餅乾。

等到雷利在這裡的工作一結束，他就會過去「媽咪小幫手」，他在那裡為莫妮卡的咖啡店準備了一些黃水仙盆栽。他的構想是要在三月四號的美術課，為了紀念瑪莉過世十五年的那一天，在那裡擺滿花朵。莫妮卡會烤蛋糕，而愛麗絲在托兒所的新朋友麗茲，在瑪莉生前的那段時間正好住在附近，所以她自告奮勇要在網路上找一些她的照片，讓他們可以貼在卡片上面。

自從麗茲進入了愛麗絲的生活之後，她變得不太一樣。看起來沒那麼疲憊倦累，因為自從麗茲「讓邦蒂進入適當的生活作息」之後，邦蒂就睡得很好。雷利不知道這句話到底是什麼意思，但愛麗絲慎重宣布的方式，彷彿麗茲分裂了基因組一樣。雷利也不知道基因組是什麼東西，但這不是重點。自從麗茲花了許多時間幫她照顧寶寶，愛麗絲再也不需要一直把邦蒂焊黏在自己的腰間，她也不再一直盯著手機。顯然，「麗茲說」她必須要減少泡在社群網路的時間。老實說，愛麗絲每一句話都以「麗茲說」作為開場，讓人聽得有點煩了。

朱利安依然不知道派對的事。他應該根本沒想到莫妮卡會默默記下他隨口提到的日期，而且是許久之前。就連愛麗絲也忍住沒說，這鐵定會是一場大驚喜。

59

麗茲

截至目前為止，麗茲一直按捺翻找愛麗絲抽屜的衝動，這樣的做法似乎有點不太忠誠。不過，她對麥克斯倒沒有這種忠誠度，所以她就老實不客氣翻了他的東西。她沒看到麥克斯亂搞的蛛絲馬跡——口袋裡沒有可疑的發票，領口沒有口紅印，也沒有私藏的紀念品。麗茲是挖掘偷腥的專家——宛若挖找松露的豬一樣，所以她鬆了一口氣。愛麗絲雖然有點愛講話，但心腸很好，不能讓她被人欺負。不過，她不會就這麼完全放過麥克斯。如果不是因為外面有女人而造成他與家庭的距離如此遙遠，那麼就是他疏忽了疲憊的妻子與嫩嬰，對她們漠不關心。

麗茲也一直在盯著他們家的資源回收狀況。愛麗絲與麥克斯喝酒喝得很兇，她懷疑大部分是愛麗絲喝的。不過，從正面角度看來，自從麗茲想辦法讓邦蒂進入更規律、更容易駕馭的生活作息之後，她發現酒瓶數量顯著減少，這一點相當令人欣慰。

終於，她迅速看了一下廁所的垃圾桶，裡面的東西總是充滿了趣味，這一個也並沒有令人大失所望。她找到了安眠藥的空盒（難怪麥克斯在夜奶時段完全喪失爸爸的功能），還有一個用過的驗孕棒，感謝老天，是陰性。第二胎可能讓愛麗絲崩潰。至少，她與麥克斯還是有性生活。

現在，使用愛麗絲的筆電、進行谷歌搜尋找尋朱利安亡妻照片，讓她樂得要命。她喜歡在網路裡東挖西找，這就像是一個巨大的內褲抽屜，一直在等待時機拋出它所有的秘密。她立刻檢查了一下瀏覽紀錄，想也知道，麥克斯看了一些色情網站，但倒沒有太噁心或是非法的內容。

她輸入瑪莉與朱利安．傑索普夫婦的關鍵字開始尋找，發現一張他們結婚當天的美照，兩人站在雀兒喜市政廳的階梯，她身穿白色短裙洋裝，搭配白色高筒靴，而他穿的是超時髦的白色西裝外套，搭配喇叭褲與真絲襯衫，兩人都笑得狂放。她把照片傳送到愛麗絲的印表機。麗茲在婚禮照片的下方發現了瑪莉的娘家姓氏：桑蒂蘭茲。她再次打開谷歌搜尋引擎，這次輸入的關鍵字是瑪莉．桑蒂蘭茲，現在，更有趣了。

麗茲聽到鑰匙插入鎖孔的聲音，立刻關掉正在看的那個頁面。

愛麗絲開口，「嗨！麗茲！一切都還好嗎？」

「好得不得了。我給了邦蒂一些嬰兒米粥，還有蘋果泥，然後，她就像是一道光，準時熄滅，我想妳在早上六點之前都不會聽到她的呼嚕聲。」

愛麗絲說道，「你真是天使。」她脫下自己的喀什米爾外套，把它掛在門勾上面，脫掉了超高的高跟鞋，坐在餐桌前，麗茲旁邊的座位。麥克斯已經直接上樓去了，她聽到他的書房關門聲響。

麗茲問道，「約會之夜如何？」

「很好，謝謝妳，」麗茲心想，愛麗絲的語氣不是很熱烈，「很棒的新餐廳，就在附近，超潮。哈瑟德也在那裡，身邊有一個女孩，大美女。妳的照片找得怎麼樣了？」

「不錯啊，我找到了一些很棒的照片。瑪莉令人驚艷，讓我想到了奧黛麗．赫本，都有大眼睛與無辜表情，宛若小鹿斑比一樣，妳可以看一下。」

她坐在床上，聆聽傑克的打呼聲。有時候，那噪音會暫時中止，彷彿停了一輩子那麼久，她不知道他是不是死了，如果真的是這樣，她到底會有多在意？然後，鼾聲宛若車子引擎突然回魂猛力發動，他又開始打呼。

她搔抓自己的頭，靠，她很確定托兒所的某個小混蛋又把頭蝨傳染給她了。她是不是應該要先睡在客房把它們殺光再說？她望著傑克幾乎快要禿光的頭，頭蝨在那裡找到窩藏之地的機率是微乎其微。她不想要與他再次討論寄生蟲的事，上次的蟯蟲事件害他花了好幾個禮拜才平撫過來。

她的手伸進了自己的內褲抽屜——這動作好諷刺，不禁讓她發出竊笑——然後，她拿出自己在托兒所撿到的筆記本。現在輪到她動筆了，而且她很清楚自己該寫下什麼內容。

60

哈瑟德

距離那場婚禮已經過了六天，哈瑟德終於覺得一切又回到了正軌。酒醉的身體狀態已經完全復元，而且他現在有了更強烈的決心。破戒下場這麼難看，提醒他遠離酒與毒品的日子實在好多了。他也了解到「一杯就好」是他永遠不能碰觸的海市蜃樓。

哈瑟德的生意蒸蒸日上，而且，這是他有記憶以來第一次感受到快樂與平靜。現在，他生活當中只擔心一個部分，除了美術班的新朋友之外，他沒有任何社交生活。自從他戒癮之後，變得有點像是隱士，這種狀況不可能持續一輩子。而且，哈瑟德差一點就吻了莫妮卡，這一點也讓他有點嚇到。不只是因為她根本不是他的菜，而且，她還是雷利的女朋友，哈瑟德不會搞別人的馬子，至少，他不會再幹這種事了。

問題是，哈瑟德其實根本想不起來自己喜歡的是哪一種型。

哈瑟德正打算用梳子整理糾亂的髮絲，就在這時候，他發現五斗櫃裡半露了一張字條，宛若瓶中信，被丟入了他的過往之海，而在今天被沖刷上岸。上面寫的是，這女人的名字叫布蘭琪，他醉到不行的筆跡。然後，在那句話的下方，出現了另一個陰柔字跡，還有，她的電話號碼是〇七七四六三八五四一二，要打電話給她哦。

哈瑟德微笑，大多數的女人要是看到這樣的字條一定是暴跳如雷。也許布蘭琪還有他想不起的其他優點。而且她絕對是他的菜——美艷、金髮、自信、勇於追求一切，他應該要打電話給她才是。有一間新餐廳，很潮，他喜歡的那種地方，而且就在附近，要是她有空的話，他們今晚就可以過去。

哈瑟德對那間餐廳的判斷果然沒錯。完全合他的胃口——極簡工業風，而且充滿了俊男美女、八卦喧囂，以及高人一等的氣焰，真可怕。他忍不住想到了自己在莫妮卡咖啡店的慣用桌，還有他那張在立燈之下的老舊真皮扶手椅，周邊都是書。他望向他的女伴，想要看透那雙藍色大眼裡的世界，不過，他卻只看到自己面孔的映影在回望著他。

布蘭琪點的是菊苣與甜菜根沙拉，她一直在盤中隨便亂翻，最多就只是吃了幾口而已。而哈瑟德餓得要命，早就開開心心把他們送上來的那一小份食物吃光了。對哈瑟德來說，這是一種全新的感動，他已經多年沒有在豪奢餐廳真正享用食物，他幾乎都在忙著來回跑廁所吸食古柯鹼，然後佯裝熱情大讚味同嚼蠟的食物。

「你一定超愛這地方吧？」這是布蘭琪第三次為了要蓋過現場聲音而大吼大叫。

「是啊。」哈瑟德撒謊，然後，他又為兩人對話稍微努力了一下，「不知道我的朋友朱利安會怎麼判斷那幅藝術作品，他是藝術家。」他伸手指向從天花板懸垂而下、毫無重點可言的醜陋裝置藝術，像是毒蟲設計的兒童房吊飾一樣。

布蘭琪大叫，「哇哇！藝術家！我認識他嗎？」

「應該不可能，他都七十九歲了。」布蘭琪的興趣似乎瞬間大減。

「哈瑟德，你真是超級體貼，居然會去照顧老人！」

「我還在念書的時候，我們必須每個禮拜去陪老人喝茶，這是我們社區服務的任務之一。」她在竊笑，「你知道嗎，我念書的時候，我們每個禮拜都得要去陪老人喝茶，這是我們的社區服務項目之一，我們稱之為『老奶奶派對』[20]。」她伸出雙手，以食指與中指對空扭了幾下，「我們當然不會打人，只是坐在有尿味的房間裡，聽他們念那些講不完的無聊陳年舊事，而我們則是一直在倒數計時，看看還得等多久才能逃出去，趁回學校之前和同學偷抽一支菸。」

她咯咯笑個不停，然後又若有所思，「嘿，你是不是覺得他會在遺囑裡註明要送一人筆錢給你？」

哈瑟德盯著她，心中掛念的都是莫妮卡，心想要是她在這裡的話，一定有趣多了。說也奇怪，大家通常不會把「有趣」與「莫妮卡」兜在一起。反正，他們也不會來這裡，莫妮卡絕對不會在這種地方訂位。他逼自己回神，繼續鬼扯關於共同朋友、沒有靈魂的地方，以及沒有意義的身分地位象徵。

---

[20] 作者使用的是bashing，亦有痛毆之意。

事實清清楚楚擺在眼前，哈瑟德就是再也回不去過往的生活。他現在的狀況大不相同，並不合適。而且，雖然他拚命想擺脫那個念頭，但就是揮之不去，也許真正適合他的就是和莫妮卡在一起。莫妮卡，他所見過最強韌也最脆弱的女人。

哈瑟德立刻付了帳單，看到布蘭琪沒吃的那碗沙拉的天價，不禁面容抽搐，然後，他直接把她丟在吧台，讓她與正好撞見的朋友坐在一起。他看到愛麗絲與她丈夫在餐廳的另一頭用餐，真好，即使結婚生子之後，還是可以享受那樣的浪漫晚餐，就算是不說話，能夠有彼此的陪伴就是這麼舒服自在。

哈瑟德出了餐廳，走富爾姆路，經過了莫妮卡的咖啡店外頭。她位於樓上的住所點了一盞燈，也許她正在那裡享受與雷利的狂野澳洲式性愛。

他繼續往前走，準備回道他那個空蕩蕩、寧靜又安全的家。

61

愛麗絲

愛麗絲與麥克斯共度「約會之夜」之後，依然還是覺得有些悶悶不樂。她與莫妮卡在火車上講了那一段話，讓她突然湧起強大決心，要挽回婚姻中的浪漫，她在住家附近的新餐廳訂了雙人座。當他們抵達的時候，她犯下大錯，她告訴麥克斯今晚禁談與邦蒂相關的所有話題。問題來了，他們似乎都不記得天賜邦蒂之前他們都在聊些什麼，兩人頻頻出現冗長的尷尬沉默時段。愛麗絲突然好驚恐，他們剛在一起時會嘲弄那些坐在餐廳裡、完全找不到話題聊天的夫妻，現在他們居然也成了其中一分子。

愛麗絲拍了張照片，上傳到自己的IG帳號，這是她三天來的第一次貼文。她努力克制自己，但這張她真的忍不住，因為莫妮卡的咖啡店好美，他們點燃了許多圓形小蠟燭，而且桌上擺滿了黃色水仙花。正中央有幾張朱利安與瑪莉的美麗合照，還有一個檸檬糖霜蛋糕（朱利安的最愛），好幾瓶的貝禮詩奶酒。

「我現在開始有點不安了，」莫妮卡說道，「為某名死者辦派對，是不是有點變態？我們是不是應該在朱利安過來之前撤掉一切？」

「不，這很美啊，」哈瑟德說道，「頌揚我們曾經深愛過的人所過的生活，這一點非常重要。而且，這十五年來每個禮拜五下午五點鐘的時候，朱利安不也在做一樣的事嗎？只不過他現在多了朋友可以一起慶祝。」

哈瑟德這番話讓愛麗絲嚇了一大跳，她從沒想到他個性這麼溫和善良，這男人真是充滿了矛盾。要不是因為她早有了麥克斯，現在應該會有一點那麼喜歡哈瑟德吧。她望著他，發現他在皺眉，她沿循他的目光看過去，原來他死盯著雷利在抱莫妮卡。沒有盯著哀鳳螢幕而注意到的細節，有趣了。誰知道會這樣呢？

一切就緒，而且已經超過了七點鐘。全班都到齊了，充滿期盼在等待，萬事俱備，只少了朱利安。

「要上美術課，朱利安從來不遲到，」莫妮卡開口，雖然這與事實相去甚遠，但她也不管了，「他唯一認真看待的就是他的美術課，哦，當然還有時尚，以及那隻髒兮兮的狗。」

「親愛的，牠不是狗，」雷利的語氣超像朱利安，「牠是大師傑作。妳覺得我們是不是可以先喝點貝里詩奶酒？他可以等一下加入。」

莫妮卡再次向門口張望，「沒問題……」

到了七點半的時候，氣氛開始變得有些低迷。大家想要轉移莫妮卡的注意力，但是沒有成功。愛麗絲取出手機，載入朱利安的IG頁面。

「莫妮卡，我找到了我們明星貴客的下落，」她說道，「他剛剛貼出了一張照片，地點是斯隆廣場，他身邊有一些電視實境秀的主角。」

「我靠，根本就是人渣……」自從愛麗絲在聖誕節被莫妮卡轟出去之後，她還不曾聽過她講出這麼粗魯的話，「而且他沒有回我電話。」

「我用IG傳訊給他好了，」愛麗絲說道，「我猜他一定會看。」

朱利安，現在立刻滾來莫妮卡的店，不然她會氣到爆炸，愛你的愛麗絲。她一邊打字，一邊盯著莫妮卡來回踱步，每一步都越來越緊繃。

快要八點鐘的時候，朱利安終於現身，愛麗絲覺得他的歉意並不符合莫妮卡的期待。他應該要罩子放亮一點，開始低聲下氣，愛麗絲知道要是被莫妮卡列入黑名單可不是好玩的。

「各位，真是抱歉！希望你們沒有等我！大家一定猜不到發生了什麼事……天，這是怎麼回事？」

「嗯，我們幫你辦了一個驚喜派對。我們以為你今天的心情可能會有點低落。因為今天是瑪莉過世十五週年的紀念日，所以我們本來想要幫你悼念她，」莫妮卡的語氣硬如鋼鐵，「你忘了這是她的忌日，對不對？」

「沒有，當然沒有！」朱利安雖然這麼說，但明明就是忘了，「還有，謝謝大家為我做了這麼多，對我來說意義無比重大。」愛麗絲望向莫妮卡，想知道朱利安是否已經成功安撫了她的情緒，完全沒有。

「朱利安，真心話呢？分享真相呢？你還知道真相是什麼嗎？」其他人全都陷入沉默，目光在朱利安與莫妮卡之間來回游移，宛若一群在看溫布敦緊張決賽的觀眾。

「好，好啦，莫妮卡，我只是個愚蠢老人，對不起……」他的語氣聽起來沒有什麼說服力，他伸出雙手擋在前面，彷彿要抵禦攻擊一樣，而莫妮卡還沒講完。

「你為什麼把你的時間全花在那些IG『好友』身上……」講到「好友」的時候，她比出誇張的空中引號姿勢，「……與那些B咖的膚淺名人鬼混，而不是這些真正在乎你的人，拜託，你根本不懂什麼是友誼。」

大門開了，愛麗絲鬆了一大口氣，她覺得這位剛進來的訪客也許可以打破緊繃氣氛，而且莫妮卡真的因此收口。

她不再盯著朱利安，反而望向門口，看著那位衣裝優雅、讓人覺得出奇面善的白髮陌生人。

「這是私人聚會，」她說道，「有什麼需要我效勞的地方嗎？」

「想必妳是莫妮卡了，」雖然屋內顯然氣氛緊繃，新客人倒是神情自若，「我是瑪莉，朱利安的妻子。」

62

瑪莉

瑪莉一直到傍晚時分才有空拆開那封郵件。安東尼的兩個兒子，蓋斯與威廉，帶著妻小一起來吃午餐。他們一共生了五個小孩，她好愛他們，根本當成了自己的孫兒。只要他們的媽媽沒注意的時候，她一定會偷偷塞給他們巧克力金幣、巧克力棒，還有起司泡芙餅乾。

她喜歡今天自己扮演女當家的角色。坐在晶亮大橡木餐桌的頭端、在自己的位置盯著他們狼吞虎嚥，大啖她的烤物午餐，而她的伴侶，安東尼，則坐在餐桌的另一頭。不過，現在已經是七十五歲的她，也覺得今天這樣的日子很累人。

總之，那一整疊郵件，就是令人提不起勁，近來都是如此，驚喜是給年輕人的專利。電費帳單、「波登」時裝品牌型錄，還有她上禮拜邀請來家中共進午餐女子的謝卡。不過，還有一個細扁狀的包裹，手寫的地址，而且她並不認識那字跡。信封正面的收件人是瑪莉·傑索普，她已經十五年沒用過這名字了。當年她一離開「雀兒喜公寓」，她就立刻改回了瑪莉·桑蒂蘭茲，這舉動彷彿讓她重新找回了原本的那個女孩。

十五年之前，她拋棄的不只是夫家的姓氏，她拋下了一切。她寫了張解釋的便條，多年來承受那些第三者的羞辱與痛苦，她終於受不了了。她也留下了一堆的使用說明，比方說要如何操作洗衣機之類的事，寫在小紙片上面，藏在屋內的各個角落。她照顧朱利安這麼久，她知道他少了她之後、就會發現日子很難熬。也許每當他發現其中一張字條的時候，就會讓他想起她為他做了多少奉獻。這樣的念頭讓她得到了些許安慰，但後來覺得是自己多想了，他應該一清光她櫃子裡的那些衣服之後，立刻就會搬入某個模特兒家裡。她心中湧起某股直覺，告訴她要先坐下來再打開這個包裹，所以她好整以暇，坐入廚房的扶手椅，戴上老花眼鏡，小心翼翼拿起廚房剪刀剪開了以膠帶封實的信封。裡面是一本練習簿，封面有透明塑膠黏板，上面寫了真心話計畫這幾個字。真奇怪，為什麼有人會寄這東西給她？

她立刻就認出了這個筆跡。她還記得自己第一次看到的場景，那筆跡寫下了這一段話：親愛的瑪莉，要是妳能夠在星期六晚上九點與我在「常春藤」餐廳共進晚餐，將是我的莫大榮幸。朱利安・傑索普敬上。

當時的她，覺得那一段話好迷人，讓人興奮不已。「常春藤餐廳」她聽聞許久，但從來沒有進去過，也不曾在晚上九點後才用餐，而且，最重要的是，那些字跡的主人——朱利安・傑索普，那位藝術家。她當時將那張紙翻面，另一頭是素描——雖然只是粗獷的鉛筆筆觸，但絕對沒錯，是她的面孔。

為什麼是她？她真的毫無頭緒。不過，她難以置信，一直心存感恩，之後依然，持續了將近四十年之久，直到有一天，她發現自己的感恩之情消失了，過沒多久之後，她頓悟了。

她開始閱讀。

我很寂寞。

朱利安？那個被眾人圍繞、以引力將大家緊吸不放的太陽？朱利安麼可能會寂寞？成了隱形人？

然後，她看到了下面這段話：瑪莉……卻在相對年輕的六十歲就過世了。混帳！她死在他的筆下，他怎麼有這個膽？

她覺得自己也不需如此驚訝。朱利安一向與真相之間的關係一向充滿了彈性與創意，他就是有本事為了自己的需求、在腦中重寫故事版本，所以才能夠欺騙瑪莉這麼久。他與那些模特兒的關係僅止於繪畫，沒有別的了，她怎麼會提到那種事？她被蒙蔽了，成了偏執狂，愛吃醋。不過，性愛的氣味與顏料混為一體，與塵埃在空氣中一起懸浮。自此以後，每當她聞到油畫顏料的氣味，都一定會聯想到背叛。

多年來，長達幾十年的時間當中，她一直避看八卦新聞欄目，進入某個地方的時候，原本嘰嘰喳喳的那群人突然安靜下來，迅速轉換話題；對於某些女子的憐憫表情，以及其他女子的仇視目光，她對於這一切總是努力裝作視而不見。

然後，在朱利安最新的大謊言之後，出現了一段全然的真相：我必須是最受寵愛的那一個……我現在才發覺自己把瑪莉的特點視為理所當然。

她懂了，這就是為什麼她會守候如此之久的原因，因為他讓她以為自己不如他，彷彿他各方面都比她優異，光是讓她得以分享他的生活、懸掛在他的穹蒼之中，她就應該要覺得幸福才是。

當初是一件相當微不足道的事件，打破了這種平衡。

那天她回家得早，依然穿著她的助產士制服，本來以為要生產的孕婦，結果是假性宮縮。朱利安四肢橫陳躺在沙發上，除了畫家的罩袍之外，什麼都沒穿，他正在抽高盧菸。他最近的模特兒迪芙妮，站在壁爐旁邊，除了腳下一雙超細根高跟鞋之外，全身上下一絲不掛，而且，她在玩瑪莉的中提琴，拉得超爛。

這些年來，其他女人玩她的丈夫，但從來沒有人動過她的中提琴。她把迪芙妮轟出去，完全不理會朱利安一貫的抗議說辭，什麼藝術、繆思女神、她過於豐富的想像力、還有媽的那只不過是一把中提琴而已。

瑪莉多年來一直在幻想朱利安終究會逐漸成熟、對搞七捻三就此斷念，總有一天他會發現自己沒有那種性慾或精力，抑或是他喪失了自己的魅力。不過，唯一發生改變的是她自己與那些小三之間的年齡差距，她猜最新的那一個，至少比她小了三十歲。第二天，當朱利安在沃里克郡為登比女伯爵畫肖像的時候，她留下了那些家務小字條，拋下了他。

她再也不曾回頭。

一年之後，她認識了安東尼。他很愛她，依然如此，他總是說自己好幸運能夠遇見她。他讓她覺得自己好特別，備受寵愛，而且充滿了安全感。他從來沒有要當她恩人的意思，但她的確很感恩——每一天都是如此。

她曾經打電話聯絡朱利安要談離婚，而且還寫信給他好幾次，但卻沒有收到任何回應，所以她最後就放棄了。她不需要任何官方文件維繫與安東尼在一起的那種安全感，而且，她的第一次婚姻也並不怎麼美好。

有時候，她懷疑朱利安可能死了，畢竟已經許久不曾聽過他的消息。不過，她的自尊阻止她上網搜尋他的近況、找尋可能會知道他的下落或近況的人。反正，她是他的法定近親，要是他死掉的話，一定會接到通知吧。

她以相當快的速度瀏覽朱利安後面那些人的故事，她沒有辦法好好專心，她不想要遽下判斷，但還是避不了。

莫妮卡——要努力學習稍微放鬆一下。

哈瑟德——勇敢的男人，正面對抗你自己的心魔。

雷利——可愛小男生，希望你可以找到自己的女朋友。

愛麗絲——能夠擁有那樣的寶寶，妳真的不知道自己何其幸運。

只剩下一個故事了，很短。應該就是寄這本小冊子給她的人所寫下的內容，筆跡毫不扭捏，又大又圓，而且寫到「愛」的時候，還會在O的中央畫個笑臉。

親愛的瑪莉：

我是麗茲．葛林。以下是我的真實面向：我充滿了好奇，有時候可以算是雞婆。我喜歡人——熱愛他們的怪癖、優點，以及秘密。這就是我之所以會找到妳的原因，妳根本沒死，而且還活得好好的，住在路易斯。

我還有另外一個特點，應該要讓妳知道，就是我痛恨欺騙。只要是對我誠實、對待他們自己誠實的人，我一定會捍衛到底。而朱利安呢，妳也知道，他並不成事。

如果「真心話計畫」必須要達成什麼目標，那就是必須讓發起人講出更多真心話。

好，所以我才會把這本小冊子寄給妳，而且我還要告訴妳，朱利安每周一晚上七點在莫妮卡的咖啡店開美術課。

愛妳的麗茲

63

朱利安

看到她出現在這裡，怎麼會既覺得如此恐懼又開心？相互衝突的情緒翻攪在一起，宛若火山熔岩燈裡的兩種色澤。她變得不一樣了，當然——都已經過了十五年。她的臉龐——變得有點憔悴。不過，她站得挺直，高大強壯的姿態宛若銀樺，燦亮有光。

她一直是這樣嗎？只是他沒有注意到？抑或是她離開之後才變成這種模樣？然後，他突然恍然大悟，甚是不安：也許他就是摧毀那種光芒的人。當初他被瑪莉的那種特質所深深吸引，而後來卻被他奪走了。

他還記得自己第一次看到她時的場景，地點在聖士提反醫院的餐廳裡。他掉了鑰匙，翻牆進入公寓，摔斷腳趾。他當時聽到某名助產士呼喊她的名字——瑪莉。他緊盯著她，無法移開視線，所以乾脆拿出隨身攜帶的素描本、畫下她的模樣，在另一面寫下了晚餐邀請函，撕下來，他趁著自己一跛一跛走過去的時候，把它放到了她的托盤裡面。

「嗨，瑪莉，」他現在開口了，「我一直好想妳。」這幾個字根本沒有辦法描繪他這十五年來的悔恨與寂寞。

她回道，「你殺死了我……」

「妳離開才真正殺死了我……」他緊抓最靠近身邊的椅子，尋求支撐。

「朱利安，你為什麼要說謊？」這一次，莫妮卡語氣柔和，而瑪莉在他能夠開口之前就搶先給了答案。

「他只是希望你們能夠喜歡他而已，他一直期盼可以得到大家的喜愛，嗯……」

她停頓了一會兒，搜尋適當字詞。現在咖啡店裡能聽到的唯一聲響就是車聲，依然在富爾姆路川流不息。

「如果事實不符合他的期盼，他就會改變它，宛若在畫作上添加更多色彩掩蓋瑕疵一樣。對不對，朱利安？」

「對，但也並非全然如此，瑪莉……」他欲言又止，宛若缺氧探頭的魚。

莫妮卡開口，「繼續說下去吧，朱利安……」

「我覺得，與我一直想到是自己把妳趕走相比，認定妳已經死了比較沒那麼痛苦。那些女人，那些謊言，抱歉，我真的，真的很抱歉……」

「朱利安，你知道嗎，問題不是只有女人而已，那件事我早就習慣了。重點是你一直讓我覺得自己微不足道，你精力這麼旺盛，你就像是太陽一樣。當你對某人有興趣的時候，你把所有的光照過去，對方盡情享受你的熱力。然後，你轉到別的地方，把他們留在暗處，他們只能用盡一切氣力、努力重建那種光的記憶。」

朱利安幾乎不敢看莫妮卡，他讓他的新朋友失望了，就像是多年來讓其他人大失所望一樣。

「瑪莉，我不是故意傷害妳。瑪莉，我愛妳，現在依然不變，」他說道，「妳離開的時候，我的世界完全崩解。」

「這就是我過來的原因，我看了你的故事，寫在小冊子裡的內容。」他這才發現她手中握著「真心話計畫」，她到底是怎麼拿到那東西的？「我原本以為你對於我消失幾乎無感，某個女孩會取代我的位置。我不知道你這麼難受。我很氣你，但我絕對沒有要讓你受苦的意思。」

她走到他面前，放下那本冊子，將他的雙手握在自己的掌心裡，「坐下來，傻老頭……」兩人都坐在桌前，莫妮卡送上了一瓶貝禮詩奶酒以及幾個杯子。

「你知道嗎，我已經不喝這東西了，」瑪莉說道，「太多的回憶。反正，那味道很可怕。親愛的，不知道你有沒有紅酒？」

「莫妮卡，不要擔心，我買的那些奶酒都是可退品。」朱利安聽到雷利開口，彷彿這是什麼要緊的事。

「朱利安，我們現在先離開了，給你們一點空間。」講話的是哈瑟德，朱利安對他點點頭，心不在焉對學生們揮揮手，而哈瑟德則忙著帶引大家出去。現在只剩下莫妮卡與雷利，忙著收拾派對現場。

「瑪莉，你過得幸福嗎？」他現在發覺他真心希望她過得幸福。

「非常幸福，」她回道，「我離開之後終於明白，我要當自己的太陽。我認識了一個可愛的男人，他是鰥夫，名叫安東尼，我們住在薩賽克斯。」好，他當然希望她幸福，但不要太幸福。

「有這些新朋友，你看起來也很幸福，」她說道，「只是要記得必須善待他們，不要又因為那些亂七八糟的東西而迷失了重心。」

莫妮卡帶了一瓶紅酒與兩個酒杯過來。

「也許這把年紀要改變已經太遲了……」朱利安現在相當懊悔。

「朱利安，這永不嫌遲，」莫妮卡說道，「畢竟你才七十九歲，還有許多時間可以做最後補正。」

「七十九歲？」瑪莉說道，「莫妮卡，他已經八十四歲了！」

64

莫妮卡

「真心話計畫」的根基居然是謊言。莫妮卡與朱利安不斷滋長的友誼，最近幾乎佔據了她的大部分生活，而朱利安還撒了什麼謊？她居然花了這麼多的時間籌畫執行一場當事人根本沒有死的紀念會。

朱利安與瑪莉離開咖啡店的時候，已經快要半夜十二點了。

瑪莉離開的時候，抱了她一下，對她附耳低聲說道，「謝謝妳照顧我的朱利安。」她的吐納宛若夏日微風的記憶，她捏了捏莫妮卡的手，時光流逝，瑪莉的肌膚也變得柔軟脆弱。大門關上了，一陣鈴聲亂響，宣告瑪莉與朱利安已經離開。而長達半世紀的戀愛、熱情、怒火、悔恨，以及悲傷也隨著他們一起消逝，讓這裡的空氣變得稀薄。

莫妮卡覺得自己好糟糕，她本來以為瑪莉的個性無趣又順從，有趣的程度根本比不上她的丈夫。然後今晚她見到的瑪莉卻是一個很棒的人——散發溫暖，而她的溫柔掩蓋了某種核心力量，讓她能夠放下了近四十年的婚姻、一切重新開始的力量。

雷利跟著莫妮卡上樓，進入她的公寓。

「哇，真是驚奇之夜，氣氛有點緊繃，妳說是不是？」莫妮卡對於他以這種簡化的方式形容如此慷慨激昂的夜晚，感到很不高興，「妳覺得是誰把小冊子寄給瑪莉？」

「一定是麗茲，」莫妮卡回道，「愛麗絲告訴我，小冊子從她的包包裡不小心掉出來，然後麗茲在托兒所撿到了它，這也正是她會出手幫忙愛麗絲照顧邦蒂的原因。」

雷利問道，「難道妳不覺得她給朱利安設局有點壞心眼嗎？」

「其實，我倒是覺得她幫了他一個大忙，強迫他面對自己的謊言。今晚他離開的時候變得不一樣了，對不對？沒有那麼多的誇張言語與炫耀，更真實了。我覺得從今之後，他會變成一個更善良、更快樂的人，也許他和瑪莉可以成為朋友。」

「應該吧，不過我比較喜歡他原來的樣子。妳這裡有沒有東西可以吃？我餓壞了。」

莫妮卡打開廚房櫥櫃，幾乎什麼都沒有，尷尬。

「我有一些烘焙巧克力，不知道你想不想來一點？」她自己剝下一整個方塊，塞進嘴巴，甜度滲入，她覺得元氣又回來了。現在緊張感消退，她才發覺原來自己這麼餓又這麼累。

「莫妮卡！住手！」雷利說道，「妳不可以吃那個，那有毒。」

莫妮卡滿嘴巧克力，「你到底在說什麼？」

「烘焙巧克力一定要煮過，不然有毒。」

「雷利，你媽媽是不是在你小時候教過你這件事？」

「對！」她看到他恍然大悟的表情，「她騙我，對嗎？為了要阻止我偷巧克力。」

「這就是我喜歡你的特點之一，你老是覺得大家都很良善誠實，因為你就是這樣的人。你總是認定一切都會好轉，因此，通常也都是這樣的結果。對了，她是不是告訴過你，冰淇淋車賣完的時候就會播放音樂？」

「對，她真的這麼說過，」他回道，「妳也知道，我真的有陰影。每個人都覺得我人超好，但老實說，我和大家一樣都有許多邪念。」

「不，雷利，你沒有，」她坐在沙發上，挨在他旁邊，「我喜歡你的許多特點，」她塞給他幾塊方形巧克力，「但是我不愛你。」

莫妮卡想起自己剛剛意外聽到瑪莉說過的那段話，有關要當自己的太陽；她也想起了自己與愛麗絲在火車上的那段對話，其實，單身有一堆好處。她不需要以任何人為中心、讓她不斷繞行，她也不需要寶寶，她知道自己該說什麼，寶寶並不代表自此之後就過著幸福美滿的生活。

「雷利，我沒辦法和你一起去旅行，抱歉。我必須留在這裡，與我的朋友和咖啡店在一起。」

「其實妳會這麼說，我早就多少有心理準備……」雷利露出了異常的頹喪神情，他把巧克力放在咖啡桌，彷彿把它當成了他不想領的安慰獎。「我了解，莫妮卡，反正我一開始就打算自己旅行，我不會有事的。」她知道雷利不會有事，一向都是如此。「要是妳覺得自己犯下了大錯，妳永遠可以來伯斯找我。」

「你離開之前，我們還是可以當朋友吧？」她不知道自己是否真的犯下了大錯，當然，這曾經是她一直期盼的想望，但現在她卻直接拋開了它。

「當然……」他起身，走向門口。

她吻了他，這是比道別更深重的吻，意味著歉意，感謝，還有我差點愛上了你，但就是不夠。

而她不想過著「就是不夠」的生活。

雷利離開了，帶走了她對他的所有幻夢。兩人站在威尼斯的嘆息橋；在某個完美希臘島嶼的秘密洞穴裡游泳；在有樂團演奏的柏林酒吧接吻；雷利教導他們的孩子如何衝浪；莫妮卡帶他們回到富爾姆，讓他們看到一切的起點，這間咖啡店。

莫妮卡坐在沙發上，感到無比疲累。她望著壁爐上方的燦笑母親照片，想起了拍攝的時間點——前往康威爾的某次家族之旅，診斷結果出爐前幾個禮拜的事。

媽，我知道我不需要男人，我知道我不應該妥協，我可以照顧自己，我當然不成問題。

不過，有時候我真的希望自己不需要這樣。

65

哈瑟德

哈瑟德與布蘭琪進行了那場恐怖約會，發覺了自己對莫妮卡的情愫，已經過了一個禮拜了。他完全投身工作，自己扛下了幾乎要斷背的園藝粗活，當成是轉移注意力的方式。他不再把那間咖啡店當成辦公室，發現自己超級想念在那裡工作，以及與莫妮卡下雙陸棋的時光，不禁讓他嚇了一大跳。

真諷刺，經過這麼多週的撮合，他希望能與她配對的對象，其實只有他自己。

但是他卻搞砸了。

他對那場婚禮的記憶幾乎一片模糊，最多也只能算是支離破碎，不過，有一個場景一直揮之不去，而且超級清晰，不斷在他腦中回放：*靠管好妳自己吧，莫妮卡，不要再這麼無趣了。妳不是我媽，也不是我老婆，根本連女友也不是，靠真是幸好。*不然，就是他吸了那些可怕毒品之後講出的鬼話。

自從那天之後，她就對他很好，超級友善，似乎沒有懷恨在心，但既然她見識到他最不堪的一面之後，她一定不會考慮跟他交往。

反正，她要和雷利一起走了。好男孩雷利，與他這個人是完全相反——值得信賴、真誠、簡單、和善又大方。

要是他真心在乎莫妮卡的話，他應該要為他們感到開心才是。雷利顯然是正確的選擇。不過，哈瑟德不是那麼善良的人，這就是問題之一，他受傷了，而且個性自私，他真心想要把莫妮卡留在自己身邊。

雷利的一切都讓他很惱火，從那愚蠢的澳洲口音，乃至他工作時的吹口哨方式。哈瑟德，不要再沉淪下去了，這不是他的錯，雷利並沒有做錯任何事。

他面向在他身邊吹口哨的雷利，「所以你和莫妮卡第一個要造訪的地點是哪裡？」雖然他明明知道這樣的對話會讓他心痛，但他還是問了。

「老哥，其實她不會跟我走……」雷利回道，「她說她在這裡有太多牽繫。除非我說服布雷特跟我去，不然我就是自己一個人上路。」

哈瑟德盡量不要盯著雷利，也不想吐露這句隨口說出的話對他來說意義何其重大。他知道自己應該要對雷利說些什麼才是，不然可能會被誤會為不關心他人，但他知道自己一開口就一定會露餡。

莫妮卡留在倫敦，會不會是因為他呢？他很懷疑，但也許這是某個徵兆，也許是個大好機會，絕對不能放過的機會。他至少得找她談一談，不然他一定會把自己逼瘋。

哈瑟德一邊忙著從雜草蔓生的花壇裡拔出巨型薊花，一邊思索自己可能會怎麼說。

我知道自己粗魯又自以為是，而且還有成癮問題，最近對妳態度不佳，罪無可逭，但我覺得妳好棒，我們在一起一定會很開心，不知道妳是否願意給我一個機會？這種說法實在不像推銷自己。

莫妮卡，我喜歡妳的一切，妳的堅強、企圖，以及原則，還有妳如此在乎朋友，對於食物衛生評比標準的偏執。我會竭盡一切努力，希望自己配得上妳，妳可否願意給我一個機會？這樣可能有點太卑微了。

莫妮卡，妳所寫的那一切——想要結婚生小孩、圓滿的童話故事——嗯，也許我也有那種憧憬。嗯，其實，他還在思索那個部分，而且他下定決心要誠實以對。他成熟負責的程度已經能夠成為人父了嗎？而且，他也不確定提到她在小冊子裡寫的內容是否妥當，他跟雷利都發現到她對那些話很敏感。

也許他應該直接跑去她的公寓找人，畢竟，他還能有什麼損失？

哈瑟德整個人的狀態進入自動駕駛模式、開車前往「媽咪小幫手」，他得要把他們使用的園藝工具放在那裡。不過，進去之後他絕對無法迅速離開，因為他的園藝小夥伴們總是把他團團圍住。

「嘿，芬恩，」他對著那個幫他把工具放入棚屋的瘦小男孩開口，「你跟女孩子相處得怎麼樣？」

「我？我最厲害！」芬恩鼓起胸膛，「我有五個女朋友，比里歐還要多，他只有PS4。」

「哇，你的秘訣是什麼？你是怎麼讓她們知道你真心喜歡她們？」

「很簡單，我把我的哈利寶糖果送給她們。如果遇到我真的，真的很喜歡的女生，你知道我會怎麼辦嗎？」

哈瑟德蹲下來，現在與芬恩同高，「怎麼辦？」

芬恩在哈瑟德耳邊講悄悄話，呼出的氣息很暖熱，「我會送給她們心形的糖果。」

66

愛麗絲

愛麗絲到達海軍上將墳墓的時候，開口說道，「朱利安，瑪莉並沒有死，而且還發生了那麼多的事，我不知道你還會不會來這裡……」然後她彎身拍了拍狗兒的頭，「嗨，凱斯……」凱斯面色很不爽，彷彿這個拍頭的動作冒犯了牠的尊嚴。

「美女，原來過去這十五年當中，瑪莉並沒有死，」朱利安開口，彷彿這對他來說是大新聞，「不過，我還是過來這裡。不只是為了懷念她，更是為了要與過往保持連結感——畢竟我忘了那麼多。但我買了這個，不是貝禮詩奶酒……」他從包包裡掏出一瓶紅酒，幾個塑膠杯，還有軟木塞開瓶器。「我一直不喜歡貝禮詩奶酒，原來連瑪莉自己也不喝了，所以我想我們也沒有必要再喝那東西。」

在過去幾個月當中，愛麗絲一直偷偷把貝禮詩奶酒倒入灌木叢中，現在的她如釋重負。她坐在大理石上面，就在朱利安的旁邊，接下他遞給她的紅酒。墓園到處都是藍鐘花，還有從樹梢紛落、宛若下雪一樣的花朵。春天，全新開始的季節。她把邦蒂從推車裡抱出來、放在自己的大腿上面，邦蒂伸手接到了落花，肥嘟嘟的拳頭緊抓不放。

「愛麗絲，親愛的，我有一個新構想，要不要聽一下？」她點頭，有點緊張，因為永遠不知道朱利安接下來會想出什麼。「我一直在想『真心話計畫』這件事，為什麼會有這念頭，我過的日子何其孤單。而且，我知道很多人也有相同感受，過著一整天都沒跟任何人講話的日子，而且每一餐都是自己獨食。」愛麗絲點點頭，「然後，我想起哈瑟德提過自己在泰國的生活，雖然他是自己一個人，但是他住的地方有個公用餐桌，每一個人都會聚在那裡吃晚餐。」

「對，我記得，」愛麗絲說道，「很棒的概念。想必可以遇到各式各樣的人，還有各種對話。」

「就是這意思，」朱利安說道，「好，我在想，我們何不約在莫妮卡的店裡見面，一週一次？我們可以邀請沒有食伴的人、坐在同一張大桌共進晚餐。我們可以一個人收十英鎊，自行備酒。還有，我想我們可以請有能力的人付二十英鎊，這樣一來，無法負擔的人都可以免費用餐。妳覺得怎麼樣？」

「太好了！」愛麗絲拍手，邦蒂哈哈大笑，也跟著一起拍手。「莫妮卡怎麼說？」

「我還沒有問她，」朱利安回道，「妳覺得她會答應嗎？」

「一定的啊！你打算取什麼名字？」

「也許可以稱為『朱利安的晚餐俱樂部』。」

「當然沒問題。嗯，雷利來囉。」

「雷利，小朋友，坐啊，」朱利安交給他一杯紅酒，「我一直想要告訴你，」朱利安說道，

「我的生日是五月三十一日，就在你離開的前幾天。我想我來辦一場派對，為你餞行，也感謝大家一直這麼包容我，你覺得怎麼樣？」

「一定很棒！」雷利讚道，「你馬上就要八十歲了，哇！」

「不過，朱利安，」愛麗絲開口，「你說你是在對德國宣戰的那一天出生，但我知道那是在九月，不是在五月。」愛麗絲在學校得過歷史課獎狀，這是她最厲害（也是唯一的）學術成就。

朱利安咳嗽，有點侷促不安，「美女，妳歷史很厲害吧？對，我可能月份是有點算錯了，其實，就連年份也是，我並非快要八十歲，而是快八十五歲了。宣戰日其實是我上小學的第一天，沒有人要聽我講學校的事，讓我氣得要命，反正，」他迅速切換話題，「我看我們可以在肯辛頓花園辦派對，就在露天音樂台與『羅馬池塘』的中間。我以前都在那裡辦生日派對，大家聚在附近的躺椅，帶了一桶桶的皮姆酒、檸檬水、水果，以及冰塊，然後，任何帶了樂器的人都可以演奏，我們就一直待到天黑，直到公園巡警把我們趕出去。」

「聽起來像是與倫敦告別的最好方式，」雷利說道，「謝謝。」

「榮幸之至，」朱利安面露燦爛笑容，「我來請莫妮卡安排。」

67

朱利安

朱利安不太敢相信瑪莉坐在他的小屋裡面、窩在火爐邊喝茶。他瞇起雙眼，瞇得非常小，讓視線變得模糊，彷彿他們回到了九〇年代，一切還沒有失控之前的景況。但凱斯不是很高興，因為瑪莉坐的是他的位置。

瑪莉過來是為了收拾自己的東西。當初她帶走的東西寥寥可數，她說要是太過沉浸在過往並非好事。這對朱利安來說是一種全新的概念，他鼓起勇氣，準備要說出自己知道應該要講出口的那些話。要是他現在不說，她等一下就走了，他可能再也沒有機會找到合適的時機開口。

「瑪莉，關於那整起死亡事件，實在抱歉，」他不確定這樣的開場是否合適，「我真的不覺得我在說謊，我多年來一直幻想你死了，然後我就覺得那是事實無誤。」

「我相信你，朱利安，但為什麼一開始就要殺死我？」

「我想，這樣會比直接面對事實容易吧。顯然我當時應該要採取的行動是花所有的時間找尋妳的下落，彌補過錯，但這就表示我必須面對自己糟糕透頂的事實，而且可能會一直被妳拒絕，所以我……沒有這麼做。」他說完之後，盯著自己的茶杯。

「好奇一問，」瑪莉面帶淡淡微笑，「我是怎麼死的？」

「哦，多年來我想出了好幾種版本。有一陣子是這樣的，妳從北端路市場買完雜貨回家，在路上被十四號公車撞死，就是工作室外頭的那條路，佈滿了杏桃與莓果。」

「真是戲劇化！」瑪莉說道，「但是對公車司機不太公平。還有呢？」

「某種相當罕見，但是侵入性超強的癌症，我展現堅定意志，照顧妳臨終的最後那幾個月，但我就是沒有辦法挽救妳的生命。」

「嗯，不太可能，你一定是最糟糕的護士，你一向不知道該如何好好面對疾病。」

「有道理。其實，我對於我的最新版本感到很自豪。妳被捲入了敵對販毒集團的某場槍戰，妳想要幫助遭到刺傷、躺在人行道流血不止的某個年輕人，但最後卻因為你的善行而遇害。」

「啊，我最喜歡這個，我彷彿成了一個真正的女英雄。但要確定我是心臟直接中彈，我可不想要緩慢痛苦地死去……」她說道，「對了，朱利安……」朱利安不喜歡瑪莉以「對了」當成發語詞，接下來的話絕對不會是隨口閒聊，「我來這裡的時候，巧遇你的某位鄰居，派翠西亞，我想她應該是叫這名字吧。她告訴我地主的事，還有大家想要賣屋。」

朱利安嘆氣。他覺得又回到了從前，瑪莉抓到他做了壞事。

「啊天哪，他們已經為了那件事糾纏我好幾個月了。瑪莉，但我怎麼能賣呢？我要去哪裡？還有這些呢？」他大手一揮，指向塞滿客廳裡的那些東西。

「朱利安，那些不過就是東西罷了。也許，少了它們之後，你會覺得自己完全解放！那將會是新的起點，新的人生。我拋下一切的時候，產生的就是這種感覺。」一想到瑪莉因為離開他而得到了「解放」，朱利安雖然不爽，也只能努力忍耐。

「不過，瑪莉，這裡充滿了回憶，我的老友都在這裡，妳在這裡……」

「朱利安，但我不在這裡，我住在路易斯，而且我過得很幸福。歡迎你隨時過來看我們。至於這些東西，這些回憶，只會讓你窒息，害你陷在過往動彈不得。你可以買一間全新的公寓，重新開始，想像一下那樣的畫面吧。」說完之後，她一臉專注凝望著他。

朱利安眼前開始浮現自己住在哈瑟德那種公寓裡的情景，他曾在上個禮拜過去喝茶。大面窗戶，簡潔的線條與平面，地暖系統。擺滿白色蘭花的花盆，微調式的燈光開關，一想到自己會住在其他地方，感覺詭異到不行，但也令人出奇興奮。他是否有勇氣跳脫自我窠臼？在七十九歲的這把年紀？或者，八十四歲，隨便啦。

「反正，」瑪莉繼續說道，「賣屋是正確之舉。害你的鄰居這樣苦撐下去並不公平。你這輩子已經害了很多人，朱利安，你也該好好為別人著想、做出善舉不是嗎？」

朱利安知道瑪莉說的沒錯，她永遠是對的。

「好，我還得去見別人，所以我就留你一個人好好想一想。答應我，你會這麼做吧？」瑪莉說出這段話的時候，給了他一個擁抱，還在他臉頰留下一個不帶絲毫感情的吻。

「瑪莉，我答應妳……」他說到做到。

朱利安敲了敲四號房門。大門立刻就開了，站在那裡的是一名氣場強大的女子，她雙手扠腰，露出了好奇但顯然並不友善的表情。

兩人都等對方開口，先打破僵局的是朱利安，他厭惡這種空虛的沉默。

「阿爾巴可太太，」他說道，「妳一直想要找我好好談一談。」

「嗯，沒錯，」她回道，「過去八個月來都是如此。你現在來這裡幹什麼？」當她說出「現在」的時候，還拉長了好幾拍。

「我決定要賣了。」派翠西亞．阿爾巴可放下雙臂，長吐一口氣，宛若氣囊在放氣。

「啊，我真是沒想到……」她說道，「你還是進來說話吧，你為什麼會改變心意？」

「這個嘛，做對的事很重要……」朱利安覺得要是大聲說出自己的新箴言，也許有助強化決心，「而賣屋就是正確舉動，你們還有下半輩子，我不能搶走你們的老本。我拖了這麼久才答應，很抱歉。」

派翠西亞看起來超開心，「傑索普先生，朱利安，永不嫌遲啊。」

朱利安回道，「最近已經有人對我說過這句話了。」

68

莫妮卡

莫妮卡貼出朱利安海報的位置，正好就是她六個月之前貼出徵求美術課老師廣告的那一塊地方。她小心翼翼把膠帶貼在上次的黏痕處，她一直沒有辦法把那裡清乾淨。

是不是已經厭倦了獨自用餐？
來參加朱利安晚餐俱樂部的共桌之夜吧
地點在莫妮卡咖啡店
每個星期四晚上七點
自行備酒
每個人十英鎊，要是你覺得財力足夠就支付二十英鎊
要是無法負擔，吃免費餐也沒問題

她還記得當初哈瑟德偷了她的海報拿去複印。她應該要請他複印這一張、在富爾姆區域四處

散發當成贖罪。她才剛把門口的告示牌翻到「打烊」那一面，卻有客人上門了。莫妮卡正打算告訴她現在已經太遲了，這才發現對方居然是瑪莉。

「嗨，莫妮卡，」她說道，「我剛去見了朱利安，所以我想我可以過來給妳這東西。」她把手伸入包包，取出了六個月之前放在她咖啡店的那本小冊子。「我想要交給朱利安，但他卻說這只會讓他想起自己有多麼不誠懇，應該要留給妳才是。」

「瑪莉，謝謝，」莫妮卡接下了那本小冊子，「要不要喝杯茶？吃點蛋糕？我想應該要請妳吃塊蛋糕才是。」

莫妮卡忙著煮茶，瑪莉坐在吧台，「抱歉嚇壞大家了，居然以那種方式出現在這裡，」她說道，「我本來打算悄悄溜進美術課的後面，然後私下找朱利安談一談，但是沒想到卻意外闖入了一場紀念儀式，這絕非我的本意。」

「真的不需要道歉！」莫妮卡倒了茶，「妳怎麼可能事先知道呢？能夠認識妳讓我開心極了。」

「我也是。我發現『真心話計畫』真的幫了我一點忙。妳也知道，我離開了那個家，沒有任何的解釋，也沒有道別，而且也拋卻了部分的自我，還有全部的過往，還有，妳也知道，特別是問題很大的朱利安。再次見到他，也讓我就此放下了某些心結。」

莫妮卡回她，「太好了……」

瑪莉問道，「對了，希望妳不要覺得我多事，不過，妳跟那個狂戀妳的男子之間的問題解決了嗎？」

「雷利？」莫妮卡心想，「狂戀」一詞稍微有點誇張了一點，「恐怕是沒有了。其實，恰恰相反。」

「不，不是，」瑪莉說道，「不是那個可愛的澳洲男孩，而是另外一個，坐在那邊的男子……」她指向角落，「……像是陷入沉思的達西先生，他凝視雷利的那種目光，宛若被雷利偷走了什麼寶貝，拚命想要拿回來。」

莫妮卡好驚訝，「哈瑟德？」

「啊，所以他是哈瑟德，」瑪莉回道，「難怪了，我在那本冊子裡看過他的故事。」

「瑪莉，妳誤會哈瑟德了，他並不喜歡我，其實，我們是兩個極端。」

「莫妮卡，我這一生都在當旁觀者，我很快就能看透一切。而且我知道我看到了什麼。他這個人個性有點複雜，曾經受創，這種事我懂。」

「瑪莉，就算妳說得對，」莫妮卡說道，「難道這不就是應該要遠離他的好理由嗎？」

「哦，莫妮卡，妳比我堅強多了。我任由朱利安那麼對待我，但妳絕對不會任由任何人以那種方式對待妳。而且，妳知道嗎，儘管如此，對於我與這男人在一起的每一天，我從來沒有後悔過，完全沒有。好，我得告辭了。」

瑪莉在吧台前傾身，親吻莫妮卡的雙頰，然後就離開了，讓莫妮卡出現一股出奇的喜悅。

哈瑟德？為什麼那樣的念頭並沒有讓她嗤之以鼻？這純粹是虛榮罷了，瑪莉覺得她是那種可以引發熱情的女子，讓她覺得開心，如此而已。莫妮卡，控制一下自己。

莫妮卡拿起那本小冊子，從咖啡店吧台開始，繞了一整圈又回來了。她這才發現，除了朱利安之外，大家都看過了她的故事，但她一直沒有看到別人的部分，似乎不太公平。她為自己又倒了一杯茶，開始閱讀。

69

哈瑟德

哈瑟德按了莫妮卡住家的電鈴。快要十點鐘了，他本來沒打算這麼晚才出現，但他對於是否要過來曾經二度改變心意，他依然不確定這樣對不對，但他這個人從來就不是懦夫。現在，對講機冒出了尖細的人聲。

「哪位？」要撤退已經來不及了。

「呃，我是哈瑟德……」他覺得自己是現代版的羅密歐，打算要對茱麗葉示愛，真希望她家有陽台，而不是對講機。

「哦，是你啊。你要幹麼？」幾乎感受不到莎士比亞風格，也沒有他預期的歡迎熱忱。

「莫妮卡，我得要找妳談一談，我可以上去嗎？」

「我不知道你要談什麼，但如果你堅持的話就上來吧。」她按下按鍵打開大門，他推開之後上樓，進入她家公寓。那場災難婚禮之後的隔天，他待在莫妮卡的公寓裡，其實只有模糊印象。這一次，他神智清明，觀察所有細節。只要是認識莫妮卡的人，對這樣的地方都不會覺得意外——纖塵不染，而且相當舒適，淺灰色牆壁，極簡主義家具，光亮的橡木長條地板。不過，也有好幾項展現意外風格的物品，就像是莫妮卡本人一樣——紅鶴狀檯燈、充當為外套架的古董假人模型，還有佔滿整面牆的大衛・鮑伊漂亮繪像。樓下的咖啡豆香氣，透過地板木條滲了上來。

莫妮卡看到他似乎一點也不高興，顯然這並不是說出他偉大宣言的好時機。撤退！他這麼晚出現在這裡，還能有什麼理由嗎？哈瑟德，想一想啊。

這樣不好，他豁出去就是了。

她開口，「怎樣？」

「呃，莫妮卡，我想要把我對妳的感覺講出來。」他來回踱步，因為他太緊張了，沒辦法坐下來，而且她也沒有邀他入座。

她回他，「哈瑟德，你對我有什麼感覺，我一清二楚。」

「是嗎？」他好困惑，也許這狀況沒像他想的那麼棘手。

「嗯，她有一種讓我退避三舍、甚至到恐懼的某種強大氣場。想起來了嗎？」他在這時候才發現到她手裡拿著什麼，那本小冊子，她正在看他的故事。

「或者這一段呢？她讓我覺得我自己一定是做錯了什麼。她是那種會把櫥櫃裡所有罐頭的正面朝外排好的人，書架上的書本也會根據字母順序排放。前幾天你問我罐頭的事，我覺得好納悶幹麼問這個！」

「莫妮卡，夠了，妳聽我說……」哈瑟德望著自己的美夢以慢動作車禍的速度開始爆裂。

「哦，我不能就這麼結束，最棒的部分還沒有說出來，她還散發出一種絕望的氣息，在我的想像之中可能是誇大了一點，因為我看過了她的故事，讓我想逃得越遠越好。」說完之後，她把小冊子朝他扔過去。

「這是妳第二次拿東西丟我的頭，上次是無花果布丁……」他一邊講話一邊躲避，狀況不妙，不過，天哪她生氣的時候超美，充滿元氣與激憤的一團火球，他必須要讓她聽他好好解釋。

「我寫下那些話的時候，我還不認識妳。」

「我知道你那時候還不認識我。所以你為什麼覺得自己有資格評論我家的廚房櫥櫃？幹！」

「我錯了，徹頭徹尾的錯了。我指的不是櫥櫃，而是其他的一切。」她怒氣沖沖盯著他，顯然幽默感無法奏效，「妳是我見過最棒的人之一。好，當初我應該要寫的是這一段……」

他深呼吸，繼續說道，「我為了要歸還朱利安的小冊子，到了莫妮卡的咖啡店，我並不打算玩他的愚蠢遊戲。不過，當我發現原來那女子就是她——前幾天晚上我在街上撞到的人，我方寸大亂，我把那本小冊子一路帶到了泰國。我忘不了她的故事，所以我決定要為她找到完美男人、把他送到他身邊。不過，後來我才發現這個完美男人就是我。當然，我距離完美還差得遠。」他哈哈大笑，聽起來很空虛的笑聲，莫妮卡並沒有跟著她一起笑。「我很了解自己配不上她，但我愛她，我愛她的全部。」

「哈瑟德，我信任你！我把我從來沒有告訴過別人的秘密——就連雷利也不知道的事——全告訴了你。我以為全世界只有你會懂我，而不是嘲笑我……」莫妮卡似乎完全沒有聽進去他說的任何一個字。

「莫妮卡，我真的懂。而且更重要的是，由於妳歷經了這一切，我更加愛妳，畢竟，那是能夠讓光線透入的縫隙。」

「哈瑟德，媽的不要在我面前亂引用李歐納·柯恩的話。給我滾，而且永遠不要回來。」

「好，我走，」他以倒退方式走向門口，「但是下個星期四晚上七點，我會在海軍上將那裡等妳，拜託，拜託，只要好好想一想我講的話就是了，要是妳改變心意，去那裡找我。」

哈瑟德穿過伊爾布魯克公園，挑了比較遠的那條路走回家，他還沒有辦法面對回到自己的空蕩蕩公寓。前方有名男子坐在長椅上，路燈照亮了他的面容，他看起來就跟哈瑟德一樣悲慘。哈瑟德確定自己先前在哪裡看過這個人，可能是在金融城吧。對方穿的是標準訂製西裝，高檔名牌雕花鞋，戴的是沉甸甸的勞力士手錶。

「嗨……」哈瑟德開口，然後覺得自己犯蠢，他應該是完全不認識這傢伙。

「嗨……」那男人回禮，而且還挪移位置，讓哈瑟德可以坐下來，「你還好嗎？」

哈瑟德嘆氣，「其實不太好，」他說道，「你也知道，女人的問題。」他在幹什麼？向大家分享這一切？一開始是芬恩，現在是坐在長椅上的陌生人。

「我懂，」對方回道，「我不想回家。你結婚了嗎？」

「沒有，」哈瑟德說道，「我現在單身。」

「好，朋友，聽我的勸，一定要避而遠之。等到你結婚之後，她們就會改寫一切規則。前一分鐘你還春風得意——隨時上床不成問題，把家裡打理得漂漂亮亮、讓朋友們開開心心的漂亮老婆，然後，一切都變了。你還沒搞清楚狀況，就出現了妊娠紋，乳房會溢奶，家裡放滿了鮮豔顏色的塑膠玩具，而且她們的注意力全部都轉移到寶寶身上，你只是要為這一切買單的傻蛋而已。」

「我聽到了，」哈瑟德覺得自己並不是很喜歡這個剛認識的交心對象，「我想婚姻的確不容易，不過，我這人有個毛病，當別人叫我要做什麼的時候，我習慣反其道而行。」

哈瑟德彆扭道別，他覺得對方的妻子真可憐，難道這男人自己就這麼完美嗎？「無論好壞，無論疾患健康」的誓詞是怎麼了？老實說，這傢伙真是人渣。

然後，他想起來自己是在哪裡見過這傢伙，就在不久之前的事，地點是他與布蘭琪約會的那間恐怖餐廳，與愛麗絲共進晚餐的就是那個人。

70

雷利

雷利原本以為自己的生活會恢復正常：樸素，單純，輕鬆。但並不是這樣，他一直無法忘情莫妮卡。他覺得宛若有場龍捲風把他吹到了某個豔麗多彩的地方，他待了好幾個月之久，一切都有點離奇又強烈，他不知道黃磚路的下一個彎口會出現什麼，現在，他回到了肯薩斯州，覺得出奇……洩氣。

為什麼他就這麼輕易放棄了呢？為什麼他不再加把勁說服莫妮卡跟他一起走？為什麼他不主動說要留在這裡？他可以依照原定計畫，在歐洲四處旅行，但最後回到倫敦，然後繼續下去。突然之間，一切都擺在眼前。

雷利擺脫了這幾天的疲憊，帶著一股充滿元氣、目標，以及熱情的衝動，離開自己的公寓，朝富爾姆路走去。時間已晚，所以墓園已經關了，但他幾乎沒注意到自己必須額外多走的路程，他的決心讓他亢奮無比。雷利覺得自己已然加入了為贏取美麗公主芳心、甘願付出一切的浪漫英雄之列。他是達西先生，他是《亂世佳人》裡的瑞德．巴特勒，他是史瑞克，嗯，應該不是史瑞克。

雷利快要到達莫妮卡的公寓，他看得出來她還沒睡。窗簾依然敞開，而且客廳的燈亮如指引歸返的燈塔。雷利過馬路，側著頭，想知道是否可以看到她。

沒辦法。但他看到了哈瑟德，哈瑟德這麼晚還待在莫妮卡家裡做什麼？

突然之間，他覺得自己好蠢。莫妮卡說了什麼責任啊事業的一堆藉口，但其實是她在跟別人約會。他和哈瑟德一起在做園藝工作的時候，他的朋友，話題總是圍繞著莫妮卡，現在，一切就兜起來了。

哈瑟德邀請莫妮卡去參加那場婚禮，就是這原因嗎？當初雷利覺得有點奇怪，但雷利信任他，信任他們兩人。這也沒什麼好意外的，哈瑟德擁有粗獷又危險的俊帥外表，再加上聰明才智與高超的經商敏銳度，當然會選他。

他怎麼會這麼天真？難怪莫妮卡不愛他。

雷利突然覺得一陣疲憊朝他襲來，自從他初來乍到，進入了這家咖啡館，他在這座美妙的城市裡，在這些獨特的人之間，找到了一個符合自己的完美空間。不過，那個空間已經關閉，他被驅逐出來。他是眾人不樂見的入侵者，異物，現在也該繼續前行了。

雷利掉頭，走向伯爵府，已經完全不是在半個小時前離開那裡的那個人了。大家都覺得雷利這麼開心，這麼陽光，他不會有痛感。但大家都搞錯了，大錯特錯。

71

莫妮卡

莫妮卡望向咖啡廳外頭的排隊長龍。麗茲表現優異，找到不少今晚的賓客。她告訴莫妮卡，了解所有鄰居大小事的好處就是她很清楚誰是獨居人士，沒有訪客，所以她就逐一敲門，邀請他們過來。然後，她還去找了她的家醫，給了對方一些可以發放的傳單，她也對富爾姆圖書館的管理員，以及她擔任當地社工的朋友蘇使用同一招數。

莫妮卡開門，歡迎大家進來。咖啡桌被排成了一個大大的方形，約莫四十人左右的座位。吳老太太與班吉掌廚，而莫妮卡與麗茲負責招待，朱利安則與凱斯擔任主人，現在牠是咖啡店唯一正式允許入內的狗兒。凱斯坐在朱利安腳邊的桌子下方，一直在放臭屁。或者，放屁的其實是朱利安。

過沒多久之後，咖啡店裡就充滿了談笑聲。客人的年齡是六十歲左右，而且，在朱利安的鼓勵下，大家紛紛分享多年來的鄰里故事。

朱利安問道，「誰還記得富爾姆公共澡堂與洗衣室？」

「哦，我記得，！」開口的是布魯克斯太太，她應該比朱利安的年紀還要大。麗茲正在對莫妮卡滔滔不絕介紹誰是誰。布魯克斯太太顯然就住在麗茲家的那一條街，門牌號碼是六十七號。她的丈夫在「那起與瓦斯工人發生的不幸意外」之後就拋棄了她，她從此過著獨居生活。「我們以前會在手推車與嬰兒推車裡塞滿床單、毛巾，以及被褥，一路推到北端路。那是八卦的好藉口，洗滌日到了。我們會閒聊數小時之久，拚命洗刷，直到雙手皺得像梅乾一樣。當我們終於有了自己的雙槽洗衣機之後，我很想念那段時光。嗯，現在那裡成了舞蹈室，我每個禮拜都會去做芭蕾深蹲。」

莫妮卡問道，「真的嗎？」

「沒有，當然不可能！」布魯克斯太太大笑，「我現在連走路都不太行了，要是我真的做深蹲，絕對沒辦法再站起來！」

住在四十三號的伯爾特開口問道，「誰看過強尼．海恩斯在克拉文農場球場踢球？」這問題不意外。伯爾特是咖啡店的常客，這些年來，莫妮卡與他每次的聊天話題都是富爾姆足球隊。「你們知道球王比利說從來沒看過傳球技巧這麼高超的球員嗎？我們的強尼．海恩斯啊……」他看起來快哭了，喝了一大口特釀啤酒之後，似乎又恢復了元氣。

朱利安說道，「你知道嗎，以前我都會和喬治．貝斯特一起喝酒。」

伯爾特嗆他，「沒什麼了不起，喬治來者不拒啊。」

每當有人驚讚吳老太太廚藝的時候，她就會笑容滿面，她像是一個和善的獨裁者，不斷在吆喝班吉，莫妮卡不知道當班吉成為吳家人的那一天會不會感到後悔。

莫妮卡認識其中一名男子，他正在開心享用糖醋雞，他是附近的流浪漢，只要咖啡店有任何賣不完的食物，莫妮卡就會拿到普特尼橋下的曳船道，通常會在那裡找到他的人，她上次送餐的時候，曾經順手夾了一張朱利安的傳單。

他對朱利安說道，「我已經好久不曾吃過這麼豐盛的一餐了。」

「我也是，」朱利安回他，「你叫什麼名字？」

「金姆，」他回道，「幸會，也謝謝你招待晚餐，真希望我可以付錢給你。」

「親愛的朋友，不需要，」他大手一揮，「哪一天你覺得自己有錢的時候，可以自己付餐錢和幫別人付餐費。好，你看起來像是會珍惜好衣服的人，我通常不讓別人碰我的珍藏，但如果你明天來我家，你可以挑一套新衣服，千萬不要拿走衛斯伍德的就是了，我沒那麼慷慨。」

莫妮卡坐在朱利安旁邊，她拍拍手，示意大家安靜，根本沒人理她。

「大家閉嘴！」吳老太太狂吼，眾人立刻嚇得一片安靜。

「謝謝大家過來，」莫妮卡說道，「還要特別感謝貝蒂與班吉準備這麼好吃的食物，當然要謝謝我們偉大的主人，這個晚餐俱樂部的發起人，朱利安。」

莫妮卡望向朱利安，他在座位裡微微後傾，笑得燦爛，接受大家的鼓掌叫好以及口哨聲。等到大家又開始聊天之後，他面向莫妮卡。

「哈瑟德在哪裡？」

「我不知道。」她雖然這麼說，但其實她知道答案。她忍不住看了一下手錶，晚上七點四十五分，也許他還在墓園裡等待。

「莫妮卡，瑪莉把她的推論告訴我了，我真傻，居然沒看出來，我老是沉溺在自己的世界裡。雷利是全世界最可愛的男孩，但他純粹就是如此：只是個男孩，對他來說生活很輕鬆，從來不需要面對逆境。哈瑟德比較複雜，他是站在崖邊凝視空虛的人。我懂，因為我也是過來人。但是他撐下來了，而且變得更堅強，他很適合妳，你們在一起會很幸福。」他握住她的手，她盯著他的皮膚，充滿了年齡與經驗所累積的皺痕。

莫妮卡回道，「可是，哈瑟德與我……」

朱利安說道，「這是好事啊，你們可以互相學習。妳不會想要下半輩子都盯著某面鏡子吧，相信我，我試過啦！」

莫妮卡心不在焉，把面前的幸運餅乾剝成了細屑，然後，她注意到自己剛剛的行為，趕緊把它們掃到某個小碟裡，整理得整整齊齊。

「朱利安，」她開口，「這裡留給你沒問題吧？我有事情需要處理。」

「沒問題，」他說道，「我們可以搞定，吳老太太，妳說是不是？」

「對！妳快走吧！」吳老太太在她面前揮舞雙手，彷彿要把小雞趕出雞窩一樣。

莫妮卡狂奔到了街頭，就在這個時候，十四號公車正好要離站。她追過去，猛敲車門，雖然這一招總是沒用，但她還是張嘴示意「拜託」，居然奏效。公車司機停下來，打開車門讓她進去。

「謝謝！」她一屁股坐入最靠近她的座位。她看了一下手錶，晚上八點。哈瑟德不會等一整個小時吧？而且墓園不也是在八點關門嗎？這將是一趟徒勞無功的旅程。

為什麼哈瑟德不直接把手機號碼給她？告訴她直接打電話找他就是了？找到他的號碼或地址並不難，不過，現在也不知道為什麼，似乎牽扯到了宿命。要是她錯過了這次會面，很簡單，就表示兩人注定不對盤。莫妮卡知道這完全不合邏輯，而且也根本不像她的作風，不過，在過去這幾個月當中，她似乎變得很不一樣。首先，以前的莫妮卡絕對不會考慮與毒蟲有愛情糾葛，那到底符合了她的哪一個條件？

當莫妮卡在墓園下車的時候，馬上就看到鑄鐵大門已經扣上厚重巨鏈與掛鎖。太遲了，她應該要稍微鬆口氣才是，但並沒有。

雀兒喜足球隊剛結束一場賽事，街頭擠滿了球迷，他們從臨時停放在小巷的餐車那裡買了漢堡，正在大快朵頤。有名非常高壯、喝得醉醺醺、全身上下都是雀兒喜紀念品的男人停下腳步，盯著莫妮卡，她運氣真背。

「親愛的，笑一個！」想也知道對方會講出這種話，「妳也知道，壞事未必會發生。」

莫妮卡氣急敗壞回他，「要是我進不去墓園，什麼事都不會發生了啦！」

「裡面有什麼？除了墳墓之外！我猜是愛？是愛沒錯吧？是不是愛？」他自顧自放聲大笑，

狠狠拍了一下他朋友的背，對方朝人行道吐了一大口啤酒。

「嗯，我覺得可能是愛吧……」莫妮卡也不知道為什麼會對陌生人講出這句話，她自己都不願默認了。

「我們幫妳翻牆過去，凱文，沒問題吧？」她的新朋友說道，「幫我拿這個。」

他把吃了一半的漢堡交給莫妮卡，裡面的番茄醬與芥末滲流出來，她只能盡量不要去想自己手指沾到的油脂。她匆匆離開咖啡店，忘了把抗菌凝膠帶出來。他抱起莫妮卡，彷彿她根本沒有重量一樣，然後將她舉到了自己的肩頭。「妳在那裡碰得到牆壁頂端嗎？」

「沒問題！」她引體向上攀牆，現在雙腳各據牆壁兩側。

「妳可以安全落地嗎？」

莫妮卡往下看，墓園側邊沒有那麼陡直，而且還有一堆落葉護層，可以減輕她的墜落衝擊力。

「對，可以！謝謝！喏，別忘了這個。」她把漢堡還了回去。

那個足球迷說道，「要是一切順利，你們的第一個小孩可以取我的名字作紀念啊。」

莫妮卡純粹出於好奇，「你叫什麼名字？」

「艾倫！」

莫妮卡不知道把兒子或女兒取名為艾倫會有什麼感覺。

她深呼吸，跳了下去。

72

哈瑟德與莫妮卡

哈瑟德又看了一次手錶，八點了，天色越來越暗。他聽到引擎的低鳴，因為有台車正緩緩駛入中央走道。唯一能夠進入墓園的車輛就是公園巡警，他們要關門了，確認是否還有未離園的人，他已經沒時間了。

哈瑟德知道自己得要離開，他必須接受莫妮卡不會過來的事實，永遠不會來。這只是他的愚蠢幻想，他為什麼覺得這構想不錯？他大可以留手機號碼給她，要是妳改變心意的話，打電話給我。他為什麼要脫口講出這種愚蠢的見面之約，明明有那麼多地方居然就挑了墓園？顯然他看了太多好萊塢電影。

現在，他為了要躲避警察，必須要躲在某個墓碑後面，這舉動真是超蠢，因為現在他們馬上要鎖門，莫妮卡就算想進來也不得其門而入，而且，他會被困在這裡一整晚，只有鬼魂相伴，冷得半死。

哈瑟德拉緊大衣，坐在冰冷的地上，斜靠海軍上將的墓碑，不敢被人看見。他還是不知道接下來該怎麼辦。然後，他聽到有人在講話。

「哦幹，他當然不在這裡，笨女人！」

哈瑟德從墓碑後探頭，就是她，怒氣沖沖，美麗，絕對錯不了，是莫妮卡。

「莫妮卡！」

她開口，「哦，所以你還在這裡……」

「對，我希望可以看到妳出現。」天哪，哈瑟德，多年來傷了許多女孩的心的超級大玩咖，居然不知道該說什麼是好。「要不要來顆哈利寶？」這可能是他一生中最重要的時刻，而他卻聽從一個八歲小孩的建議，他真是白癡。

「哈瑟德，你是大白癡嗎？你覺得我闖入上鎖的墓園，有生以來第一次做出違法的事，就因為媽的要找一顆哈利寶軟糖？」

然後，她走過去吻他，狠狠的一吻，宛若心意已決。

他們一直吻個不停，直到天色全黑，雙唇腫脹，想不起為什麼之前都沒有這麼做，分不清是誰先停止又是誰先開始。哈瑟德花了將近二十年的時間追求極致高潮、能夠讓他頭暈目眩心跳加快的最有效方法，找到了，就是莫妮卡。

莫妮卡開口，「哈瑟德？」

「莫妮卡？」他只是要感受說出她名字的快感。

「我們要怎麼離開這裡？」

「我看我們得要打給公園巡警，然後編理由說出我們為什麼會困在墓園裡。」

「哈瑟德，才不過一個小時的時間，你就要叫我對警察撒謊，我們最後會怎樣？」

「我不知道，」哈瑟德回她，「但我已經迫不及待想知道答案。」

他又再次吻她，她已經不在乎她得對誰說謊，只要他不要停下來就行了。

莫妮卡知道這不是自己的家。雖然她閉上了雙眼，但依然可以感覺得出來，這個房間比她家明亮多了，完全浸沐在陽光之中。而且也安靜多了——沒有來自富爾姆路車流或是古老中央暖氣系統的噪音。而且氣味也截然不同——有檀香、薄荷、麝香，還有性愛的味道。

就在這個時候，她恢復了記憶，昨晚的一幕幕場景在腦中播放，哈瑟德在警車後座的時候就把手放在她大腿上；哈瑟德翻找鑰匙，猴急開門還一度把它掉在地上；兩人的衣服堆在臥室地板，她睡前記得要摺好衣服嗎？她記得瘋狂、上氣不接下氣的急迫性愛，接下來是比較徐緩的性愛，直到太陽升起才劃下終點。

哈瑟德。她把腳伸過去，在他的大床上找人，他不在這裡。不見了？連字條都沒有就跑了？難道這是一場天大的誤會？

她睜開雙眼，他在啊，坐在那裡，全身上下只穿了一條四角內褲，他正忙著清理某個抽屜，把裡面的東西全部倒在他旁邊的地板上面。

「哈瑟德，」她問道，「你在幹什麼？」

「早安啊，貪睡鬼，」他回道，「只是要挪出一些空間給妳。嗯，要是妳想留什麼東西在這邊，可以放進自己的抽屜。」

「哦，哇，」她哈哈大笑，「你真的準備好要迎接那種等級的承諾了嗎？」

「妳可以恥笑我……」哈瑟德窩回床上，溫柔吻她的唇，「但是我以前從來沒有給過任何人抽屜，我想，我終於準備要跨越那一步了。」他摟住她，她把頭枕在他肩上，嗅聞他的氣味。

「啊，我真的是受寵若驚，」這是她的真話，「我想我準備好了，就隨性吧，你也知道，順其自然。」

哈瑟德懷疑挑眉，「真的嗎？」

「嗯，我準備開始嘗試看看……」莫妮卡對他回笑，這是她有生以來第一次真的不擔心接下來會怎麼樣，因為她知道，她就是知道，全身上下每一絲纖維都清清楚楚，這就是她的歸屬之地。

哈瑟德說道，「好，那我們就一次一個抽屜慢慢來。」

73

愛麗絲一直在等待最佳時機，以平靜理性的方式與麥克斯談論他們的婚姻狀態。然後，想也知道，她果然挑選了最糟糕的時點開口。

麥克斯一如往常，加班，晚歸到家。愛麗絲總算好不容易第一次辛苦弄晚餐，從頭開始準備，不過，卻煮得過熟，有乾柴感。邦蒂正在長牙，鬧了一陣子才安靜下來，愛麗絲精疲力竭。

他們坐在餐桌前，聊天的話題是各自的一天，就像是跟陌生人交流的內容一樣。麥克斯拿起自己（沒吃完的）盤子，把它拿到洗碗機那裡，直接放在流理台上面。

「麥克斯！」愛麗絲大叫，「洗碗機裡面還有一堆空間，你為什麼就從來不把碗盤放回進去？」

麥克斯嗆她，「愛麗絲，媽的妳不需要像是潑婦一樣鬼吼鬼叫，妳是不是又喝多了？」

「沒有，媽的我沒有喝醉，」愛麗絲其實可能真的喝多了，「我只是受夠你了！我受夠了，因為會把碗盤放入洗碗機的人只有我，會撿起你丟在地上濕毛巾的人只有我，邦蒂半夜醒來會起床的人只有我，整理、清掃的人只有我……」清單太長了，她最後只能揮舞雙臂，發出「啊啊啊」的叫聲，果然像是一個成熟大人。

愛麗絲怒氣沖沖盯著老公，「你知道要怎麼用洗衣機嗎？」

麥克斯回她，「哦不知道，但不難吧……」

「是不難，麥克斯，」愛麗絲大吼，「只是超無聊，而且我每天要洗兩次！」

「不過，愛麗絲，我得上班……」麥克斯盯著她的那種眼神，彷彿不知道他是誰。

「那你覺得我這算什麼？」愛麗絲大吼，「我又沒有整天坐在這裡塗指甲油！」

當她說出這段話的時候，她才想起自己昨天趁麗茲照顧邦蒂的時候做了美甲，但這是幾個月以來的第一次。她緊握拳頭，想要藏自己的指甲，然後，她一陣緊張，發覺自己在哭。她坐在桌邊，雙手抱頭，已經忘了指甲的事。

「麥克斯，對不起，」她一邊啜泣一邊道歉，「我只是不確定自己還能不能繼續下去。」

「繼續什麼？」他坐在她對面，「當母親嗎？」

「不是，」她回道，「是我們，我不確定我們還能不能繼續下去。」

「為什麼？就因為我沒有把自己的盤子放進洗碗機？」

「不是，這和他媽的洗碗機根本沒關係，或者，至少關聯性不大，我只是覺得好寂寞，我們都是邦蒂的父母，住在同一個屋簷下，但感覺卻像是陌生人。麥克斯，我好孤單……」

麥克斯嘆氣，「啊，愛麗絲，抱歉，但覺得艱難的人不是只有妳而已。老實說，這也不符合我期待的生活方式。我愛邦蒂，當然，但我想念我們的美好世界，在豪華飯店共度週末，原本的家，還有我美麗快樂的妻子。」

愛麗絲回他，「麥克斯，但我明明還在啊。」

「對，但妳一直暴怒又疲憊，而且，老實說……」他停頓了好一會兒，彷彿在評估是否該繼續說下去「……妳真的放任身材走樣。」

「我放任身材走樣？」愛麗絲大吼，她彷彿被狠狠揍了一拳，「麥克斯！媽的這不是五〇年代，你不能期待我生下你的小孩幾個月之後就恢復身材，真實世界裡是不會有這種事的。」

「而且，我覺得自己像是外人，」麥克斯顯然知道迅速轉移話題是唯一的可能策略，「妳很清楚要如何處理邦蒂，什麼時候該做什麼，該怎麼處置，我覺得自己沒用，是多餘的。所以，我在辦公室待得越來越晚，因為我知道他人對我的期待是什麼，而且大家都會聽從我的吩咐。他們尊敬我。一切都照常進行，我可以掌握全局。」

「麥克斯，我已經盡了最大努力，但我對於自己不符合他人期待這件事已經很厭煩，我不符合你的期待，不符合你媽媽的期待，不符合邦蒂的期待，就連我對我自己的期待也做不到。婚姻與家庭的重點就是妥協，不是嗎？你必須要努力，它並不完整，輕鬆，優雅，它亂七八糟，讓人累得半死，而且經常會遇到困難。」愛麗絲在等待麥克斯說他愛她，他會幫更多的忙，他們可以一起攜手度過難關。

麥克斯說道，「愛麗絲，也許我們可以請個保母，每周工作個幾天，妳覺得呢？」

「麥克斯，我們負擔不起，就算我們有那個錢，我也不想要花錢找人照顧自己的小孩，然後讓我有更多的時間偽裝成你理想生活裡的理想妻子。」愛麗絲已經在強忍淚水。

「唉，愛麗絲，我不知道答案。我只知道妳不快樂，我也是。」然後，他上樓進書房，關門，一如往常。

愛麗絲覺得悲不可抑。她拿起手機，開始滑自己的IG帳號，望著那些有俊帥丈夫與可愛寶寶的完美世界，她可以放棄這種幻象嗎？她與邦蒂可以自己撐過去嗎？

她想到了瑪莉，四十年之後離開了朱利安，現在看起來好燦爛幸福。她想到了莫妮卡，她昨天才知道莫妮卡雖然快要四十歲了，還是甩了雷利。她想到了自己所有的新朋友，他們的生活不像IG圖片那麼美，但是更深刻、更堅韌，而且也更有趣。

她也可以過那樣的生活，不是嗎？

過著一種亂七八糟、有缺陷、偶爾不是那麼美好但真懇誠實的生活，與一直努力想要達到其實是假象的完美生活相比，當然是比較好吧？

愛麗絲又望向自己的帳號，「愛麗絲夢遊仙境」，為了真實生活媽咪與她們的寶寶所展現的真實生活時尚，笑臉符號。也許她可以讓大家看到真實世界的媽咪的真正樣貌。她可以貼的是亂七八糟的慘況、疲憊感、妊娠紋、發福的小腹，還有逐漸崩潰的婚姻。她之前到底在想什麼？當然，她絕對不是全世界唯一對於努力要保持完美而感到厭煩的媽媽吧？

一想到要終結這種虛偽假象，讓她鬆了一口氣，宛若在一日將盡的時刻、終於脫掉了讓人快要斷腿的細跟高跟鞋一樣。

她告訴自己，因為不會有任何人對她說出這樣的話。我做得很好，或者，至少，這是我努力表現的極限，如果對麥克斯或是我的IG粉絲來說還不夠好，那麼靠他們大可以去找別人當偶像死命崇拜，因為我已經再也受不了了。

愛麗絲挪動邦蒂的位置，將她撐在自己的腰間，靠著另一手按電鈴。麗茲開門了，映入愛麗絲眼簾的是一個溫暖快樂的雜亂家庭，就像是麗茲小時候的成長環境一樣。愛麗絲心想，麥克斯看到的話一定會發出悶哼聲，這也不禁讓她想到自己為什麼會來到這裡。

「麗茲，真抱歉這麼晚打擾妳，」她說道，「不過，可否讓我與邦蒂待個幾天？我們一想到接下來該怎麼辦、馬上就會離開。」

愛麗絲真心希望麗茲不要問她任何問題，因為她還完全想不出任何答案。她只知道自己需要一些空間思考，避開麥克斯，躲避所有的期待與斥責。麗茲一定懂得這種心情，因為，這是麗茲有史以來第一次放下了她的好奇心，愛麗絲知道麗茲憋不了多久。

「親愛的，當然沒問題……」麗茲招呼愛麗絲進去，緊緊關上了大門。

74

莫妮卡

莫妮卡手執一杯皮姆酒，背貼金斯頓花園的某棵樹幹。她看到一對情侶站在他們那一群人的外緣，兩人手牽手，一臉滿足。

她說道，「朱利安，你願意邀請瑪莉，我真是太開心了！」

「對，還有她的男友。都快八十歲的人了，還稱某人為男友，這樣的措辭聽起來有矛盾。」

「他果然跟你說的一樣是熟齡魅力男，是吧？」莫妮卡迅速補了一句，「當然，你也是啊。」她知道要是沒說這一句，朱利安的自尊會受傷。

「要是妳喜歡那種型的話，他似乎是很夠格的了，」朱利安說道，「是有一點無趣，但哎呀不重要，我還是趕緊讓大家認識他一下。」

朱利安走向瑪莉與安東尼，後頭跟著凱斯，人狗都有一點跛腳，出現關節炎症狀。「凱斯不是狗，」她聽到朱利安向安東尼介紹，「牠是我的私人訓練師。」

班吉走向莫妮卡，坐在她身邊。

「莫妮卡，我有事要告訴妳，」他說道，「我不想搶了朱利安與雷利的風頭，但我實在忍不住一定要告訴妳……」她不知道他接下來會說出什麼話。

「巴茲和我要結婚了。」耶！這正是她的願望。不過，接下來的這段話卻嚇了她一大跳。

「我們很盼望妳可以當我們的伴郎，或者應該說伴娘，反正伴什麼都好。可以吧？拜託答應我吧！」

「啊，班吉，真是為你開心，」她伸出雙臂擁抱他，「我榮幸之至。」

「哇！我等不及要告訴巴茲。當然，貝蒂覺得婚禮要由她做主，她已經在規劃宴客菜單了。我們會在雀兒喜市政廳結為連理——就像是朱利安與瑪莉一樣，不過這是比較幸福的結局，我希望啦。然後，我們會在貝蒂的餐廳開派對。」

莫妮卡問道，「所以貝蒂現在對於這一切已經完全釋然了？」

「似乎是這樣，」班吉回道，「不過，她現在完全投入中國同志平權運動。妳知道嗎？那裡一直到一九九七年才將同性戀除罪化？但真正惹惱她的是中國不允許同性伴侶收養中國寶寶，不論在那裡或國外都一樣。」

「哦，我想要是有任何人能夠說服中國政府改變他們的政策，想必也就只有吳老太太了。」

莫妮卡發現這可能是她有史以來第一次聽到另一場婚禮消息的時候、出現百分百的喜悅之情，她等待那股熟悉的痛苦嫉妒感，但並沒有。哈瑟德過來，坐在她的另一邊。

他說道，「妳看起來好開心……」

「是啊，」莫妮卡真希望自己可以分享好消息，但是她一直對於自己守口如瓶的能力很自豪，「感覺一切都會圓滿收場。」

「妳知道嗎，這是我從小以來、第一次參加了不需要把自己搞得醉醺醺的派對。即便是在我小時候，也會吃下過量的聰明豆糖果和可口可樂，很奇怪吧？」

「是，哈瑟德，你真的是奇人。對了，我有東西要給雷利，我馬上回來。」

她走向雷利，他身邊有一群他的澳洲朋友，其中也包括了布雷特，他之後要與雷利去阿姆斯特丹待個幾天。

「雷利，可否借用你幾分鐘的時間？」雷利旋即離開那一群人，跟著她到了某個僻靜角落，派對的邊緣地帶。

「我一直想要謝謝你。關於你在那本小冊子提到我的事，還有我將會成為一個偉大的母親。就算我永遠沒有機會證明是否真的被你說中了，但這對我來說意義何其重大，令我無法言喻。」

他面露微笑，「我都忘了我有寫那段話，但絕對千真萬確。」

「我有東西要給你，」她伸手從包包裡取出了一個奇怪形狀的禮物，包裝紙印有點點冬青與常春藤，「這是我要買給你的聖誕禮物，一直沒有機會給你。我覺得今天時機很恰當，」

雷利接下包裹，撕開，純真興奮之情宛若五歲小孩。

「莫妮卡，好美！」他拿在手中把玩，這是一把完美的專業抹泥板，手把刻有雷利的名字。

她說道，「這樣一來，你想在哪裡養花蒔草都不成問題。」

「謝謝，我好喜歡。我會想妳，一直想妳，」他立刻改口，「只要一用到它的時候就會想到妳。我們可以保持聯絡嗎？總之，我很想知道妳跟哈瑟德之後的狀況。」

「有那麼明顯嗎？」莫妮卡其實心中相當竊喜，「你會不會有疙瘩？」

「唉，一開始是的，但只有一點點啦，」雷利回道，「不過，我愛你們兩個人，所以我終於想通了，超開心的。」莫妮卡不知道雷利怎麼會這麼大方，如果換作是她，一定會萬分激動，扎小人施法術。而他的熱情微笑背後似乎的確有些憂傷，也許這是出於她自己的想像。

「雷利，你是我見過的大好人之一，」她給了他一個擁抱，他緊抱她的時間還稍微拖延了一下，「我會想念你，我們大家都是。」

雷利說道，「哈瑟德將來會是個好爸爸。」

「你真的這麼覺得嗎？他沒那麼篤定，他不是很相信自己。」莫妮卡現在發現這對她來說已經不是很重要了。

「好，把他帶去『媽咪小幫手』那裡啊，問問那些小孩，他會不會是一個好爸爸？他們一定可以成功說服他！」

莫妮卡說道，「嗯，我可能真的會這麼做。」

「各位，我有事要宣佈，」朱利安開口，他拿了勺子敲打裝滿皮姆酒的桶子側邊，「瑪莉離開的時候，留下了一個很重要的東西。哦，我說的不是我。」他稍作停頓，等待眾人大笑，就像是倫敦西區藝人在面對觀眾一樣，「她留下了她的中提琴。我希望她現在可以為我們演奏一下。瑪莉？」

他把中提琴交給了她，想必剛才一直藏在他的某個袋子裡。

「天，我好多年沒拉琴了。嗨，我的老朋友，我來試試看吧。」瑪莉接下了那把中提琴，開始在手上把玩，再次摸索它的感覺與重量。她小心翼翼調整每一條弦，然後開始演奏，一開始的時候緩慢又謹慎，然後轉為熱情，演奏瘋狂的愛爾蘭吉格舞曲。有一群觀眾圍繞在他們身邊，餵完天鵝準備回家的那些家庭都駐足停留，想知道究竟這麼才華洋溢又充滿熱情的演奏者到底是誰。

莫妮卡走向朱利安，坐在他躺椅旁邊的草地上，搔抓凱斯的耳後，牠總是與他形影不離。

「莫妮卡，我一直很想要告訴妳，妳和哈瑟德在一起我真是太開心了，」朱利安說道，「希望妳別介意，我想自己應該有一點功勞吧？」

莫妮卡回道，「朱利安，當然沒問題。畢竟，要不是因為有你的筆記本，我永遠不可能在我們第一次互撞之後還找他講話，真的。」

「莫妮卡，千萬別放手好嗎？不要犯下和我一樣的錯誤。」他望向瑪莉與安東尼，露出在快樂與憂傷之間迅速來回飄移的表情。

「朱利安，你不覺得哈瑟德實在跟你有點像嗎？」莫妮卡態度小心翼翼，覺得這種話可能會觸怒朱利安，而他哈哈大笑。

「哦不會啦，別擔心。哈瑟德遠比我善良，也沒像我那麼蠢。而且妳比當時的瑪莉堅強多了。你們的愛情故事會很不一樣，結局大不相同。反正，別擔心，我已經和他小聊了一下，慈父式的鼓勵。」莫妮卡聽到之後覺得很恐懼，但也覺得很有意思，要是她當時能在現場旁觀聆聽一切就好了。

她說道，「朱利安，我有東西要給你。」

「可愛的美女，妳已經給我禮物了。」他伸手指向自己剛剛得意洋洋繫在脖子上的佩斯利花紋真絲領巾。

「這不是另一份禮物，只是回歸的物品……」她把一本淡綠色的冊子交給他，封面有幾個字：真心話計畫。遊歷四方之後，看起來已經有些破損。「我知道你告訴瑪莉你不能留著這冊子，因為你當初並沒有講出真心話，不過，現在你一片真誠，應該要留著它。你是它的起點，也應該要是它的終點。」

「哦，我的筆記本，歡迎回來，你經歷了一場大冒險啊。」他把它輕輕放在大腿上摸它，宛若在撫弄貓咪一樣，「是誰弄了這個漂亮的塑膠保護套？」他看到莫妮卡大笑，「啊，我真笨，根本不該問這問題。」

瑪莉正在拉奏「賽門與葛芬柯」的歌曲，大家都在跟著唱和。與愛麗絲和麗茲坐在一起的邦蒂也站起來拍手，然後，她發現自己居然沒有手撐任何東西，嚇了一大跳，又跌坐回去。莫妮卡很納悶，麥克斯人呢？

天色越來越暗，曬太陽的遊客與遛狗的人全走光了，蚊子開始出來覓食。莫妮卡已經先叫了一些黑頭計程車，司機們幫他們把箱子、酒杯、毯子送回咖啡店。朱利安盯著他們把一切收拾好之後，自己走向路邊。

莫妮卡大喊，「朱利安，一起來啊！」

「你們自己先走吧，」朱利安回道，「我只想要獨處個五分鐘，我隨後就來。」

莫妮卡問他，「你確定嗎？」她不想要把他一個人留在這裡。她發現，突然之間，朱利安現在的模樣完全符合了他的實際年齡。也許是因為夜幕低垂的關係吧，他的溝紋裡盈滿幽暗之色。

「對，真的，我需要一些時間沉澱。」

哈瑟德在計程車後座伸手出去、扶莫妮卡進入車內。看到這樣的姿勢，莫妮卡突然有所體悟，這就是她人生所期盼的一切。她回頭張望朱利安，他坐在自己的長椅裡，凱斯的頭靠在他的大腿上面。他對她揮揮手，依然握著那本小冊子。雖然他這個人古怪又有諸多缺點，但他真的是莫妮卡此生見過最特別的人。

世界上有這麼多的咖啡店，她滿心感激他居然挑中了她的店。

75

朱利安

朱利安看著那些計程車逐一消失，心中湧起一股滿足感。他發覺這是自己許久以來、第一次覺得喜歡自己，這感覺真舒暢。他的手伸到下方，拍了拍凱斯的頭。

「老弟，現在就只有你和我了。」

但其實不只他們兩個而已，他看到好幾個人出現，從各個方向而來，手裡拿著折疊長椅、野餐毯、樂器，難道他們不知道派對已經結束了嗎？

朱利安想要站起來，走過去告訴他們該回家了，但是他的肌肉卻不肯乖乖合作，他累壞了。現在光線太過昏暗，他花了一段時間才看清楚這些剛來的狂歡者面孔，不過，當他們越來越近的時候，他才發現他們根本不是陌生人，而是老友。他那位來自斯萊德美術學院的美術老師，還有康迪街的畫廊老闆，甚至十幾歲之後就沒有見過的某個同學，對方現在已經是中年人了，但還是保有那一頭正字標記的紅髮與嘻皮笑臉的面孔。

朱利安對大家微笑，然後，他看到有人繞過圓塘，是他的哥哥。沒有拐杖，沒有輪椅，而是安然無恙在走路。他哥哥對他招招手，動作流暢自持，那是他二十多歲之後就不曾看過哥哥出現過那種姿態。

他親友的輪廓越來越明晰，而他們周邊的一切細節——樹木、草地、池塘，還有露天音樂台——卻開始逐漸消逝。

朱利安突然湧起一陣深切懷舊之情，痛如利刃割心。

他等待那股苦痛消退，但並沒有，反而往外擴散，傳到了他的指尖與腳底，最後朱利安已經完全感覺不到自己的身體，只剩下痛感。那股疼痛轉為明光——亮得刺目，然後，又成了鐵的味道，接下來變為聲響。刺耳的尖叫，逐漸減弱為嗡嗡聲，然後就消失了，一片空無。

終曲

戴夫

戴夫今天的工作即將進入尾聲，他的心情相當低鬱。通常他迫不及待想要把公園鎖好，直奔酒吧，不過，今天他與某見習生薩麗瑪一起當班，時間過得飛快，在值班的時候，他一直想要鼓起勇氣邀她看電影，如今已經快要天黑了，他的機會正逐漸流失。

「戴夫！等一下！」薩麗瑪大喊，讓他嚇了一大跳，「是不是有人坐在那裡的躺椅？」他朝她手指的方向看過去，靠近露天音樂台。

「妳沒說錯，我們總是會發現有人還在裡面！妳在這裡等著，我過去把他們趕走。我可不希望有人晚上被鎖在這裡。妳仔細觀看我的處理方式——」客氣但是要堅定，這就是技巧。」他把車停入某個車位，熄火，「我不會拖太久的。」

他朝那個坐在躺椅的男子走去，拚命要展現充滿男子氣概的強健步伐，因為他知道薩麗瑪正盯著他的背影。他逐步靠近，這才發現他的漏網之魚年紀很大了，而且正在熟睡中，有隻髒兮兮的老㹴犬宛若站崗哨兵一樣、坐在他的身邊，牠的雙眼一眨也不眨，因為白內障而目光迷濛。如果他住在附近的話，那麼就可以送他與他的狗兒一程，這構想不錯，如此一來，就可以讓他與薩麗瑪有更多相處的時間，而且也顯得他個性仁善——當然，這是他的本性。

那男人睡著的時候還面露微笑，戴夫不知道他到底夢到了什麼，從這種狀況看來，一定是什麼美好事物吧。

「嗨！」他說道，「抱歉吵醒你，但該回家囉。」他把手放在這男人的手臂上面，搖了一下，想要喚醒他。不太對勁，這男子的頭垂向另一側，那種移動方式看起來像是——沒了生息。

戴夫執起他的冰冷之手，檢查他的手腕脈搏，沒有，而且也沒有呼吸的徵兆。戴夫從來沒有見過死人，遑論摸屍了。他以微微顫抖的雙手拿出自己的手機，立刻撥打九九九。

然後，他發現那名男子的另一隻手拿了某個東西，筆記本。戴夫動作謹慎，把它從他的指間抽出來，也許很重要吧，他的至親一定會想要保留這東西。戴夫看了一下封面，有幾個漂亮的斜體字：真心話計畫。戴夫小心翼翼，把它塞入了自己外套的內裡口袋。

致謝

對我來說，《真心話筆記本》是一部非常具有個人色彩的小說。五年前的我——就和愛麗絲一樣——過著貌似完美的生活，然而真相卻截然不同。我也跟哈瑟德一樣，有成癮問題，而我的癮頭是高價的優質紅酒（因為如果這瓶酒的價格夠貴，那麼我就是鑑賞家，而不是酒鬼，對吧？）我嘗試戒酒多次失敗，於是決定效法朱利安——向世界披露自己真實的一面。我比朱利安多了一點現代感，所以我把自己的戒酒戰役故事寫在部落格，而不是筆記本，而那個部落格最後成了一本書——《清醒日誌》。

我發現講出自己的生活真相，果然產生了魔法效應，有許多人的生活也因此得到了改善。所以，我率先感謝的是我的部落格以及回憶錄的讀者們，花時間與我聯絡，將誠實態度所造成的改變告訴了我，這本小說是受到各位的啟發。

當初從非虛構作品跳到小說的時候，我相當害怕，完全不確定自己是否能辦得到，所以我報名參加了「克提斯．布朗創意寫作」的三個月小說課程。現在回首檢視自己的申請資料，還有《改變生命之書》（這是當時的書名）的三千字摘要，實在慘不忍睹，所以我要大力感謝我的課程指導老師——夏綠蒂．曼德森，以及安娜．戴維斯與諾拉．柏金斯。

「克提斯．布朗創意寫作」的無敵優點之一就是我在那裡認識了一群厲害的作家。

在課程結束之後，我們組了一個「寫作俱樂部」，依然定期聚會分享彼此的作品，暢飲啤酒（他們喝這個，我喝水），面對宛若雲霄飛車的作家人生一起又哭又笑。感謝諸位——埃力克斯、克萊夫、艾蜜里、愛蜜莉、珍妮、潔妮、傑佛瑞、娜塔夏、凱特、綺亞拉、瑪姬，以及理查德。要特別感謝麥克斯・杜恩與卓伊・米勒，他們率先閱讀了我的可怕初稿。

我也要感謝其他的初稿讀者——露西・施赫芬，對於澳洲人與園藝的部分提出了建議，而且覺得拼錯字或是重複使用的字詞超級刺眼；感謝蘿希・寇佩蘭德，對於藝術與藝術家的寶貴建議；感謝露易絲・凱勒貢獻心理健康問題的知識，還要謝謝迪安娜・賈德納－布朗的敏銳觀察與靈感。

感謝我那兩位遛狗好友——卡洛琳・佛斯與安娜貝爾・阿比斯——讓我可以一直保持頭腦清楚，而且在過去這幾年寫作、交稿、編輯的歲月之中，一直對我提供意見。我還記得我第一次遇見安娜貝爾的時候，緊張兮兮向她透露我想要寫書。她說她自己也在寫，書名是《歡樂女孩》。我還是不太敢相信我們兩個的作品居然都出版了。吾友，寫作之路有妳相伴真好。

我討厭拍照，而卡洛琳有一次隨手拍下我們在遛狗時的照片，我被狂風吹得亂七八糟，而且還是素顏，她非常大方，自此之後就一直讓我以那張照片當成正式的作者照。

接下來要感謝我的偉大經紀人——海莉・史提德——她打從一開始就很喜歡我的書，而且在出版過程中，一直是我的良師益友。莫妮卡對於excel檔案的顏色分類偏執，都要歸功於海莉。要大力感謝厲害的麥德琳・米爾本，謝謝她的睿智建議以及指引。麥德琳・米爾本經紀公司是一間具有驚人活力的公司，但也是一個大家庭，那裡的每一個人都好友善，而且幫我讓這本書盡善盡美，感謝各位。

要是沒有麥德琳・米爾本經紀公司的超強國際版權團隊，那麼各位也不會有機會看到這本書，而且他們也確保這本書能夠交付給全球最優秀的好手。愛麗絲・蘇瑟蘭・哈維茲在同一時間管理多區的版權販售，在法蘭克福書展前的那兩個禮拜，立刻將《真心話筆記本》一下子就賣掉了二十八國市場。感謝蓮恩・路易絲・史密斯以及喬齊娜・瑟蒙茲努力不懈，與本地出版商合作，將這本小說呈現在各位的面前。

接下來，我要感謝英國的Transworld的莎莉・威廉森，以及美國的帕蜜拉・多爾曼出版公司的帕蜜拉・多爾曼，我的兩位厲害編輯。有了莎莉以及小蜜，讓我覺得有魔力上身，而且，與她們一起進行編輯工作等於上了一場大師課。多虧有她們，不然各位看到的也只是不及格之作而已。

我要把最感謝的人留到最後——也就是我的家人。我的丈夫約翰，總是對我深信不疑，即便在我不相信自己的時候亦是如此，還要感謝他對於我的寫作保持如此敏銳與誠實的態度，就連因此被我拿手稿丟他的頭還是不改其志。感謝我棒得不得了的父母，他們為我感到無比驕傲，而且支持到底。本書要獻給我的父親，他是我認識的最優秀作家，他在教區雜誌的專欄根本是傳奇。我爸爸不僅讀了我的初稿，而且還讀了接下來的九個版本的修正稿，並且在每個階段提供了巨細靡遺的回饋。還有，我只是事先警告一下而已，如果有人打算在亞馬遜網站留下不友善的評論，他可是會做出回應的！感謝我的三個孩子——艾麗莎、查理和瑪蒂達，他們是我的超級人粉絲，也是最豐富的靈感來源，日復一日皆是如此。

自從與出版業合作之後，發現出版一本書需要這麼多人，讓我好生驚訝。不只是我上述提到的所有人而已，還包括了全球各地的許多其他人士，他們增添了自己的才華、熱情、智慧、時間以及精力，終於將這本書交到讀者的手中。譯者、封面設計師、文案編輯、校對、業務等等。好，所以這是一份完整的感謝名單，感謝所有來自（某某國家，請自行插入），為了將我的小說交付到您手中而有所貢獻的每一位人士。

GroWing 27

眞心話筆記本 The Authenticity Project

眞心話筆記本/克萊兒.普里作 ; 吳宗璘譯. -- 初版.
-- 臺北市 : 春天出版國際文化有限公司, 2024.04
面； 公分. -- (GroWing ; 27)
譯自 : The Authenticity Project
ISBN 978-957-741-803-6(平裝)

873.57 112022269

ISBN 978-957-741-803-6
Printed in Taiwan

作　者　克萊兒・普里
譯　者　吳宗璘
總編輯　莊宜勳
主　編　鍾靈

出版者　春天出版國際文化有限公司
地　址　台北市大安區忠孝東路四段303號4樓之1
電　話　02-7733-4070
傳　眞　02-7733-4069
E－mail　frank.spring@msa.hinet.net
網　址　http://www.bookspring.com.tw
部落格　http://blog.pixnet.net/bookspring
郵政帳號　19705538
戶　名　春天出版國際文化有限公司
法律顧問　蕭顯忠律師事務所
出版日期　二〇二四年四月初版
定　價　480元

總經銷　楨德圖書事業有限公司
地　址　新北市新店區中興路二段196號8樓
電　話　02-8919-3186
傳　眞　02-8914-5524
香港總代理　一代匯集
地　址　九龍旺角塘尾道64號 龍駒企業大廈10 B&D室
電　話　852-2783-8102
傳　眞　852-2396-0050